雲が描いた月明り

3

尹梨修 ユン・イス
翻訳◉李明華

新書館

雲が描いた月明り

③

もくじ

第三巻　月影恋慕（月恋）

一　今日から僕のもの　6
二　越境の夜　21
三　これは誤解だ！　36
四　好きなのは女人だ！　54
五　乾いた地に咲く花　71
六　かどわかし　86
七　お前、無事なのだな？　104
八　月夜の思い出　121
九　どうか、これ以上は　135
十　それは、告白ですか？　155
十一　俺も、お前が好きだ　169
十二　お前がホン・ラオンであれば　184
十三　ラオンを巡る男たちの戦い　198
十四　この幸せが、永遠に続きますように　212
十五　世子《セジャ》様の願い　222

十六　秘密　241
十七　後悔するなら、奪ってから　264
十八　おかしなこと　279
十九　そんな世の中なら　301
二十　匂い袋　317
二十一　真の勝者　331
二十二　世子《セジャ》様は知っていた　345
二十三　トントントン。トントン。トントン。　362
二十四　再会　377
二十五　部屋は一つ　393
二十六　もう無理だ　406
二十七　お前が好きだから　419
二十八　旅籠屋《はたごや》の正体　430
二十九　離さないで　443

第四巻へつづく

Moonlight Drawn By Clouds #3
By YOON ISU

Original Korean edition published by YOLIMWON Publishing Co.
Japanese translation rights arranged with KBS Media Ltd. through Shinwon Agency Co.

雲が描いた月明り

③

月影恋慕（月恋）

一　今日から僕のもの

昊《ヨン》の突然の登場に、モク太監《テガム》は慌てふためいた。

「世子様《セジャ》！　せ、世子様《セジャ》が、この夜更けに、何用でございましょう」

狼狽しながら居住まいを正し、頭を下げるモク太監《テガム》を、昊《ヨン》は恐ろしい目をして見据えた。何も発さなくても、その眼差しから昊《ヨン》の激しい怒りが伝わってくる。

「どうかなさいましたか？」

モク太監《テガム》はもう一度尋ねたが、昊《ヨン》はそれには答えず、ラオンに言った。

「ホン・ラオン」

「は、はい！」

「来い」

ラオンは怯えたまま昊《ヨン》のもとへ駆け寄った。

「大事はないか？」

昊《ヨン》は真っ先にラオンの無事を確かめたが、ラオンは気が動転していてその声が届いていない。

「怪我はないか？」

昊《ヨン》がもう一度聞くと、ラオンはようやくうなずいた。

「は、はい」

よほど恐ろしかったと見えて、真っ青な顔をして唇まで激しく震わせている。それを見て、昊《ヨン》はカッとなり、ずかずかと部屋の奥に進んでモク太監《テガム》の胸倉につかみかかった。

「世子《セジャ》様、何をなさいます！」

モク太監《テガム》は必死に昊《ヨン》の手を外そうとしたが、若い男の力には敵わず、苦しそうに顔を真っ赤にしている。だが、昊《ヨン》の目にはそんなモク太監《テガム》の苦しむ様子など入ってもいないようで、目に殺意を浮かべ、胸倉をつかんだまま力任せに壁に押しつけた。

「僕の臣下に何をした？」

モク太監《テガム》が答えられずにいると、今度はラオンに向かって声を張った。

「ホン・ラオン！」

「はい！」

「こやつは、お前に何をした？」

「まだ何も……」

「何も？」

「はい。何もされておりません。少し変なことはありましたが、本当に何もされていません」

そして、ラオンは消え入るような声で言った。

「世子《セジャ》様が来てくださったから……」

ラオンは無意識に胸元を押さえた。もし昊《ヨン》が来てくれなければ、ひどい目に遭っていたのはもちろんだが、きっともっと恐ろしいことになっていただろう。

昊《ヨン》は再びモク太監《テガム》を睨みつけた。

「命拾いしたと思え。もしあの者の身に何か起きていたら、貴様をただではおかなかった」

「たかが宦官《かんがん》一人のために、私を侮辱なさるのですか！」

「たかが宦官一人だと？」

昊《ヨン》の顔色が変わった。だが、モク太監《テガム》はそれに気づかず、さらに話を続けた。

「今、私に何をなさっているか、わかっていらっしゃるのですか？　私は清の皇帝に代わって朝鮮に来ました。私への侮辱は即、皇帝への侮辱と見なされますぞ」

「それがどうした？」

「両国の関係にどのような影響が及ぶか、おわかりになりませんか？」

「僕を脅しているのか？」

「脅しではありません。現実を申し上げているのです。もし私の身に何かあれば、清の皇帝が黙ってはおられません」

「では僕も現実を教えてやろう。お前たちの国に今、朝鮮と戦をする余力があるのか？」

「何をおっしゃいます」

「朝廷の中はもちろん、民の間にも阿片が蔓延している国に、戦をする力が残っているのかと聞いているのだ。診療所を建てる資金の融通を頼みに来た分際で、誰が誰に現実を云々しているのだ」

「それは……」

「たかが宦官一人と言ったか？」

「………」

「貴様がたかがと呼べる家臣はここにはいない。よく聞け。あの者は、僕の……」

昊《ヨン》は奥歯を噛みしめ唸るように言った。

「友だ」

モク太監《テガム》は恐ろしさのあまり目をつぶったが、すぐに見開いた。目をつぶっている間に、首をへし折られて殺されるかもしれないと本能的に思ったためだ。

「お、お許しください」

よりによって世子《セジャ》の友に手を出してしまったという後悔と恐怖が押し寄せ、モク太監《テガム》は命乞いをし始めた。だが、昊《ヨン》はそれでも手を放そうとしなかった。モク太監《テガム》の顔が赤黒く変わるのを見て、ラオンはとっさに昊《ヨン》を止めた。

「世子《セジャ》様、わたくしは無事です。その方を放してあげてください」

昊《ヨン》を宥《なだ》めるようにうなずき、ラオンは微笑んだ。

ラオンに促され、昊《ヨン》がようやく手を放すと、モク太監《テガム》は崩れるように床に倒れ込み激しく咳込んだ。昊《ヨン》はまだ苦しそうに息をするモク太監《テガム》に言った。

「今すぐ朝鮮から出ていけ。今後、もし一度でも僕の前に現れたら、その時は貴様の命はない」

モク太監《テガム》は顔を上げることもできず、半狂乱でうなずくばかりだった。

「行こう、ラオン」

旲《ヨン》が手を差し伸べると、ラオンは無意識にその手を握った。

「世子様《セジャ》……」

「こんなところには少しもいたくない」

旲《ヨン》はラオンの手をしっかりと握り返し、もう二度とこの手を離さないというように、絡ませた指に力を込めた。


旲《ヨン》に手を引かれ、ラオンは太平館《テピョングァン》を出た。王宮に着いてからも旲《ヨン》は手を離そうとしなかった。一度もラオンに振り返らず、怒ったように先へ先へと進んでいく。

「世子様《セジャ》」

ラオンは呼び止めたが、旲《ヨン》は前を向いたまま立ち止まろうともしなかった。

「どうなさったのです？」

すると、旲《ヨン》はようやくラオンに振り向いた。

「何が？」

「だって、怒っていらっしゃるではありませんか。何をそんなに腹を立てていらっしゃるのです？」

「…………」

「何もなかったのですから、それでいいではありませんか。いつまでも怒っていらっしゃるなんて世子《セジャ》様らしくありません」

「僕らしくない？」

「そうです。モク太監《テガム》の言う通り、たかが宦官一人のために、ご自分の立場をお忘れになってどうするのです」

「どういう意味だ？」

「あなた様はこの国の世子《セジャ》様なのです。この国を背負って立つ方なのですよ。わたくしだって、あのようなところにいたくはありませんでした。でも堪えました。朝鮮と清の友好のために、耐えていたのです。一介の宦官でさえ我慢したのに、どうして世子《セジャ》様ともあろう方が、後先を考えずに感情的になってしまわれるのです」

「誰がお前に我慢しろと言った？」

「それは……」

「誰がお前に、両国の友好を考えろと言った？」

「だって」

「宦官なら、自分の身を危険にさらしても構わないと言うのか？」

旲《ヨン》はラオンの肩をつかみ、怒りに満ちた目で見つめた。

「もう二度とこのようなことをするな。もしまた危険を冒したら、その時は僕がお前を許さない」

「世子様《セジャ》……」

「他人のために自分を犠牲にするなと言っているのだ」

「………」

「約束しろ。もう二度と、自分を犠牲にしないと」

昊《ヨン》の真剣な眼差しに、ラオンは拒むことができなかった。

「約束します」

昊《ヨン》は最後にそう言って、ラオンから手を離した。

「お前と僕の、友としての約束だ。破ったら承知しない」

ラオンは昊《ヨン》の手の感触が残る肩を抱きしめた。強くつかまれたのでまだじんじんしているが、痛くはなかった。心から自分を心配してくれているのが温もりとして伝わってくる。

昊《ヨン》はいつもの顔に戻り、無表情で夜空を見上げた。だが、その瞳に感情が浮かんでいるのがラオンにはわかった。

今夜の温室の花の世子様《セジャ》はどこか様子がおかしい。いつもの冷静で理性的な姿とはまるで違う。

ラオンは気になって、理由《わけ》を尋ねた。

「どうして、そんなに怒っていらっしゃるのですか?」

「さあな」

拍子抜けするような返事に、ラオンはきょとんとした。だが、昊《ヨン》は本当にわかっていなかった。

どうしてこれほど怒りが収まらないのか、どうして苛立っているのかも。とにかく、腹が立って仕方がなかった。

「わたくしのせいなのですね」

ラオンがうつむくと、旲《ヨン》は躊躇なく言った。

「そうだな。原因はお前だろう」

「本当にわたくしだったのですか？　だとしても、はっきり言いすぎです」

ラオンがむきになると、旲《ヨン》はラオンを見つめて言った。

「これからは、僕に許しを得ずに誰かに会うことは許さない。いいな？」

「なぜです？」

旲《ヨン》は一瞬、答えに困ったが、ふと笑みを浮かべた。

「なぜなら」

「なぜなら？」

「お前は、今日から僕のものだからだ」

「はい？」

「今日よりお前は、僕のものになった。だから、これからは僕の言うことだけを聞き、僕の言うことだけを信じ、僕の許したことだけするのだ」

「そんな馬鹿なお話がありますか」

ラオンは旲《ヨン》を睨んだ。

「誰に向かって」

だが、昊《ヨン》が言い返すと、ラオンは下を向いてきっぱりと言った。

「わたくしにはわたくしの、やるべきことがございます。守るべき決まりがあるのです。いくら温室の花の世子《セジャ》様のご命令でも、自分の本分を曲げることはできません」

「忘れたのか？　僕はこの国の世子《セジャ》だ。世子《セジャ》はお前の言う決まりや本分の上に君臨する存在なのだぞ」

「そうおっしゃられましても」

「それより、誰だ？　お前をモク太監《テガム》のもとへ送り込んだのは」

「それは……」

「マ・ジョンジャという内官でございます」

ラオンが言うのを躊躇っていると、二人の背後からチャン内官が口を挟んだ。ラオンは驚いて声にならない悲鳴を上げた。

「マ・ジョンジャだと？」

昊《ヨン》が確かめると、チャン内官は両目でしっかりと昊《ヨン》を見て大きくうなずいた。

「よく教えてくれた。今日のお前の働きを覚えておこう」

主君に褒められ、チャン内官は頬を上気させた。

「わたくし、土に還るその日まで、世子《セジャ》様のために一身を捧げる覚悟でございます」

「一身など、そこまでする必要はない」

「いいえ。わたくしは世子《セジャ》様ただお一人のために生きてまいりました」

「いいと言っているではないか」

「なりません。世子《セジャ》様のご命令とあらば、何でもいたす所存でございます」

昊《ヨン》はチャン内官から逃げるように東宮殿《トングンジョン》へと歩みを早めた。そんな昊《ヨン》の後ろ姿を、チャン内官はいつまでも見送っていた。


昊《ヨン》が去ってからも、チャン内官はしばらくその場に立ち尽くしていた。

「ホン内官、何かあったのですか?」

「いいえ、何もありません。それより、チャン内官様こそどうなさったのです?」

「実は、ホン内官に用事があって資善堂《チャソンダン》を訪ねたところ、偶然、マ・ジョンジャと話しているのが聞こえてきたのです。その様子から不穏な空気を感じましてね」

「不穏な空気とは、どういう?」

「モク太監《テガム》は少年を好むことで有名な方ですから」

「そうだったのですか?」

どうりでおかしいと思った。ラオンは今さらながら怖くなった。

「ホン内官、本当に何もされていないのですか? モク太監《テガム》はそれはもう目を背けたくなるほど手荒な真似をなさる方だそうです。相手をさせられた者たちは、皆ふらふらになって部屋から出てくると、目撃した者たちが言っていました」

「少し驚きましたが、おかげさまで無事に戻ってこられました」

「それはおかしいですね。モク太監《テガム》は可愛らしい少年に目がない方です。ホン内官ほどの見目麗しい方を、大人しく帰すとは思えないのですが」

チャン内官はしきりに首をひねったが、そのうちにまた笑顔になって言った。

「とにかく、ご無事で何よりです」

「ありがとうございます。もしかして、チャン内官様が世子《セジャ》様に伝えてくださったのですか？」

すると、チャン内官はぴんと胸を張って言った。

「ご推察の通り、私です。ほかに誰がいますか。ホン内官によからぬことが起きそうな気がして、一目散に世子《セジャ》様にお伝えに上がりました」

「チャン内官様だったのですね」

それなら、世子《セジャ》様に伝えに走る前に、自分が助けてくれればよかったのにと、ラオンは思わずにはいられなかった。

「本当に助かりました」

「この恩は、忘れないでくださいね」

「もちろんです。よく覚えておきます」

笑顔で言うチャン内官に、ラオンも笑って答えた。

「それでは、私はこれで」

話を終えると、チャン内官はラオンのもとを去っていった。その後ろ姿を見ながら、そういえば用事とは何だったのだろうとラオンは思った。世間話をしに来たわけではないだろうし、何か大事な話があったはずだが、モク太監《テガム》の一件でうっかり忘れてしまったのだろうか？

●

「ソン内官様！　ソン内官様！」

マ内官が内班院《ネバンウォン》の執務室に駆け込むと、ソン内官は声を荒げた。

「何の用だ、騒々しい！」

「お聞きになりましたか？　モク太監《テガム》様が帰郷なさるそうです」

ソン内官は驚いて、蹴るように立ち上がった。

「モク太監《テガム》様が？　こんなに急に、どういうことだ？」

「それが、世子《セジャ》様がモク太監《テガム》様のお部屋に乗り込んで、朝鮮から出ていけとおっしゃったそうなのです」

「何だと？　世子《セジャ》様がどうしてモク太監《テガム》のもとへ出向かれたのだ？」

「だから申し上げたのです。ホン・ラオンには手を出さない方がいいと」

マ内官は泣き顔になった。すると、内班院《ネバンウォン》の戸を蹴破るようにして、東宮殿《トングンジョン》の兵士たちが乗り込んできた。

「何事ですか！」

「宦官マ・ジョンジャを連行しろというご命令だ」

兵士たちはマ内官の体に縄をかけ始めた。

「ソン内官様、お助けください！　私はどうなるのですか？　ソン内官様、ソン内官様！」

「案ずるな。すぐにあの方にお伝えする。私が動くまで、お前は何も言うな。わかったな？」

ソン内官はそう言ってマ内官を宥《なだ》めた。マ内官が口を滑らせれば、自分はもちろん、多くの者に火の粉が飛ぶ。大事になる前に、あの方に手を打っていただかなければ。

ソン内官は急いで内班院《ネバンウォン》を出た。


「聞いていらっしゃいますか？」

ソン内官は本を読んでばかりで見向きもしない男に言った。一刻を争う事態だというのに、男はまったく取り合おうとせず、本に目を落としたまま同じ話を繰り返した。

「マ・ジョンジャが捕まった。それは大変だ。それより、モク太監《テガム》に誰を送ったと言いました？」

「ホン内官という生意気な小僧です」

「ホン内官、ホン内官……もしかして、ホン・ラオンのことですか？」

「そうです。ホン・ラオンです」

するとは男は音を立てて本を閉じ、初めて顔を上げた。仮面を被ったような微笑み。灯りの下に、ユンソンの顔が照らし出された。

「今日、人の運というのは本当に存在するのだと知りました」

ユンソンの言葉の意味がわからず、ソン内官は怪訝そうな顔をした。

「あなたを見て、ふとそう思ったのです。あなたは、実に運のない人だ」

ユンソンは本を机の隅に置いて立ち上がった。

「どういう意味でございますか？」

「こういうことです」

不意に、ユンソンはソン内官の胸を蹴った。ソン内官は床に転がり、声も出せずに悶えた。すると、ユンソンはそんなソン内官に馬乗りになり、容赦なく殴り始めた。激しい折檻はしばらく続き、ユンソンは荒い息を吐きながら立ち上がった。しんとした部屋の中を歩きながら顔についた血を拭っていると、次第に呼吸が落ち着いてきた。服の埃を払い、乱れた裾を整えて、最後に髪を整える頃には怒りも鎮まっていた。血だらけになって床に転がるソン内官を見下ろして、ユンソンは言った。

「どうしてこのような目に遭ったか、わかりますか？」

「わ……わかりま……せん……」

ソン内官が息も絶え絶えに答えると、ユンソンは微笑んだ。

「あなたは、決して傷つけてはいけない人を傷つけてしまったのです。誰のことか、もうおわかりですね？」

「ホ、ホン……内官の……」

「そうです、ホン内官です。私の計画に欠かせない人です。今後、もう二度とあの人に近づかないでください。わかりましたね？」

意識が遠のく中、ソン内官は力を振り絞ってうなずいた。

「二度と……ホン内官に、近づきません」

一言、言うたびに口の中に血があふれた。

「手遅れになる前に、おわかりいただけたようで何よりです」

ユンソンはまた、にこりと微笑んだ。

二　越境の夜

ラオンが戻ると、資善堂《チャソンダン》の灯はついていなかった。暗闇の中、いつものように梁《はり》の上を見ると、こちらに背を向けて横たわるビョンヨンの影がうっすらと見えた。ラオンは物音を立てないよう気をつけながら布団の中に潜り込んだ。布団の中はつい先ほどまで人が寝ていたように温かく、強張った体が優しく包まれていくようだった。

「はぁ。極楽、極楽」

思わず口に出してしまい、ラオンは慌てて手で口をふさいだ。梁《はり》の上を見ると、ビョンヨンは眠ったままで、ラオンはほっとして、口をふさいだ手を天井にかざした。指先に、旲《ヨン》の指の感触が残っている。暗闇に白く浮かぶ自分の手を見つめ、旲《ヨン》が怒った理由を考えてみたが、やはりわからなかった。天下のサムノムも、男心となるとお手上げだ。ラオンは大きな溜息を吐いた。

すると、梁《はり》の上からビョンヨンが言った。

「幸せが逃げるぞ」

「すみません、起こしてしまいましたか？」

「何かあったのか」

「え？」

「さっきから溜息ばかり吐いて、どうした？」

「いえ、何でもありません」

ビョンヨンはそれ以上は聞かなかった。本当に心配しているなら、もっと聞いてくれればいいのにと、ラオンは唇を尖らせてビョンヨンの背中を見つめた。もう一度聞いてくれたら、素直に話せるのに。

すると、その気持ちが伝わったのか、ビョンヨンは起き上がってラオンに振り向いた。

「世話が焼けるやつだ」

ラオンはえへへ、と笑って布団から出て座り直した。

「いつもは布団に入ったそばから寝るやつが、今日はわざわざ起きてきたのを見ると、やはり何かあったのだな」

「私が寝ていないと、どうしてわかったのです？」

「お前が目をしばたかせる音がうるさいからだ」

「そんな大袈裟な！　瞬きする音が聞こえるだなんて」

「おしゃべりはその辺にして、何があったのだ？」

ラオンは少し迷ったが、今日あったことをビョンヨンに話すことにした。

「温室の花の世子《セジャ》様は、もともとああいう方なのですか？」

「ああいうって？」

「一度怒ると、後先考えずに行動してしまう方なのでしょうか」

「あの方が、怒る？」

「はい。実は先ほど、清のモク太監《テガム》様から大事な話があると呼ばれて、太平館《テピョングァン》に行ってきたのですが、部屋に入ると、その……あの方は若い男がお好きで……」

ラオンが太平館《テピョングァン》での出来事を言おうとすると、不意に木が折れたような音がした。ラオンは話を止め、ビョンヨンに言った。

「キム兄貴、今、何か折れたような音がしませんでした？」

「いや」

「聞き間違いかな。モク太監《テガム》様が突然、私に襲いかかってこられたのです」

するとと、また何かが折れる音がした。

「まただ。キム兄貴、今の聞こえました？」

「何も聞こえないと言っているではないか」

「そうですか……」

一度は聞き間違いと思ったが、ラオンはふと、ビョンヨンの言い方がいつもと違うことに気がついた。何というか、奥歯を噛みしめて唸っているような感じがした。

「もしかして、喉が痛いのですか？」

「いや。いいから先を話せ。それでどうなったのだ？」

「もう終わりだと思った時、温室の花の世子《セジャ》様が助けてくださいました」

すると、ビョンヨンは梁《はり》の上から飛び下りてラオンに顔を近づけ、無事を確かめた。

「本当に、何もされなかったのか？」

「本当です。この通り、無事に帰ってこられました。でもおかしいのです。無事だったのだからそれでいいはずなのに、温室の花の世子《セジャ》様はひどくお怒りになって。何もされていないと何度申し上げても、モク太監《テガム》様を脅して、この国から追い出してしまわれたのです。相手は清の使節なのに、なぜあのような乱暴なことをなさったのか……温室の花の世子《セジャ》様は、あとのことが怖くないのでしょうか」

だが、ビョンヨンはラオンが言い終わらないうちに部屋を出ようとしていた。

「キム兄貴、どこへ行かれるのです？」

すると、ビョンヨンはラオンを振り向くことなく言った。

「急用ができた。何日かかかりそうだ」

「こんな夜中にですか？」

ラオンは聞き返したが、ビョンヨンはすでにどこかへ消えたあとだった。


それから数日が経った朝鮮と清国の国境《くにざかい》。清側の警備に立つ袁保中《エンホチュウ》は、落ち着かない様子で部屋の中を行ったり来たりしていた。

「まだか？」

苛立つ袁保中《エンホチュウ》に、部下は困った顔で答えた。

「モク太監《テガム》様が予定より早くお帰りになったので、至急、手配しております」

「急げ、急ぐのだ。あの方の気性を知っているだろう！」

モク太監《テガム》は皇帝の厚い寵愛を受けている。そのモク太監《テガム》から、時期が来たら宮廷に呼んでやると言われ、袁保中《エンホチュウ》はその言葉を信じて今日まで尽くしてきた。それなのに、ここでモク太監《テガム》の機嫌を損ねれば今までの苦労が水の泡になってしまう。袁保中《エンホチュウ》は焦っていた。

そこへ、慌ただしい足音と共に部下たちがやって来た。モク太監《テガム》の好みに合う若い男を求めて村に向かった者たちだ。

「見つかりました！」

「でかした！」

袁保中《エンホチュウ》は息を吹き返したように顔色を明らめたが、現れた若い男を見ると、途端に表情を曇らせた。

「こいつは、ちと大きすぎないか？」

「背丈があるのは否めませんが、ほかはすべてあの方の好みにぴったりです。目元がはっきりしていて、愛想がなく、生意気そうな表情。まさにモク太監《テガム》様の望む男です。それにご覧ください、今までの誰より美しいこの顔を」

モク太監《テガム》の好みを熟知しているだけに、袁保中《エンホチュウ》もこれにはうなずいた。

「いいだろう。急ぎ支度を整えてくれ。朝鮮で何があったか知らんが、あの方は今、ひどく機嫌が悪いのだ」

「かしこまりました。すぐに身支度をさせて、あの方のお部屋に連れてまいります」

部下はそう言うと、お伽《とぎ》の若い男を連れて急いで準備に取りかかった。


華やかに飾りつけられた部屋の中、モク太監《テガム》は分厚い布団が敷かれた寝台に腰かけていた。

「おのれ、この私に恥をかかせおって」

朝鮮の世子李昊《セジャイヨン》の怒りを買い、夜中にもかかわらず朝鮮を追い出される羽目になった。あの時の昊《ヨン》の目を思い出すだけで、モク太監《テガム》は体が震え、背中に冷たい汗が流れた。だが、国境を越えたところまで来ると、今度は怒りが込み上げてきた。

「私を誰だと思っているのだ！」

腹が立って腹が立って、このままでは眠れないと思っていると、部屋の外から咳払いが聞こえてきた。

「モク太監《テガム》様、失礼いたします」

「入れ」

モク太監《テガム》が返事をすると、部屋の中に若い男が入ってきた。背丈はあるが、身なりも化粧も好みの通りで、モク太監《テガム》は鼻息を荒くした。

「よく来たな。待っていたぞ」

近くで見ると、男は目が眩むほど美しい顔をしていた。この男を相手に憂さ晴らしができると思うと、それだけで口元がだらしなく緩んだ。

「これは驚いた……見事だ」

筆先で描いたような目元に、すっと通った鼻筋。唇は赤く若さが滲んでいて、細く尖ったあごは、端整な男の風貌に儚さを与えている。これほど美しい男を見るのは三度目だ。一人は世子李旲《セジャイヨン》、二人目は宦官ホン・ラオン……。

思い出したくもない二人の顔が目の前の男の顔に重なり、モク太監《テガム》は思わず頭を振った。そして、男のあごを撫でながら尋ねた。

「名は何という？」

「………」

「無口なところも気に入った。お前は朝鮮から来たのか？」

男は黙ってうなずいた。

「そうか。朝鮮からか」

男の顔の上に、再び旲《ヨン》の顔が重なった。この恨み、代わりに晴らさせてもらう。世子《セジャ》が凌辱されているところを想像しただけでどくどくと血が巡り、下腹部が熱くなってきた。

「お前は果報者だ。この私が、一生忘れられない夜にしてやるぞ」

モク太監《テガム》は頬が火照り、鼻息をさらに荒くして、男の胸元に手を伸ばした。

部屋の中から悲鳴や喘ぎ声が漏れ聞こえてきても、見張りの兵士たちは振り向きもしなかった。

そのうち、眠そうに耳の穴をほじりながら、兵士の一人が仲間に話しかけた。

「今日はいつもよりすごいな」

「かなり溜まっていたようだから、今夜はいつもの程度では済まないだろう」

「溜まっているって？」

「聞いていないのか？　使節として行った朝鮮で悪い癖が出て、世子《セジャ》を怒らせたらしい」

「機嫌が悪いのは、それが原因だったのか」

「よりによって、こんな時に相手をさせられるとは、お気の毒なことだ。あいつ、大丈夫かな」

「あの御仁は手荒いのが好きだからな」

「手荒いどころか、相手をさせられたやつはみんな、自分の足で部屋を出ることすらできない。今日は特に荒れているから、生きて出てこられるかどうか」

兵士たちが話していると、部屋の中が急に静かになった。まさか、本当に死んだのではないかと、兵士たちは耳をそばだてて中の様子をうかがった。すると、部屋の戸が開き、若い男が出てきた。

「おい、大丈夫か？」

兵士が声をかけると、男は無言でうなずいた。そのまま帰ろうとする男の袖をつかみ、兵士は言った。

「ご苦労だった。若いのに大したものだ。この部屋から自分で歩いて出てきたのは、お前が初めてだよ。これ、少ないが取っておけ」

兵士は金の包みを差し出した。

「結構だ」

男は短くそう答え、闇の中に溶けた。

「かわいそうに。よほど嫌な思いをさせられたのだろう。こんな目に遭わされたら、誰だって正気じゃいられないよ。なあ？」

「あいつ、どこの誰だって？」

「よくは知らんが、さしずめそこら辺の浪人だろう」

「浪人を寄こしたのか？」

「急なことで仕方がなかったのさ」

「名前は？」

「何とかヨンと言っていたな。ミョンヨンだったか、ヨンヨンだったか」

「まあいい。それより、ちょっと静かすぎないか？」

部屋の中から物音がしないのが気になって、何気なく中をのぞいた兵士は叫んだ。

「モク太監《テガム》様！」

寝室の中では、モク太監《テガム》があられもない姿で床に転がっていて、兵士たちは大慌てでモク太監《テガム》に駆け寄った。

「モク太監《テガム》様！」

「お気を確かに！」

その声に気がついて、モク太監《テガム》は目を開けるなり、両手をこすり合わせ、命乞いをし始めた。

「申し訳ございませんでした。私が悪うございました。お許しください。もう二度と、あのようなことはいたしません。ですから助けてください。殺さないでください。お願いでございます！」

モク太監《テガム》は正気を失うほど怯え、その体には急所を外して無数の切り傷ができていた。


明け方の冷たい風が入ってきて、嗅ぎ慣れた匂いが枕元に漂ってきた。

「キム兄貴？」

ビョンヨンは梁《はり》に飛び上がろうとして寝ぼけ眼のラオンに振り向いた。

「起こしたか？」

「いいえ、もう起きる時刻ですから。それより、キム兄貴」

「どうした？」

「キム兄貴の体から、いい匂いがします」

「いい匂い？」

「はい。確か……そう、白粉《おしろい》の匂いです。キム兄貴から白粉の匂いがします」

「お、白粉だと?」

ビョンヨンは、珍しく狼狽した。モク太監《テガム》のところで身支度をする時に塗られたものだ。綺麗に落としたつもりだったが、匂いまでは消せなかったらしい。一瞬慌てたが、ビョンヨンは平静を装った。

「夢でも見ているのではないか? 白粉の匂いがするわけないだろう」

「間違いありません。これは白粉の匂いです。キム兄貴、もしかして……」

「何だ?」

もしや勘づかれたのかと、ビョンヨンは身構えた。

「どなたかと一緒だったのではありませんか? キム兄貴はおモテになりますから」

ラオンはそう言って、へへ、と笑った。

「何を言っているのだ」

「いいではありませんか。いい男に女人が群がるのは当然のことです。私はちっとも恥ずかしいことだと思いません」

「違う」

「わかっていますって。男同士、何も隠すことないではありませんか」

わかっているという言葉に、ビョンヨンはかっとなった。

「違うと言っているだろう!」

「そ、そうですか……では、そういうことにしておきます」

昊《ヨン》もビョンヨンも、今日は怒ってばかりだ。ついてないなと、ラオンは胸の中で唇を尖らせた。


ビョンヨンが戻って間もなく、ラオンは仕事に向かおうと資善堂《チャソンダン》の門を出たところでチャン内官に会った。いつからそこにいたのか、チャン内官は門前にしゃがみ込んで何やら地面に書いたり消したりしている。

「チャン内官様」

ラオンが声をかけると、チャン内官は立ち上がり、地面に書いた文字を慌てて足で掃き消した。

「ホン内官、おはようございます」

チャン内官が地面に文字を書くのを見るのは今日が初めてではない。字の勉強でもしているのだろうか。

「朝から何をしていらっしゃるのです?」

「ホン内官を待っていました」

「何かあったのですか?」

「明温公主《ミョンオンコンジュ》様がお呼びです」

「公主《コンジュ》様が私を?　何用でございますか?」

「さあ、それは私にもわかりません。とにかく、一緒に公主様《コンジュ》のところへ来てください」

「その必要はない」

「公主様《コンジュ》！」

突然現れた明温《ミョンオン》に、チャン内官は慌てて頭を下げた。明温《ミョンオン》はチャン内官には見向きもせずにラオンの前に進み出た。

「こちらから出向かなければ、会えないと思ってな」

「ご用がおありでしたら、わたくしがまいります」

「用ではなく、今日はお前に聞きたいことがあって来たのだ」

ラオンは頭を下げた。

「そういうことでしたら、かしこまりました。わたくしにわかることでしたら、何でもお答えいたします」

宮中でもっとも恐れるべき相手とあって、ラオンは表情が強張った。もし宮中で一番怖いのは誰かと聞かれたら、今は迷わず明温公主《ミョンオンコンジュ》と答えるだろう。

「お前は多くの者の悩みを解決してきたそうだな？」

「それを、どこでお聞きになったのです？」

明温《ミョンオン》は答える代わりに、傍《かたわ》らのチャン内官を見た。なるほど。ラオンが睨むと、チャン内官はとぼけた顔をして目を泳がせたが、やがてまたラオンに目を戻し、本当のことじゃないかと言うようににこりと笑った。

ラオンは困ったことになったと思った。巷の人々が相手のよろず相談とはわけが違う。身分の高い王族の方の胸の内など、庶民の自分にわかるはずがない。

だが、明温《ミョンオン》は構わず話を続けた。

「相談というのは、私の友人のことだ」

ラオンはそれならと安心した顔をした。王族の悩みなど見当がつかないが、ご友人の相談なら乗れるかもしれない。公主《コンジュ》様のご友人なら、間違いなく両班《ヤンバン》のご令嬢だろうし、両班《ヤンバン》の悩み相談なら雲従街《ウンジョンガ》にいた頃に何度も受けている。

「ご友人は今、どちらに？」

明温《ミョンオン》が友人のことを口にするのは初めてだ。一体どんな方だろうと思っていると、ラオンの前に見覚えのある女人が現れた。

「わらわだ」

勝気で華のある美しい女人。

「ソヤン姫様！」

ラオンは目を丸くした。中秋の名月の前の晩に昊《ヨン》に振られて以来、部屋にこもり切りだと聞いていたが、資善堂《チャソンダン》に何の用だろう？

「まさか」

驚くラオンに、明温《ミョンオン》はうなずいた。

「その通り。友人というのは、ソヤン姫のことだ」

わずか数日前、后苑《フウォン》でいがみ合っていた二人の間に友情が芽生えることを一体誰が予想しただろう。人のことはわからないと言うが、気が強くて周囲に敵なしの姫同士が友人になっていたとは。ラオンは信じられない思いで二人の顔を見比べた。生きていると、思いもしないことが起こるものだ。

「あら？　お前はどこかで……」

すると、ソヤンは怪訝そうに、まじまじとラオンの顔を見始めた。そして、何かに気づいたように大きく目を見張り、人差し指でラオンを指さした。

「お前は確か……」

三　これは誤解だ！

「お前は確か……」

ラオンは口から心臓が飛び出そうになるのを何とか堪えた。ソヤンはラオンの顔を指さしたまま訝しそうにしているが、その表情を見る限り完全に思い出したわけではなさそうだった。ラオンはそれならと、堂々と白を切ることにした。

「わたくしの顔が、どうかなさいましたか？」

「お前の顔に見覚えがある。どこかで会わなかったか？」

すると、隣で明温《ミョンオン》が言った。

「ホン内官は使節の歓迎の宴の折、ずっと兄上のそばにいたからな」

「どうりで、見覚えがあるわけだ」

やり取りの様子から、二人が親しい間柄であることがわかった。ラオンがほっとしたのもつかの間、ソヤンはまたラオンに目を向けてきた。

「いや、どこか別のところでわらわと会ったことはないか？　例えば、王宮の外とか」

嘉俳《カベ》の日の前夜、女人として顔を合わせているが、それを思い出されては一大事だ。ラオンはきっぱりと否定した。

「いいえ、わたくしはずっと宮中におりますので」

「きっと誰かと勘違いしているのだ。ホン内官はまだ小宦だから、自由に王宮を出ることはできないはず」

「そうか？　では人違いか」

心の中で明温《ミョンオン》に礼を言い、ラオンは急いで話題を変えた。

「ところで、本日は何用でございますか？」

「そうだ、肝心なことを忘れるところだった」

ソヤンは軽く自分の額を打ち、話を続けた。

「ある方と親しくなりたいのだが、どうすればお近づきになれるかわからないのだ。お前なら方法を知っていると思ってな」

「親しくなる方法でございますか？」

「あの方は、わらわのことなど何とも思っていない。こういう話はお前が得意だと聞いた」

「それは買い被りでございます。わたくしはただ、相談に訪れる方の心に耳を傾けるだけでございます。話を聞きながら、二言三言、思ったことを伝えていたら、それがいつの間にかうわさになり、ソヤン姫様のお耳に入ったのでしょう」

「そうか。では、わらわにも、その二言三言とやらを聞かせてくれ」

「かしこまりました。ではまず、お相手についてうかがってもよろしいですか？」

わざわざ聞くまでもないが、ラオンは念のためソヤンに確かめた。

「世子《セジャ》様だ」

やはり、思った通りだ。

「お前はいつもあの方のおそばにいるから、あの方の好みを知っておろう。わらわには打ってつけの相談相手だ」

「そうでございますね……」

ラオンは笑顔を引きつらせたが、ソヤンは息つく暇もなく質問を投げかけた。

「あの方の好みを知りたい。どんな女人が好きなのだ？　話し方は？　好きな化粧や服の感じは？」

「ちょ、ちょっとお待ちください、ソヤン姫様。一つずつお願いします。まず、ソヤン姫様はどうなさりたいのですか？　世子《セジャ》様と親しくなれればいいのですか？」

「いや」

「では、何をお望みですか？」

「わらわは、あの方とただ親しくなりたいのではない。わらわは、わらわはいずれ……この国の王妃、世子嬪《セジャビン》になりたいのだ」

「世子嬪《セジャビン》でございますか？」

ラオンは無礼を承知で聞き返した。たった数回顔を合わせただけの男に、どうしてそこまでの思いを抱けるのか理解できなかった。だが、ソヤンは躊躇いもなく、

「一目惚れなのだ」

と言った。その言葉にラオンは心底驚いた。自分の感情に素直な方であることは知っていたが、

ここまでとは思わなかった。

「あの方ほど、わらわが心惹かれた男はいない。こんな気持ちになるのは、あの方が初めてだ。初めて会ったあの時、わらわにはわかったのだ。この方が、運命の人なのだと」

何の疑いもなくそう言い切るソヤンを、ラオンはじっと見つめた。私はこんなふうに誰かを思ったことがあっただろうか。自分の気持ちに素直になったことがあっただろうか。

ラオンは心から、ソヤンを羨ましく思った。純粋に、臆することなく、自分の気持ちを表わすことのできる女人の姿は、堂々としていて眩しくさえある。

ラオンがあまりにじっと見るので、ソヤンは尋ねた。

「どうかしたのか?」

「申し訳ございません。ソヤン姫様があまりに素敵で、見惚れておりました。大変、失礼いたしました」

「何を言っているのだ?」

「誰かを思い、堂々と好きだと言える女人の姿はかくも美しいものかと、しばし心を奪われておりました」

「ぶ、無礼者! 宦官がわらわに気安くそのようなことを言うでない!」

ソヤンは照れ隠しで怒ったように言ったが、内心ではうれしく思っていた。

「お気に障《さわ》ったのでしたら、お許しください。しかしソヤン姫様、もしかしたら世子《セジャ》様には、すでに心に決めた方がいらっしゃるかもしれません」

それを聞いて、ソヤンは表情を硬くした。

「そういえば、嘉俳《カベ》の前の晩も、見知らぬ女人と一緒だった。まさか、あの女人のことではないだろうな？」

「兄上が、女人と？」

明温《ミョンオン》は驚いて口を挟んだ。

「いけ好かない猫かぶり女と一緒だった」

「信じられない。あの冷血漢の兄上に、好きな女がいたなんて」

「何もおかしなことではない。世子《セジャ》様ほど完璧な男に女が寄って来ない方がおかしいというもの」

「違うのだ」

明温《ミョンオン》は首を振った。

「兄上を好きになる人なら、これまでも大勢いた。だが問題は、いつも兄上の方だった。相手が近づこうにも、まったく隙を与えないものだから、結局みんな諦めてしまう」

「言われてみれば、確かに氷の壁と対面しているような感じがした……」

この美貌をもってしても、旲《ヨン》がまったくなびかなかったことを思うと、ソヤンは腹が立ってきた。

「そんな兄上に好きな人がいると聞いて、驚きだ」

「とても親しそうだった。人混みの中で動けなくなったその人を抱き寄せるくらいにな」

「抱き寄せる？　兄上が？」

明温《ミョンオン》は今にも母や祖母のもとへ走り出しそうで、ラオンは慌てた。

「その方ではないと思われます」

「この目で確かに見たのだ。お前は、わらわの言うことが信じられないのか？」

「そうではありません。ただ、ソヤン姫様がご覧になった女人ではないと申し上げているだけです。ところで、ソヤン姫様。世子《セジャ》様にソヤン姫様とは違う趣向がおありですが、ご存じですか？」

「世子《セジャ》様の趣向？」

ソヤンは身を乗り出した。だが、ラオンは自分が言ったことを後悔した。温室の花の世子《セジャ》様が女人を好きになる方ではないと言えば、ソヤン姫様をがっかりさせることになる。それに、世継ぎを生むべき世子《セジャ》様が世子嬪《セジャビン》を娶らないのはそのせいだという批判が起これば、国中を巻き込んで大騒ぎになるだろう。これは、女人の顔を覚えられないのとは次元の違う問題だ。

「何だ、早く言わぬか」

「いいえ、大したことではありませんので」

ラオンは話をはぐらかそうとしたが、それがソヤンをさらに怪しませた。

「お前、何か隠しているな？」

「隠すなど、とんでもないことでございます。わたくしはただ、世子《セジャ》様の好みを申し上げようとしただけです」

「好みだと？」

ソヤンはラオンににじり寄った。

「どんな？」

「世子《セジャ》様のことですから、奥ゆかしく、落ち着きのある女人を好まれるのではないかと」

「奥ゆかしく、落ち着きのある女人か。例えばどういう？　もっと具体的に言うてみよ」

そこまで聞かれるとは思っていなかったので、ラオンはうまい喩《たと》えが浮かばず、答えに窮した。

すると、今度も明温《ミョンオン》が口を挟んだ。

「朝鮮の女たちを見ればわかる。奥ゆかしく、所作が落ち着いていて、実に女らしいではないか」

すると、ソヤンはすぐさま反論した。

「雨の日でもないのに頭から布を被ったり、人に話しかけられてもうつむいてばかりで目も合わさなかったり、それを奥ゆかしく、落ち着きのある所作だと言うのか？　それのどこがいいのか、朝鮮の男の好みはちっとも理解できない」

「残念だが、私の兄上も、かくいう朝鮮の男」

「もういい。また聞きたいことができたら訪ねるとしよう」

ソヤンは女人らしからぬ大股の早歩きで立ち去ろうとして、ラオンに振り向いた。

「本当に、わらわに会ったことはないか？」

まだ忘れていなかったのかと、ラオンは身が縮んだ。

「ございません」

「おかしいな。どこかで見たような顔だが……」

ソヤンは最後までぶつぶつ言いながら資善堂《チャソンダン》を去っていった。その後ろ姿が見えなくなるまで見送って、ラオンはほっと胸を撫で下ろした。官服のおかげで気づかれずに済んだ。女人の服を着ている時とは印象がまるで違うらしい。

「ソヤン姫と、何かあったのか？」

不意に、隣から明温《ミョンオン》に話しかけられた。ソヤンと一緒に帰ったものとばかり思っていたので、ラオンは一瞬、息が止まるほど驚いた。

「何もございません。明温公主《ミョンオンコンジュ》様とソヤン姫様は、とても親しくなられたのですね」

「お互い似たもの同士なのだろう。異国に来て悩んでいるのを見て、話を聞いているうちに親しくなったのだ。もちろん相容れないところもあるが」

「さようでございましたか」

「それより、この間はなぜ来なかった？」

「この間とは、いつのことでございますか？」

「チャン内官から聞いていないのか？」

「はい、特に何もうかがっておりませんが」

「そうか、聞いていなかったのか。そうとも知らず、私はてっきり……」

明温《ミョンオン》はラオンに背を向けて怒りを露わにして言った。

「おのれチャン内官め。ただではおかぬ！」

「何かご用でしたか？」

「こちらのことだ」

「明温公主《ミョンオンコンジュ》様も、お悩みがおありなのですか？」

「この私に悩みなどあるものか。それより、風邪を引いたと聞いたが、ずいぶん悪かったようだな。頬がこんなにこけて」

「そんなに、こけましたか？」

「鏡を見ていないのか？」

「申し訳ございません」

言われてみれば、ここ数日、いろんなことが起こりすぎて鏡を見る暇もなかった。

すると、唐突に明温《ミョンオン》が言った。

「お前は何が好きなのだ？」

「はい？」

「食べたいものがあるなら、遠慮なく言え。私が用意させる」

「身に余るお言葉にございます」

「お前を特別に思って言っているのではない。宮中では宦官一人、ろくに食べさせることもできないのかと悪いうわさを立てられたくないだけだ。今すぐでなくても、何か食べたいものが浮かんだら、私に言うのだぞ」

言い方は乱暴だが、明温《ミョンオン》が心からラオンを心配しているのがわかる。

「お気遣いには及びません。宮中に来てから、これまで見たこともない料理もいただけて、まるで天国に来たようです」

「それならよいのだが」

ラオンが自分に距離を置こうとしているように感じられ、明温《ミョンオン》は一瞬悲しい顔を見せたが、すぐに気を取り直して言った。

「では、私は行くぞ」

「もうお帰りですか？」

「用事は済んだ」

資善堂《チャソンダン》を出ていく明温《ミョンオン》の後ろ姿に向かって、ラオンは言った。

「わたくしが一番好きなのは」

すると、明温《ミョンオン》は立ち止った。

「気の置けない友と囲む食事です。そばに大切な友がいれば、何を食べても美味しく感じられますので」

明温《ミョンオン》はラオンに振り向くことなく微笑んで、再び歩き出した。その後ろ姿からも明温《ミョンオン》の表情が伝わり、ラオンも微笑んだ。

ソヤンと明温《ミョンオン》が去ると、資善堂《チャソンダン》に再び静寂が訪れた。

「さてと。ソヤン姫様の疑いを晴らしに行きますか」


白く輝く朝日が大地を照らし始めている。旲《ヨン》は重熙堂《チュンヒダン》の二階から、その風景を眺めていた。そこへ、チェ内官がやって来た。

「世子《セジャ》様、大殿《テジョン》から使いの者がまいりました。間もなく王様より重大な公布をなさるそうにございます」

「あいわかった」

王の公布が行われる頃には、太陽は空の頂に昇っているだろう。民への公布は、同時に新たな時代の幕開けを告げる鐘の音になる。

「しばらく忙しくなりそうだ」

「そうでございますね」

「府院君《プウォングン》の方に動きはあったか？」

「今のところはまだ何も」

「そうか」

昊《ヨン》は訝しむようにわずかに目を細めた。

「パク判内侍府事《パンネシブサ》は何と言っている？　あの方の考えはまだ変わらないのか」

「あれ以来、何の知らせも届いておりません」

「そうか」

「世子様《セジャ》」

チェ内官は世子《セジャ》の身を案じ、静かに進言した。

「あの者たちが王様の御心を知れば、当分の間、宮中は騒がしくなりましょう。今は何もかも忘れて、少しお休みになってはいかがでしょうか」

その話の最中、ふと東宮殿《トングンジョン》に入っていくラオンの姿が見え、昊《ヨン》は表情をほころばせた。

「そうだな。何もかも忘れて、少し休むとしよう」


重い足取りで東宮殿《トングンジョン》の中を進むラオンの前に、突然、昊《ヨン》が現れた。

「遅刻か?」

「出る間際に急用ができたのです。もしや、わたくしがいない間に、清の使節が訪ねて来ましたか?」

もしかしたらソヤン姫様が来たかもしれないと、ラオンは心配になった。

「いや、誰も」

「それをうかがって安心いたしました。世子《セジャ》様は、ここで何をなさっているのです?」

「友が来るのを待っていたのだ」

昊《ヨン》は何気なく言ったが、それを聞いて、ラオンは感極まってしまった。

「どうした?」

「世子《セジャ》様が友と呼んでくださったのがうれしくて、胸が震えております」

「そういうものかな」

本当は僕も震えていると言えば、ラオンは信じるだろうか。いつからか、ラオンに会うたびに胸が高鳴り、この小さい顔が、つぶらな瞳が、わけもなく瞼《まぶた》に浮かぶようになった。

昊《ヨン》は腰を屈め、ラオンの瞳をのぞき込んだ。つくづく不思議な顔だと思う。両目には芽生えの春が、鼻には灼熱の夏が、紅い唇には実りの秋が、長く華奢な首筋には雪降る冬が宿っていて、一年中見ていても飽きそうにない。

「どうかなさいましたか？」

昊《ヨン》にまじまじと見つめられ、ラオンは恥ずかしくなって顔を逸らした。すると、昊《ヨン》はそんなラオンの両頬を包むように手で押さえ、自分の方を向かせた。

「世子《セジャ》様」

「これからは、僕がいいと言うまで目を逸らすでない」

昊《ヨン》はラオンを見つめる目に力を込めた。こうしているだけで甘い気分に包まれ、こちらを見返すラオンのまっすぐな眼差しに鼓動が速くなっていく。ラオンの官服姿に、あの夜の韓服《チマチョゴリ》が重なって、もう一度あの姿が見たい、綺麗に着飾ったラオンを抱きしめたいという思いに駆られる。

だが、今はまだその時ではないこともわかっている。きょとんとした顔で自分を見つめるラオンを見つめ、昊《ヨン》は込み上げる感情を抑えた。そして、ラオンの頬を指で押して言った。

「汚れがついているぞ」

「申し訳ございません」

汚れなどついていなかったが、袖で慌てて頬を拭くラオンに、昊《ヨン》は笑ってしまった。可愛くて抱きしめたくなる。初めて覚える感情に戸惑い、怖くさえあるが、そんな不安も吹き飛ばしてしまうほど今朝のラオンはひときわ輝いて見えた。

朝日に照らされたラオンの姿が、昊《ヨン》の目に深く焼きついていった。


資善堂《チャソンダン》の障子紙が茜色に染まる頃、誰かが戸を開けて入ってくる気配がして、ビョンヨンは起き上がり梁《はり》の上から飛び下りた。

「世子《セジャ》様が何の用だ？」

「久しぶりに友に会いたくなってな。ラオンはまだ帰っていないのか？」

昊《ヨン》は褥《しとね》の上に座り、頬杖をついて言った。

「そろそろではないか？」

そう言って、ビョンヨンも昊《ヨン》の隣に腰を下ろした。気ままに本をめくり、昊《ヨン》は言った。

「何日も出かけていたそうだな」

「ああ、ちょっと野暮用があってな」

「野暮用か。それはご苦労なことだ」

「どういう意味だ？」

「お前が、自分の用事で何日も王宮を空けたということがさ」

「…………」

しばらく沈黙が流れ、最初に口を開いたのは昊《ヨン》だった。

「ラオンのことだが」

「………」

「変わった様子はないか？」

昊《ヨン》はそう尋ね、ビョンヨンの顔色をうかがった。ビョンヨンからは、特に動揺する様子は見られない。ラオンが女であることを、まだ知らないのだろうか。

「変わった様子？」

ビョンヨンが聞き返すと、昊《ヨン》は何ともない顔をして言った。

「いや、ないならいい。変わったやつだから、一緒に暮らすお前も苦労が絶えないだろうと思っただけだ」

「あいつがおかしいのは今に始まったことではないさ」

「まったくだ。ところで、これは何だ？」

昊《ヨン》がそれを見せると、ビョンヨンは明らかに狼狽した。

月下老人の腕飾り――。

先ほど、梁《はり》から飛び下りた時に落としたようだ。

「腕飾りのようだが」

「何でもない」

「腕飾りか。待てよ。お前がするはずはないし……もしかして、女物か？」

「返せ」

「そうなのだな？　さっきの野暮用というのは、そういうことだったのか。お前、さては女ができたな？」

「そんなんじゃない」

「だったら、これが何か説明してみろ」

「何でもないって。返せよ」

「へえ、お前についに女ができたか。これはいい。相手はどういう人だ？」

「違うと言っているだろう」

「言えよ、水くさい。友に言えないことはあるまい」

「………」

昊《ヨン》は子どもに戻ったように笑った。

「世子《セジャ》様ともあろう方が、子どもみたいなことをするなよ。もういいだろう。返してくれ」

「お前こそ、これが初めてみたいな照れ方をするな」

「返せって！」

ビョンヨンは堪らず、無理やり奪い取ろうとした。だが、昊《ヨン》がうまく避けると、ビョンヨンはむきになって昊《ヨン》に飛びかかり、二人は揉み合いになった。

「離せ！」

「相手は誰だ？　白状しろ」

「…………」

「お前の心を奪った女は誰だ？　言えよ。好きな人ができたら一番に僕に教えると約束したではないか」

「…………」

「お前が腕飾りまで買ったのを見ると、本気なのだな。誰だ？　言わないと返さないぞ」

口で言っても埒《らち》が明かないと思い、ビョンヨンは今度は昊《ヨン》の手首をつかんだ。だが、昊《ヨン》はすぐさまそれを振り払い、両手を高く掲げた。ビョンヨンも腕を伸ばして昊《ヨン》の手をつかんだが、その拍子に昊《ヨン》がふらついて、二人は団子になって床に倒れ込んだ。昊《ヨン》が後頭部を強く打つと、ビョンヨンはその隙に腕飾りを奪い取った。

「相手が誰か言わないからだ」

荒い息を吐きながら昊《ヨン》が言うと、ビョンヨンも負けじと言い返した。

「最初から素直に返していればよかったのだ」

少しやり過ぎたと思い、ビョンヨンは言いながらばつが悪そうな顔をした。

そこへ、ラオンが帰ってきた。

「キム兄貴、ただ今帰りまし……」

二人が重なり合っているのを見て、ラオンは石のように固まった。

「失礼いたしました！　お続けください！」

顔を真っ赤にして慌てて戸を閉めるラオンを見て、二人は呆気にとられた。

「あいつ、どうしたのだ？」

昊《ヨン》はビョンヨンと顔を見合わせた。ビョンヨンは、昊《ヨン》に馬乗りになっている。二人は同時に叫ぶように言った。

「違う！」

「これは誤解だ！」

四　好きなのは女人だ！

翌朝、日課に向かうラオンの頭の中は、昨夜のことでいっぱいだった。見てはいけないものを見てしまった気分だった。部屋の中で、旲《ヨン》とビョンヨンが二人きり、互いに抱き合っている姿が脳裏に焼きついて、思い出すだけで顔が熱くなってくる。誰もが振り向くようないい男同士が激しく抱き合っていたと知ったら、世の女人たちはきっと悲鳴を上げるだろう。

「ソヤン姫様に何て言おう」

どれほど頑張っても、温室の花の世子《セジャ》様はあなた様には振り向きません。だって、あの方は女人に興味がないのですから、などと言うわけにもいかず、ラオンは頭を抱えた。

「ホン内官、ホン内官！」

後ろから呼び止められて振り向くと、ト・ギが手を振って近づいてきた。

「ト内官様、お元気でしたか？」

ト・ギが清の使節団を迎えるため太平館《テピョングァン》に召集されて以来、会うのは久しぶりだった。

「俺は相変わらずだ。ホン内官はどうだ？」

「おかげさまで元気にしておりました」

「便りがないのが元気な証拠と言うからな。会えなくてもお互い元気ならそれでいいさ。ところで、あのうわさを聞いたか？」

久しぶりに王宮に戻ってきたと思ったら、またうわさ話かと、ラオンはト・ギのまめさに呆れ半分で聞き返した。

「どんなうわさです？」

ト・ギは周りに人がいないのを確かめて、ラオンに耳打ちした。

「ソン内官が何者かに襲われたそうなのだ。当分は動くこともできないほどひどくやられたらしい」

「ソン内官様が、またどうして？」

「そこまでは俺にもわからん」

「誰かに恨みを買ったのでしょうか」

「いや、それが、どうもそういうことではないらしいのだ。ソン内官は下級の従《チョン》九《ク》品《プム》尚苑《サンウォン》に降格となり、マ内官、いや、マ・ジョンジャのやつは見習いからやり直しになった。役職に障ったのを見ると、どなたか上の方のお怒りを買ったとしか思えない」

「そのような事態が起きていたとは、知りませんでした」

「これもうわさなのだが、宮中に残れたのが幸いなほど重大な失態を犯したらしい」

「よほど悪いことをなさったのですね」

「あの二人が何をしたかは知らないが、俺は十年の胸のつかえが下りたような気分だよ」

ト・ギは心からすっきりした顔をして言った。

「おっと、いけない。ホン内官と喜びを分かち合いたいばかりに、つい長居をしてしまった。俺はもう行くよ。詳しい話はまた今度な」

「ではまた。お気をつけて」

慌ただしくト・ギを見送って、ラオンは急に怖くなった。足元の地面が、薄氷のように見えてくる。今はどれほど偉い人も、わずかでも踏み場所を誤れば、暗く冷たい水の中に落とされる。私は、そんな薄氷の上に立っているのだ。

ラオンは宮中の恐ろしさを改めて思い知らされた気がして、今さらながら膝が震えた。

「何をぶつぶつ言っているのです？」

すると、後ろから声をかけられて、ラオンは飛び上がった。振り向くと、ユンソンがいつもの微笑みを湛えて立っていた。


「礼曹参議《イエジョチャミ》様！」

「ホン内官が気になって、様子を見に来ました」

「この早朝に、そのためにいらっしゃったのですか？」

「ええ。ただそれだけのために訪ねてきました」

「お忙しいのではありませんか？　先日は、お仕事が山積みのようでしたが」

「もちろん忙しいですが、ホン内官に会う方が大事ですから、すべてを差し置いて駆けて来てしまいました」

　ユンソンは声を出して笑い、ラオンも笑った。

「悪いご冗談をおっしゃらないでください」

「冗談ではありません。本当です」

「わかりました、信じます。わたくしに、何かご用ですか?」

　ラオンが尋ねると、ユンソンは冗談とも本気ともつかない顔をして、ラオンの耳元でささやいた。

「ホン内官はいつがいいですか?」

　吐息に耳をくすぐられ、ラオンは思わず肩をすくめた。

「何のことですか?」

「次に出かける日ですよ。いつにしますか?」

「またお出かけになるのですか?　わたくしは無理です。毎日、目が回る忙しさで、外に出る暇などありません」

「宮中に宦官が何人いると思っているのです?　代わりならいくらでもいるのですから、心配しないで言ってください。いつにします?」

「それはそうですが、だからと言って仕事を休むわけにはいきません」

「そうだ。先日の服は気に入りました?」

「服は……はい、とても素敵です。でも、わたくしにはもったいなくて着られません。お返しします」

「本当はそう思っていないのではありませんか?」

ラオンの胸の内を見透かすように、ユンソンは小さく笑った。そしてすぐに真顔になって、

「実は、ホン内官を訪ねた本当の理由は別にあります」

と言った。

「わたくしのことが気になって会いに来てくださったのではないのですか？」

「もちろんです。それも兼ねてということです」

「兼ねて？」

「また一つ、頼みたいことがあって来ました」

ラオンはどきりとした。

「頼み事なら、先日、聞いて差し上げたはずです。一度だけとおっしゃるから、お望み通り女人の服も着ました」

「でも、目的を果たせなかったではありませんか。私がお慕いしている方への贈り物。覚えていませんか？」

「そうおっしゃられましても……」

「だからもう一度、つき合ってください」

ラオンはやり取りをするのが少し面倒になった。

「申し訳ございませんが、わたくしにはできかねます」

「ホン内官にしか頼めないのです」

「お役に立てず申し訳ございません。わたくしには守るべき本分がありますので、これで失礼いた

します」

ユンソンの頼みをきっぱりと断り、ラオンは日課へと向かった。

「ずいぶん手強いな」

思っていた以上に頑ななラオンに、ユンソンは頭を掻き、そして不敵な笑みを浮かべた。

「次はどんな手で行こうか」


ユンソンと別れ、ラオンは東宮殿《トングンジョン》に向かった。

「あの調子で何度も来られては困る。私を何だと思っているの？　向こうは冗談のつもりかもしれないけど、こちらの立場も考えていただかないと。温室の花の世子《セジャ》様といい、礼曹参議《イエジョチャミ》様といい、私はどうしてこう、いつもからかわれてばかりなのだろう」

ラオンは腹が立ってきた。

「失礼しちゃう」

ぶつぶつ言いながら東宮殿《トングンジョン》の門をくぐると、すぐさまチェ内官が駆け寄ってきた。

「ホン内官」

「チェ内官様！」

「急いでくれ。世子《セジャ》様がお呼びだ」

「世子様《セジャ》が？」

今、世子様《セジャ》が私をお呼びになるとしたら、理由は一つ。女人が訪ねてきたに違いない。ラオンは大急ぎで昊《ヨン》の部屋に向かった。

ところが、着いてみると部屋の中には昊《ヨン》しかいなかった。

「世子様《セジャ》、ホン内官がまいりました」

チェ内官が告げると、昊《ヨン》は本から顔を上げた。

ラオンは昊《ヨン》の様子をうかがいながら言った。

「お呼びでございますか？」

「ホン・ラオン」

「はい」

「支度をしろ。これから市井に出かける」

「市井に、でございますか？」

何とか断ったばかりだというのに、結局、王宮を出ることになってしまった。


理由を告げられないまま、ラオンは昊《ヨン》と共に王宮を出た。しばらく歩き続けていると、高い塀に囲まれた古い屋敷に辿り着いた。事前に昊《ヨン》が来ることを知らされていたようで、二人が到着すると、すぐに老いた下人が出迎えて、奥に案内した。通されたのはとてもこの世とは思えない、別世界のような部屋だった。

「おいでなさいまし」

部屋では見惚れるほど美しい女たちが二人を待っていて、昊《ヨン》は慣れた様子で上座に座った。ラオンが中に入るのを躊躇っていると、昊《ヨン》は自分の隣の席を指さして言った。

「座れ」

「はい？」

「お前の席だ」

「わたくしの？」

「お前の労《ねぎら》うために一席設けたのだ。お前が座らないでどうする」

「わたくしの労でございますか？」

「ここ数日、宴やら何やら、僕に付いてよく尽くしてくれた。今日はその礼がしたい」

「そのことでしたら、わたくしの勤めでございます。どうぞ、お気遣いなさらないでください」

「それでは僕の気が済まないのだ」

「しかし……」

「昨晩、妹が僕のところへやって来て、こっぴどく叱られたよ」

「明温公主《ミョンオンコンジュ》様が？」

「ああ。自分の家臣にろくに食べさせもしない悪者だと、散々責められてな。何日か猶予をやるから、ホン内官を太らせろ、そうしなければこの公主《コンジュ》が許さないと、たいそうご立腹だ」

ラオンは昨日の明温《ミョンオン》とのやり取りを思い出した。唐突に食べたいものはないかと聞かれたが、まさか旲《ヨン》に直談判までするとは思いもしなかった。大したものだ。世子《セジャ》様を脅すようなことができるのは、国中どこを探しても明温公主《ミョンオンコンジュ》様しかいないだろう。

「明温公主《ミョンオンコンジュ》様が、そうおっしゃったのですか？」

「そうだ。だから今日は、腹いっぱい食べてくれ」

「お気持ちはうれしいですが、わたくしは本当に結構でございます」

「いいのか？」

「はい」

「本当に？　聞くのはこれが最後だ。本当にいいのだな？」

最後と聞いて、ラオンは慌てて旲《ヨン》の隣に座った。

二人が席に着くと、女たちは目にも鮮やかなご馳走を膳の上に並べ始めた。料理は次から次に運ばれてきて、ラオンは不安な面持ちで隣に座る旲《ヨン》を見た。旲《ヨン》はその視線に気がついて、ラオンに尋ねた。

「どうした？」

「本当に、いただいていいのですか？」

こんな日が来るとは夢にも思わなかった。これまで人をもてなすことはあっても、人にもてなされたことは一度もない。初めてのことに、ラオンは戸惑いを隠せなかった。

「まさかとは思いますが、王室秘伝の技で作られた料理ではありませんよね？　例えば、いただいたことが人に知られたら処罰を受けるような、そういう類のものではありませんよね？」

「せっかくの料理を前にして、それ以上おかしなことを言うつもりなら、全部下げさせるぞ」

「い、いいえ、それはいけません。いただきます。全部いただきます」

ラオンは慌てて料理を口に運んだ。どれもほっぺたが落ちそうなほどおいしくて、ラオンはしばらく時を忘れ、夢中で箸を動かして次々に皿の上の料理を平らげていった。そして、もう入らないというところで箸を置き、幸せそうに笑った。旲《ヨン》もうれしそうに微笑み、後ろに控える女人に言った。

「頼んだ物は用意できたか？」

「はい。ただいまお持ちいたします」

女人は軽く頭を下げて静かに戸を開けた。すると、ざっと十人ほどの女人たちがぞろぞろと部屋の中に入ってきた。半分は赤い漆塗りの宝石箱を抱え、あとの半分はそれぞれに三、四着ずつ、見るからに上等な服を抱えていた。

「好きな物を選ぶといい」

「選ぶとは、何をでございますか？」

「言っただろう。今日はお前の労を労《ねぎら》いたいのだ。これはその礼だ。気に入った物を選んでくれ」

「本当ですか？」

「世子《セジャ》の命令だ」

ラオンはうれしそうに、さっそく褒美を選び始めた。そういう命令なら、毎日でも大歓迎だ。

珊瑚の胸飾《ノリゲ》りや、かぼちゃの飾りがついた髪飾り、紫水晶が埋め込まれた蝶が揺らめく繊細な作りの簪《かんざし》に金の指輪まで、見ているだけで目が眩みそうになるものばかりが並んでいる。どれも素晴らしくて、ラオンはしばらく悩んだ末に、服を二着と素朴な作りの銀の簪《かんざし》を一つ、それに髪を結う桃色の布を手に取った。

「それだけか？」

「はい。母と妹の服と、母には銀の簪《かんざし》を、妹には髪に結ぶ桃色の布をいただきます」

すると、昊《ヨン》はわずかに不満そうな表情を浮かべた。

「ちょっと、いただきすぎですよね」

ラオンはぎこちなく笑い、ダニに選んだ桃色の布を戻した。

だが、昊《ヨン》はなおも不満そうだ。

「つい欲張ってしまいました」

ラオンは銀の簪《かんざし》も戻した。

「馬鹿なやつだ」

「何がです？」

「普通なら、いい物を一つでも多くもらおうとするものだ。それなのに、お前はこれだけある褒美の中から、どうしてそれしか取ろうとしない？」

「昔、祖父によく言われていたのです。分不相応な欲は、いつか災いとなって自分に返ってくると」

「だから分をわきまえて、それを選んだというのか？」

「はい。これだけでも、わたくしにはもったいないくらいです」

「だが、お前のものがないではないか」

昊《ヨン》は面白くなくて、つい責めるような言い方になった。

「どれも女人のものですので」

ラオンはそう言って、また気まずそうに笑った。温室の花の世子《セジャ》様、私は宦官なのですよ、と胸の中でつぶやいて。

すると、昊《ヨン》は褒美に用意したものを自ら選び、一番手の込んだ品のいい服を抱えて席に戻った。それはラオンのために特別に仕立てさせた服だった。

「これも持て」

お前に似合うと思って作らせた服だ。だからこれを着て、ほかの男が贈った服など二度と着ないでくれ。

本当はそう言いたかったのだが、口を衝いて出たのは心にもない言葉だった。

「いつか好きな女《ひと》ができた時に着せてやるといい」

本当は、今すぐにもラオンに着て見せて欲しかったが、ラオンから事情を打ち明けられていない以上、自分からそれを言うわけにはいかなかった。

当のラオンは、思いがけず上等な褒美を贈られて、口をあんぐりさせていた。ラオンが戸惑っている間にも、褒美は次々に風呂敷に包まれていく。包みを受け取って、ラオンは口を閉じるのも忘れて言った。

「これは夢でしょうか。空から財神様《ざいしん》が降りてきたみたいです」

「そんなにうれしいか？」

「はい、うれしいです」

「大げさだな」

口をすぼめ、にやけそうになるのを我慢しているラオンの頭を撫で、旲《ヨン》は改まって言った。

「ラオン」

「はい、世子《セジャ》様」

「お前に言っておきたいことがある」

「何でございますか？」

旲《ヨン》が真面目な顔をして言うので、ラオンも居住まいを正した。

「僕は、お前が考えているような人間ではない」

「何のお話でございますか？」

「昨日の晩、お前が見たあれだ」

「昨日の晩とおっしゃいますと……」

ラオンはにわかに赤くなった。思い出すだけで赤面してしまう。

「そのことなら、お気になさらないでください。以前から存じておりました」

「違う、そうではないのだ」

「お気になさらずともいいのです。確かに言いにくいことかもしれませんが、誰にでも一つや二つ、秘密はあるものです」

「僕の話を聞いてくれ。違うと言っているではないか、違うと！」

昊《ヨン》は一言一言、ラオンの額を指で押しながら言った。

「いいか、僕にはお前が思うような秘密などない」

「それでしたら、昨晩のあれは何だったのです？」

「ふざけていただけだ。それも弾みで起きたこと。妙な誤解をするな」

昊《ヨン》が言い訳をすればするほど、ラオンは胸を痛めずにはいられなかった。将来、国王となるべき世子《セジャ》様には、人を好きになる自由もないのだろう。ここは世子《セジャ》様のおっしゃることを信じるふりをすることが、せめてもの思いやりだ。

「そうでしたか」

だが、昊《ヨン》の目はごまかせなかった。

「うそではない」

「承知いたしました」

「本当に本当だ」

「ええ、本当なのでしょう」

適当に受け流すばかりでまったく取り合おうとしないラオンに、昊《ヨン》はついに叫んだ。

「僕が好きなのは女人だ！　それに、心に想う女《ひと》もいる」

ラオンは驚き、耳を疑った。今、世子《セジャ》様は確かに心に想う女《ひと》がいるとおっしゃった。相手は一体、誰なのだろう。

ラオンは頭の中に女人たちの顔を浮かべた。

●

食事を終え、屋敷を出た旲《ヨン》とラオンは、街の中を見物して歩いた。傍から見れば紛れもなく仲のいい兄と弟である。

「世子《セジャ》様、今、どちらに向かっていらっしゃるのです？」

「そうだな。どこへ行こうか」

「決めていらっしゃらないのですか？」

「お前は、行きたいところはないか？　あるなら言ってみろ」

「申し上げたら、連れて行ってくださいますか？」

「ああ」

「家に行きたいと申し上げてもですか？」

「行けないことはない」

旲《ヨン》はラオンの家に向かうことにした。

ところが、そこへ護衛が駆け寄ってきた。

「世子《セジャ》様」

その護衛が何やら耳打ちすると、途端に昊《ヨン》の表情が変わった。そして、久しぶりの帰省に浮足立つラオンに言った。

「ラオン、すまないが急用ができた。少し遅くなりそうだ」

「でしたら、わたくしは先に王宮に戻ります」

ラオンは平気な顔をして昊《ヨン》に言ったが、本当はがっかりしているのが声にも表れていた。久しぶりに家族に会えるはずが、糠喜びに終わったのだから無理もない。昊《ヨン》はそんなラオンの気持ちを察して、家に帰るよう勧めた。

「せっかく来たのだから、家族に顔を見せてきたらどうだ？」

「ですが……」

「遅くても戌の刻（午後七時から午後九時）には終わるだろうから、その時分にここで落ち合おう」

それを聞いて、ラオンの表情はぱっと明るくなった。

「はい！」

「この間のように、遅れるなよ」

昊《ヨン》はラオンと初めて宮中を出た時、ラオンが明温《ミョンオン》にさらわれたことを思って念を押した。そして、愛おしそうにラオンの頭を撫で、後ろ髪を引かれる思いで街の中を駆け抜けていった。

「やった！　これで母さんとダニに会える！」

心が弾み、褒美にもらった包みを大事に胸に抱いて、ラオンはふと思い出したように独り言を言った。

「それにしても、世子《セジャ》様はどうして外に出ようとおっしゃったのだろう？」

本当に宴での働きを労うためだったのだろうか？

すると、後ろから肩を叩かれた。振り向くと、そこにはユンソンが立っていた。

「ごきげんよう」

「礼曹参議《イエジョチャミ》様！」

ラオンが驚くと、ユンソンも驚いた顔をして言った。

「誰かと思ったら、忙しくて宮中から一歩も外に出られないと言っていたホン内官ではありませんか」

ラオンは気まずそうに、ははは、と笑った。一緒に出かけようという再三の誘いを断った相手と、まさかここで出くわすとは夢にも思わなかった。

五　乾いた地に咲く花

突き抜けるような空の下に、紅い絹を広げたような山々が広がっている。刺繍糸で染め上げたような景色が季節に深みを与え、窓から吹く風もだいぶ冷たくなった。

「もうすぐ秋が終わり、冬が来る」

窓の外を眺めていたユンソンが振り向くと、府院君金祖淳《プウォングンキムジョスン》が墨を含んだ筆を置くのが目に入った。朝日が差し込む部屋に、濃い墨の匂いが漂っている。

画仙紙の上には一本の蘭の花が描かれていた。太く長く伸びた葉が、蘭の花に似合わない硬い印象を与えている。華奢でありながら、竹のような風情を嗜《たしな》むのが蘭を描く醍醐味ではないのか？　そんな違和感を微笑みで隠し、ユンソンは祖父が話し出すのを待った。しばらくして府院君《プウォングン》がユンソンを見て言った。

「昨夜、大殿《テジョン》に仕えるユン内官が訪ねてきた」

「そうですか」

ユンソンはいつもの柔らかい笑みで返した。人の情など少しも感じられない、面を被ったような微笑みだが、目の前でその笑顔を見る府院君《プウォングン》は何も感じていないようだった。幼い頃から世子李昮《セジャイヨン》に引けを取らない明敏な孫だけに、府院君《プウォングン》がユンソンにかける期待は大きい。

「このところ、王様が妙な動きを見せているそうだ」

ユンソンの笑みがさらに大きくなった。早朝から呼び出すくらいだから、それなりのことがあるのだろうと思っていたが、府院君《プウォングン》が蘭を描いているのを見て、これはよほどの大事に違いないと直感していた。ユンソンは抑揚のない声で府院君《プウォングン》に言った。

「もともと気の弱い方ですから、きっと進宴《チニョン》の一件で心労が祟ったのでしょう。重臣たちが取った行動が、思いのほか王様のお気持ちを深く傷つけたようです」

「進宴《チニョン》の件は、我々に非はない。くだらない浅知恵で我々を愚弄しようとした世子《セジャ》様の無謀さが引き起こしたことだ」

「しかし、此度のことで王様が思いを新たになさったとしても不思議はありません」

「思いを新たに、か」

何を思ったのか、府院君《プウォングン》はふと笑みを浮かべ、新たに画仙紙を広げて筆先を墨に浸した。紙の上にまっすぐに置かれた筆は水のように紙の上を流れ、やがて一匹の鯉が現れた。

「万物には生まれ持った分というものがある。蘭は茎を生やした岩の割れ目から離れられず、鯉は水の中でのみ生きられる」

「王様は、我々から離れることはできないということですか?」

「あの方は賢明な方だ。ご自分の生まれ持った分をよく心得ておられる。聖君とは、常に言動を慎んでこそなれるもの。そういう意味で、王様は聖君の中の聖君と言えるだろう。今の太平の御代があるのも、あの方によるところが大きい」

それはユンソンも認めている。事実、祖父金祖淳《キムジョスン》の言うことは正しかった。君主は君臨こそすれ、統治を行うことはない。聖君とは、いわば操り人形になれてこそということなのだろう。またそれでこそ、影で糸を引く府院君金祖淳《プウォングンキムジョスン》の世は守られる。

「だが、そういう意味で、世子様《セジャ》はちと問題が多すぎる」

ユンソンは思わず声を出して笑った。

「世子様《セジャ》に問題が多いとおっしゃるのは、お祖父様のほかにいらっしゃらないでしょう」

すると、府院君《プウォングン》も笑った。

「無論、才覚に優れた方であることには違いない。むしろ才に恵まれすぎているのが問題なのだ。器というのは、凹みがあるからものを入れられる。ところが世子様《セジャ》の器はすでにあらゆるもので満たされてしまっている。隙間がなければ、それ以上は何も入れられない。あの方に欠けているのはそこだ。できる者の目には見なくてもいいものまで映り、見てはならないものにまで目が届く」

含みのあるその言葉は、玉座を凌駕する力を持つ府院君《プウォングン》が、まだ王位を継いでもいない世子《セジャ》を警戒していることの裏返しだった。国を治める能力を持ち、物事の裏まで見抜く世子《セジャ》は、簾《すだれ》に隠れて権勢を振るう府院君《プウォングン》には早くも目に障る存在になっていた。

「それはそうと」

府院君《プウォングン》が鯉の鱗を描きながら言った。

「例の件はどうなった?」

「人を動かすのは、思い通りにはいかないようです」

府院君《プウォングン》は手を止め、鯉を見たまま言った。

「驚いたな。お前の口から、そのような言葉を聞かされるとは」

「私とて、すべてを思い通りに運べるわけではありません」

「もっともだ。人生はそう思い通りにばかりいくものではない。ところで」

府院君《プウォングン》は顔を上げ、ユンソンを見た。

「少し見ないうちに、ずいぶん顔つきが変わったようだ」

「私の顔が、変わりましたか？」

「乾いた地に咲く一輪の花といったところか」

ユンソンは穏やかに笑った。

「それは、どういう意味でございますか？　若輩者の私には、お祖父様のおっしゃることの意味がよくわかりません」

わざわざ聞き返さなくても、ユンソンにはわかっていた。乾いた地とはユンソン自身のことを指し、花はひび割れた土からは生まれない何か、人の情のことを言っているのだろう。府院君《プウォングン》は孫の中に芽生え始めた情が、計画を損ねるのではないかと案じ、ユンソンは人の情とは何かを無言で祖父に尋ねていた。

「気乗りしないなら手を引け。この件はほかの者に任せよう」

府院君《プウォングン》は穏やかに、それでいて切り捨てるように言った。すると、ユンソンはおもむろに首を振った。

「私が始めたことです。始末は私がつけます」

「その言葉、信じていいのか？」

「失望させることはいたしません」

府院君《プウォングン》は再び筆を動かし始めた。繊細な筆先が、流れるように鱗を描いていく。

「忘れるな。洪景来《ホンギョンネ》の子は狩りのための猟犬に過ぎない。狩りが終われば、役目を果たした猟犬は飼い主に食われる。計画が完遂した暁には、消えてもらわねばならん」

「心得ております」

ユンソンが返事をすると、府院君《プウォングン》はうなずいた。

「ご苦労だった」

ユンソンは一礼し、府院君《プウォングン》の部屋を出た。部屋を出る間際、府院君《プウォングン》はユンソンの背中に最後に釘を刺した。

「失敗は絶対に許さん。それはお前も例外ではない。情に流されて、大事を損ねるなよ」

ユンソンは面を被ったような笑顔を湛えたまま、府院君《プウォングン》に振り向いて言った。

「行ってまいります」

部屋の戸が閉まると、府院君《プウォングン》は画仙紙から筆を離した。描き終えた鯉は、今にも水面から飛び出してきそうなほど躍動的だ。

筆を置き、描いたばかりの鯉をじっと見つめた。あとは目を描き入れるだけだが、入れどころが定まらない。いつもこうだと府院君《プウォングン》は思った。すべて完璧に満たしたつもりでも、何かが足りない。

「やはり、この位置がよくないようだ」

天下を牛耳る力を手にしても、その存在はいつも簾《すだれ》の後ろ。持てる力に相応しい身の置きどころを手に入れるまでは、満足のいく絵を描けそうにない。

府院君《プウォングン》は苛立って、目のない鯉の絵を握り潰すように丸めた。

「次は目から描くとしよう」


表に出ると、ユンソンは澄み切った秋空を見上げた。

「もはや猶予はない」

祖父から催促されるのはこれが初めてだった。いよいよその時が来たということであり、これ以上の遅れは許さないという警告でもある。

「だが、どうすればいい？　あの人は簡単には動きそうにない」

ふと、ここへ来る途中、ラオンのもとを訪ねた時のことを思い出した。

「乾いた地に咲く花、か」

ユンソンは苦笑いを浮かべた。最初はお祖父様らしくないことを言うと思ったが、なるほど、うまく言ったものだ。

干上がった地と花とは実に似つかない組み合わせだが、せっかく咲いた花をむざむざと引き抜いてしまうのは忍びない。ひび割れた土にどう根を生やし、息づいたのか、自分でも皆目わからないが、じっくり観察させてもらうとしよう。だが期待はすまい。土が乾いていては、どのみち咲き続けることはない花だ。

ユンソンは東宮殿《トングンジョン》に向かった。もう一度、ラオンに会うつもりだった。ところが、東宮殿《トングンジョン》に差しかかったところで見覚えのある二人を見かけた。

「あの二人……」

ちょうど東宮殿《トングンジョン》から出てきた昊《ヨン》とラオンだった。その身なりから、外出するらしいことがすぐにわかった。昊《ヨン》がお忍びで市井に出ているのは知っていたが、意外だったのは昊《ヨン》のあとを追う若い男の恰好をしたラオンだった。何度誘っても頑なに断っていたラオンが、世子《セジャ》とは出かけるのかと思うと、ユンソンは心の中が波立つのを感じた。ラオンと昊《ヨン》が睦まじく笑い合う姿に、胸を針に刺されたような痛みが走る。

ユンソンは二人のあとをつけることにした。最初は昊《ヨン》を見張るためだったが、その視線は次第にラオンに向けられていった。ラオンが明るく昊《ヨン》に笑いかける姿が残酷なほど目に入ってくる。ラオンを見る時の昊《ヨン》の眼差しも気がかりで、目障りですらあった。

あの眼差し、あの表情は、家臣に対するものではない。あれは紛れもなく……。

ユンソンの目の色が変わった。そして、ある確信を得た。

「見かけによらず、陰険なお方だ」

世子《セジャ》様は気づいている。ついに我々の望みが叶ったのだ。

数日前、ラオンに無理やり女人の恰好をさせて世子様《セジャ》に引き合わせた。世子様《セジャ》に疑いを抱かせ、自らラオンの正体を突き止めるように仕向ける計画だった。だが、世子様《セジャ》は気づかなかった。その時は女人の顔を覚えられないにもほどがあると思ったが、あの様子を見る限り、そうではなかった。あの時、世子様《セジャ》はラオンの正体に気づいたのだ。気づいていながら、知らぬふりをしていたのだ。

二人の後ろ姿を見ながら、ユンソンは投げやりな笑みを浮かべた。ようやく思い通りに進み始めたというのに、胸の中は冷え冷えとしている。なぜこんな気持ちになるのかわからなかった。世子《セジャ》様がラオンを追い出さないことへの苛立ちか、気づいていながら知らないふりをし続けていることが気に入らないのか。それとも——。

世子様《セジャ》の隣で、見たこともない顔で楽しそうに笑っているラオンのせいだろうか。

ユンソンは街の通りを一望できる楼閣の二階に席を取り、昊《ヨン》とラオンの様子をうかがった。だが、しばらくすると、このまま尾行を続けても無駄に思えてきた。昊《ヨン》がそばにいる限り、ラオンに近づくことはできない。

今日のところは諦めて帰ろうと席を立った時、昊《ヨン》がラオンを残して急いで立ち去るのが見えた。一人残されたラオンを見て、ユンソンは無意識に笑った。どうやら今日は、あの娘と会う運命にあるらしい。

昊《ヨン》と離れ、ラオンは一人街を見物して歩いていた。その姿は好奇心に満ちた子どものようで何とも愛らしかった。先日贈った服を着ていないのを残念に思いながら、ユンソンはラオンの肩を軽く叩いた。

「ごきげんよう」

「礼曹参議《イエジョチャミ》様！」

ラオンは驚いて、大きな目をさらに大きく見開いた。思わぬところで出くわしたのだから無理もない。ユンソンは自分も驚いた顔をして言った。

「誰かと思ったら、忙しくて宮中から一歩も外に出られないと言っていたホン内官ではありませんか」

ラオンは気まずそうに、ははは、と笑った。引きつった笑顔まで憎らしいほど可愛い。

ふと、祖父金祖淳《キムジョスン》に言われたことが耳元に響いた。乾いた地に咲いた一輪の花というのは、ラオンのことを言っていたのではないのか？

だが、ユンソンはその考えをすぐに打ち消した。自分に限って、そのようなことは絶対に起こらない。

「ひどいですね。私の誘いはにべもなく断っておいて」

ユンソンが少し拗ねたように言うと、ラオンは困った顔をしてユンソンを慰めた。

「そのようなお顔をなさらないでください。わたくしも仕方がなかったのです。世子《セジャ》様からの言い付けで断りようがなく、好んで遊びに来たのではないことをわかって欲しかったが、ユンソンはなかなか納得しようとしなかった。事情があるにせよ、後ろめたい気持ちがして、ラオンは何とかユンソンの機嫌を取ろうとした。

「うそをついたのではありません。ですから変に思わないでください。わたくしがここにいるのは仕事のためです。そうでなければ宮中を出られません」

「傷つきました。私もあれほどお願いしたのに、あんまりだ」

「礼曹参議《イエジョチャミ》様」

「私にとっても大事な用事だったのですよ」

ユンソンは何を言っても納得せず、ラオンは困り果てた。

「それにしても、仕事というのは何です？」

「知り合いから頼まれたことなのです」

お忍びのお供で来たことは言ってはいけない気がして、旲《ヨン》のことは言わなかった。

「知り合い？」

ユンソンは周りを探した。

「どなたのことです？」

「急用ができたとかで、どこかへ行かれました」

すると、ユンソンは手の平を打ち鳴らし、少年のように笑った。

「それは好都合だ」

その顔を見て、ラオンは嫌な予感がした。

「例の頼み事も、聞いてもらえますか？」

やはりこう来たかと、ラオンは首を振った。

「女人の服なら絶対に着ません」

ユンソンは笑った。

「今日は違います。私と一緒に、私が好きな人への贈り物を選んで欲しいのです」

ラオンは腕に抱えた包みを見つめた。母と妹の顔だけでも見ておきたかったが、ここまで頼まれて断るのも気が引ける。残念だが仕方がないと､ラオンはユンソンの頼みを引き受けることにした。

「かしこまりました。まいります」


それから間もなく、ラオンとユンソンはとある工房を訪れた。その工房では女人の装身具を作っていて、年老いた女主人が二人の前にずらりと並べた品を説明し始めた。

「この蝶の簪《かんざし》を見てください。蝶の羽に紫水晶がぎっしり埋め込まれています。髪に挿すと、動くたびに蝶が羽ばたきをするように見えるんですよ」

「いや、説明は結構」

女主人の話を遮り、ユンソンは蝶の簪《かんざし》をラオンの頭に当てて尋ねた。

「これはどうです？」

「はい？」

「ホン内官はどう思うかと聞いているのです。僕にはこの蝶の簪《かんざし》も、あの紅玉の胸飾りも、その花の簪《かんざし》も、どれも素敵で選べません」

ユンソンは今度は花の簪《かんざし》をラオンの頭に当て、悩ましそうに首を傾げた。ラオンはのけぞるようにそれを避け、後ろに下がって言った。

「わたくしに当ててどうするのです」

「ほかに誰がいると言うのです？　私の髪に挿すわけにもいかないし、少しだけですから、じっとしてください。どんな感じになるか見たいだけです」

「しかし、わたくしは男ですので、試しても意味がないと思いますが」

工房の女主人の顔色をうかがいながらラオンが言うと、女主人が口を挟んだ。

「男でも女でもいいじゃありませんか。こんなに綺麗なお顔立ちをしているのだから」

「私のことですか？」

「ええ、男でこんな別嬪さんがいるなんてねぇ。これじゃ、その辺の女は恥ずかしくて、旦那と並んで歩けませんよ」

それを聞いてラオンが赤くなると、ユンソンは相槌を打った。

「そうでしょう？　あまりに綺麗なので、いけない気持ちを抱いてしまいそうで困ります」

女主人はほほほ、と笑った。

「こんなに美人じゃ、それも仕方ありませんよ」

「わかってもらえます？」

二人は顔を見合わせて大笑いした。間に挟まれたラオンは額に青筋を浮かばせて、紫水晶が埋め込まれた簪《かんざし》を手に取った。

「わたくしは、これがいいと思います」

「これですか？」

「はい。この簪《かんざし》に決めて、早くここを出ましょう」

「わかりました。勘定をお願いします」

「わたくしは先に失礼いたします」

もう十分、役目を果たしたと、ラオンはユンソンが品代を払っている間に急いで工房を出た。だが、すぐにユンソンに追いつかれ、腕をつかまれてしまった。

「まだこれを贈るとは言っていません」

「ではこれは、贈り物ではないのですか？」

「次は絹の生地を見ましょう」

「まだ見るのですか？」

「工房の女主人に尋ねたところ、あちらに珍しい絹を売る店があるそうです」

ユンソンは近くにある脇道をあごで指して先に歩き始めた。ラオンも仕方なくついて行くことにして、背後からユンソンに声を張った。

「絹だけでございますよ。先にお伝えした通り、わたくしは用事があって来たのです。戌の刻（午後七時から午後九時）までに先ほどの通りに戻らなければなりません」

「心配には及びません。ホン内官が真心を込めて手伝ってくれれば、すぐにお帰し……」

だが、ちょうど角を曲がったところで、ユンソンの声がやんだ。

「礼曹参議様《イェジョチャミ》、どうかなさいましたか？　礼曹参議様《イェジョチャミ》？」

ラオンは何度も呼んだが、ユンソンは返事をしなかった。ラオンも急いで角を曲がると、狭く暗い裏道に人が倒れているのが見えた。ラオンには、それがユンソンであることがひと目でわかった。ラオンは一目散にユンソンのもとへ駆け寄った。

ところが、直後に鈍い音が頭の中に響き、首の後ろが火を当てられたように熱くなった。その後は体に力が入らず、立っていられなくなった。ゆらゆらと水面に浮遊するような感じがして、とっさにつかむところを探して手を伸ばすも、視界がぼやけてよく見えない。朦朧とした意識の中、男たちの声が聞こえてきた。

「つかまえたぞ」

「どうします？」

「ひとまず、あそこに運ぶしかないだろう」

意識が遠のく最中にも、ラオンは自分の身に起きたことを必死に考えた。誰かに後ろから殴られるような恨みを買った覚えはない。どうして自分が襲われたのか。人違いではないのか。それを尋ねる間もなく、ラオンは気を失った。

六　かどわかし

頭に鋭い痛みを感じ、ラオンは目を覚ました。

「気がつきましたか?」

苦しそうに息を漏らすラオンに、ユンソンが声をかけた。

「はい……」

ラオンは痛みに顔を歪めながら辺りを見回したが、暗くて何も見えなかった。目を開けているのか、閉じているのかもわからないほどの真っ暗闇だ。地面から湿り気のある冷気が上がってきて、息を吸うと乾いた藁の匂いと、ユンソンのものであろう麝香《じゃこう》の香りがした。

「ここはどこなのです?」

「西大門《ソデムン》の外れにある古い納屋のようです。あの者たちが話しているのを聞きました」

ユンソンの言うあの者たちとは、自分たちを襲った者のことだろう。意識が途切れる直前、最後に見た景色が暗闇の中に浮かんだ。狭い裏道に倒れていたユンソンの姿と、頭巾を被った男たち。

次第に目が慣れてきて、ユンソンの顔が見えてきた。ユンソンはいつものように笑っている。その顔を見て、ラオンはつい、へらへら笑っている場合かと声を張り上げそうになった。

「一体、どうなっているのでしょう」

ラオンの手足は縄で縛られていた。それはユンソンも同じだったが、ラオンとは違って微塵も危険を感じていなさそうな姿を見ていると、これはすべて、ユンソンが仕組んだ悪いいたずらではないかと思えてきた。むしろそう願いたいと思っていると、ユンソンは言った。

「どうやら、私たちはかどわかされてしまったようです」

「かどわかされたって、どうしてですか？」

「さあ」

「人をさらうからには、理由があるはずです。お金目当てとか、怨恨によるものとか。でも、わたくしには、まるで覚えがありません」

もしかして、ほかの誰かに間違えられたのではないかと言おうとした時、荒々しく戸を開けて三、四人の男たちが灯りを手に入ってきた。特に目を引いたのは先頭の男だった。七尺を優に越える巨漢だ。男はラオンとユンソンにまっすぐ近づいて灯りをかざし、二人の顔を確かめると、後ろの男たちに言った。

「こいつらに間違いないか？」

優男にしか見えない二人の風貌に、巨漢の男は人違いではないかと疑った。

すると、後ろにいたソムドルという若い男が慌てて答えた。

「間違いありません、兄貴。こいつです。こいつのせいでドクチル兄貴が……」

ソムドルはユンソンを指さしてそう言ったが、ユンソンがひと睨みすると身をすくめて巨漢の男の後ろに隠れた。

ソムドルは数日前、ユンソンとラオンに絡んできたドクチルの弟分で、ユンソンがドクチルや仲間を次々に殺害するのを目撃していた。ちょうど用を足しにその場を離れていたので難を逃れたが、もしあの時、あの場所にいたら、今頃は殺された仲間たちと一緒に黄泉の国を彷徨っていただろう。血まみれのドクチルの死体と、その場を立ち去るユンソンの姿が今も目に焼きついている。

女の前では気前よく金を出しておきながら、一人戻ってきて仲間を皆殺しにするユンソンが恐ろしくて、その時は物陰に隠れて時が過ぎるのを待つしかなかった。だが、ユンソンがいなくなると、無残にも仲間を殺されたことへの怒りが込み上げた。ソムドルは殺された仲間の復讐を誓い、その日から仇のユンソンを捜し歩いた。そして今日、偶然にもユンソンを見かけ、すぐに仲間を呼び集めた。一緒にいたラオンは巻き添いになったに過ぎない。

ユンソンの残忍なやり口を知るだけに、ソムドルの脳裏にはその時の恐怖がこびりついていた。だが今日はムドクという後ろ盾がある。ムドクは何十年も漢陽《ハニャン》の裏の界隈を牛耳ってきた男で、必要とあらば人を殺すことも厭わない悪人だ。

「この優男が、俺の義弟を殺《や》ったのか？　それも、俺の縄張りで？」

ムドクは息を荒げ、歯を軋ませたが、ユンソンは顔色一つ変えることなく穏やかに微笑んで言った。

「何か誤解があるようです」

ムドクはそれを鼻で笑った。

「五回だろうが六回だろうが、そんなの知ったこっちゃねぇ」

そして立ち上がると、後ろの子分に命じた。

「こいつを片付けて、人目につくところにさらしてやれ。このムドクにナメた真似をしたら、両班《ヤンバン》でも無事ではいられねえってことを教えてやるのさ」

「はい、兄貴！」

男たちは目を血走らせ、じわじわとラオンとユンソンに近づいた。ラオンは堪らず、ユンソンに耳打ちした。

「ドクチルとは誰のことです？　あの人たちは何の話をしているのですか？」

「さあ」

「礼曹参議《イェジョチャミ》様、一体何をなさったのですか？」

「それも、まったく」

ユンソンは本当に心当たりがないようだった。

「もう、どうしてこうなるの？」

このままでは本当に殺されてしまう。何か手を打たなければ。

ラオンは必死でこの場を切り抜ける方法を考えたが、その最中にも男たちは刃物をぎらつかせてどんどん近づいてくる。ラオンはとっさに大声を張った。

「お待ちください！」

「何だよ」

ムドクは床に唾を吐き、目障りな蠅でも見るような目つきでラオンに振り向いた。

「あなたたち、この方をどなたと心得ていらっしゃるのですか？」

「何だと？」

「この方をどなたと心得ているのかと聞いているのです」

「知らねえな。もうすぐ血反吐を吐いて死ぬことになる野郎ということ意外は」

するとラオンは神妙な顔つきをして言った。

「この方に指一本でも触れたら、あなた方全員、後悔することになりますよ」

ラオンがあまりに自信を持って言うので、男たちはわずかにたじろいだが、ムドクだけは気怠そうに指で耳をほじり、

「おい、そこの女みたいな顔した坊ちゃんよ」

と言って、指先をふっと吹いた。

「世の中のことがわかっていないようだが、そいつが誰だろうと、俺たちにはどうでもいいことだ。なぜかわかるか？」

「それは、この方が府院君《プウォングン》様のお孫様でもですか？」

ムドクの話を遮りラオンは言った。

「誰だって？」

「あなたたちがさらったこの方は、中殿《チュンジョン》様の甥でいらっしゃいます」

「でまかせを言うんじゃねえ！」

ムドクは凄んだが、ラオンは目を逸らしもせずに話を続けた。

「中殿《チュンジョン》様のお父上であらせられる府院君《プウォングン》様のお孫様なのです。調べればすぐにわかるようなうそなどつきません」

ムドクは後ろの若い男の脛をいきなり蹴った。

「馬鹿野郎、どうして先に言わねえんだ！」

「お、俺も知らなかったんです、兄貴」

「知らなかったじゃねえ！　よりによって中殿《チュンジョン》様の甥を……」

男たちが狼狽するのを見て、ラオンはほっと胸を撫で下ろした。本人に断りもなく素性を明かしたのは申し訳ないが、おかげで命拾いができたのだから許してくれるだろう。

「こっちの小さいのは関係ないから逃がしてやろうと思ったが、やっぱりだめだ。後腐れのないように始末して、人目につかないところに捨てろ」

「はい、兄貴」

こんなはずじゃなかったのに！　ラオンは唖然となった。


その頃、影の組織である白雲会《ペグネ》の臨時の会合が行われていた。広い部屋の中に昊《ヨン》とビョンヨン、さらに白雲会《ペグネ》の要人の面々がもう三、四人、膝を突き合わせて座っている。

昊《ヨン》は上座に座り、表の様子を気にした。辺りはだいぶ暗くなっている。すぐに終わると思っていたが、会議は予想に反して長引いてしまった。そこへ、軽い夜食がそれぞれの前に運ばれてきた。食欲はなかったが、自分が口をつけないと皆も始められない。昊《ヨン》は仕方なく箸を取った。

すると、締め切られていた部屋の戸を開けて世子翊衛司《セジャイギサ》ハン・ユルが現れ、素早く昊《ヨン》のそばに寄った。

「無事に送り届けたか？」

昊《ヨン》はユルを見ることもなく尋ねた。ラオンとの約束の時刻に間に合わないことがわかり、代わりにユルを行かせて王宮まで送り届けるよう頼んでいた。ところが、ユルは押し黙り顔を曇らせた。

「何かあったのか？」

昊《ヨン》が顔を向けると、ユルは初めて口を開いた。

「恐れながら、約束の場所には現れませんでした」

「そんなはずはない。戌の刻（午後七時から午後九時）までに戻るよう言っておいたのだ。約束を破るような者ではない」

「それが、しばらく待ったのですが」

「どうした？」

「立ち寄りそうな場所もすべて見て回りましたが、どこにもおりませんでした」

昊《ヨン》は顔色を変えた。昊《ヨン》とユルの様子から異変を察し、ビョンヨンが口を挟んだ。

「何かあったのですか？」

「あいつがいなくなった」

呉《ヨン》が声を低くしてそう言うと、ビョンヨンは持ち上げたばかりの匙を置いた。

「あいつとは、ホン・ラオンのことですか？」

呉《ヨン》がこれほど動揺を露わにする姿を見るのは初めてだった。それに呉《ヨン》があいつと呼ぶのは自分を含め極わずかしかいない。ビョンヨンはラオンの身に何か起きたことを直感した。呉《ヨン》がうなずくと、ビョンヨンは改めて尋ねた。

「何があったのですか？」

「今日、あいつを連れて街に出ていたのだ。会合はすぐに終わると思って戌の刻（午後七時から午後九時）に落ち合うことにしたのだが、約束の場所に来なかったそうだ。何もなければいいのだが……」

呉《ヨン》が言い終わるより早く、ビョンヨンは席を立った。そして、呼び止める人々に振り向きもせず部屋を出ていった。

「何かあったのですか？　会主《フェジュ》はどうなさったのです？」

ビョンヨンの唐突な行動に、白雲会《ペグネ》の者たちは次々に尋ねたが、事情を説明するわけにもいかず、呉《ヨン》は黙って首を振ることしかできなかった。呉《ヨン》のその反応を見て、皆は口をつぐんだ。こういう時の呉《ヨン》に何を聞いても無駄だと心得ているためだ。ビョンヨンが座っていたところを無言で見つめ、呉《ヨン》は白雲会《ペグネ》の者たちに言った。

「今日は解散しよう」

「そんな」

「しかし」

急ぎの事案が多いうえに、任務への責任感が人一倍強い昊《ヨン》が会合の途中で席を立つのは初めてで、皆は戸惑いを隠せなかった。

「だがその前に、至急やってもらいたいことがある。今から白雲会《ペグネ》の総力を挙げて、ある人を捜して欲しい。今は何より、それが急務だ」

厳しい顔つきで焦りを滲ませる昊《ヨン》に、皆、頭を下げた。

「御意でございます」

「急いでくれ」

昊《ヨン》は一同に念を押し、すぐに部屋を出た。人任せになどしていられなかった。

ラオン、どこにいるのだ？　僕をこんなに心配させて、見つけたらただではおかない。だから無事でいろ。どうか無事で……。


「ちょ、ちょっと待ってください！」

二人を殺せというムドクの声に、ラオンは震え上がった。これまでの苦難の日々が走馬灯のように脳裏を駆け巡る。

泣きたい日もあった。逃げ出したい日もあった。それでも踏ん張って死に物狂いで生きてきた。

その日々を経て、今やっと落ち着いてきたというのに、ここで死ぬなんて嫌だ。絶対に死にたくない！

ラオンは目一杯、ムドクを睨んだ。

「その目は何だ？　まだ何か言いたいことがあるのか？」

「今、私たちを殺したら、後悔しますよ」

「またその話か。ああ、俺だって怖いさ。だから証拠を消すんだ」

この男は本気で自分たちを殺そうとしている。ラオンにはそれがわかり、口の中が乾いて体の底から震えが起きた。だが、これが最後の機会だ、恐怖心を悟られてはいけないと必死で自分に言い聞かせ、ムドクに言った。

「いいのですか？　本当に後悔することになりますよ。人生にまたとない運をつかむ機会を、みすみす逃すことになるのですからね」

「運？」

ムドクはその一言に興味を示した。ムドクの後ろにいる男たちも、すぐにはその意味を飲み込めなかった。府院君《プウォングン》の孫を殺すことがなぜ運を逃すことになるのか、殺さなければ、むしろ自分たちの身を危険にさらすことになるのにという顔をしている。ラオンは呆れた顔をして溜息を吐いた。

「わからない方たちですね。考えてもみてください。天下の府院君《プウォングン》様のお孫様をさらったのですよ。権力者の孫をかどわかしたのです。何か、思い当たることはありませんか？」

「思い当たること？」

「私なら、安易に殺したりはしません」

「殺さないなら、どうするんだ？」

「孫がかどわかされたと知ったら、府院君様《プウォングン》はどうなさるでしょう？　きっと身代金をいくら積んでも助けようとなさるはずです」

「身代金だと？」

ムドクは豊かな髭を撫でて考えを巡らせた。ラオンはしめたと思い、畳みかけるようにムドクに言った。

「そうです。目の中に入れても痛くない可愛い孫を取り戻すためなら、お金はいくらでも出すでしょう。どうです？　殺すよりずっと得になると思いますが」

「なるほど、そいつはいい」

ムドクをはじめ、男たちの目の色が変わるのがわかった。一生遊んで暮らせるだけの金をせしめることもできると踏んだ顔だ。

「よく考えてください。府院君様《プウォングン》から身代金をもらい、死ぬまで贅沢をして暮らすのがいいか、それとも、今ここで私たちを殺し追われる身となって一生を終えるのがいいか」

「当然、金を取る」

ムドクと男たちは、下卑た笑い声を漏らした。

「よし、考えが変わった。今すぐ府院君《プウォングン》の屋敷に行って、こいつの身代金をもらって来い。いや、俺が行こう」

浮ついた足取りで納屋を出ていこうとするムドクの機嫌を取るように、ラオンは言った。

「お金を受け取ったら、私たちを帰していただけますね？」

すると、ムドクはふん、と鼻で笑った。

「それは金をもらってから考える」

ムドクは最後に歯を見せてにっと笑った。そして手下の男たちと共に出ていくと、外から鍵をかける音がした。静寂の中、ラオンは天を仰いだ。あの人は、はなから解放する気などないのだ。

納屋を出る間際に見せたムドクの様子から察するに、身代金では済まないような予感がした。府《プ》院《ウォングン》君様から金を受け取ったら、次は仲間の敵討ちを遂げるつもりだ。男たちが何に対して復讐しようとしているのか、ラオンには皆目、見当もつかなかった。

「あんなことを言うなんて思いませんでしたよ、ホン内官」

重々しい沈黙を破り、ユンソンが言った。

「申し訳ございません。時を稼いで、助かる方法を見つけるため、仕方なく礼曹参議《イェジョチャミ》様のお祖父様のことをお話ししてしまいました」

「実にいい妙策を思いついたものです」

「妙策？」

「私は恐ろしくて何も考えられなかったのに、あの状況でよく思いつきましたね」

ユンソンが無邪気に褒めてくるので、ラオンは余計に罪悪感を覚えた。

「あの人たち、本当に私たちを殺す気なのでしょうか」

「あの様子です。きっと、ただ殺すのではなく惨い方法で殺すつもりでいると思います」

ラオンは眩暈《めまい》がした。そんな残酷なことを笑顔で言わないで欲しい。

「理由も知らされずにただ殺されるなんて嫌です。そんなの、死んでも死に切れません。あの人たちは礼曹参議《イエジョチャミ》様に仲間を殺されたと言っていましたが、ただの人違いですよね？」

「………」

「あちらの一方的な勘違いで……」

「いいえ、そうではないと思います。あの者たちが言う通り、私のせいなのでしょう」

「どういうことですか？」

ラオンが聞き返すと、ユンソンは首を傾げた。

「チェ殿の三女のことだろうか？」

「チェ殿の三女？」

「それとも、ユン殿の末娘のことか？」

つまり、原因は痴情のもつれということか。ラオンが言葉を失うと、ユンソンは申し訳なさそうに笑って言った。

「誰の恨みを買ったのかはわかりませんが、とにかく申し訳ありません。私のせいで、ホン内官まで巻き込んでしまいました」

「女の恨みは夏にも雪を降らせると言います」

ふと、この間さらわれたのも女人の恨みを買ったせいだったことを思い出した。やはり女の恨みほど怖いものはない。ラオンは傍《かたわ》らの包みを見つめた。

「せめて、渡してあげたかったな……」

昊《ヨン》から直々にもらった褒美を家族に届けられないのが心残りでならない。それに、一度でいいから、昊《ヨン》が選んでくれた韓服《チマチョゴリ》を着てみたかった。

「何です？」

「母と妹への贈り物です」

「妹がいるのですか？」

ラオンのことはすべて調べてあるので、当然、家族のことも知っていたが、ユンソンは初めて知ったという顔をした。

「はい」

妹の話になると、ラオンは幸せそうな顔をした。

「ホン内官の家族なら、きっとホン内官と同じくらい明るい人たちなのでしょうね」

「ええ、一緒にいると本当に楽しいです。妹のダニはよく冗談を言う子で、小さい頃から病気がちで外で遊ぶこともできませんでしたが、その代わり家の中でよく本を読んで過ごしました。わたくしが仕事を終えて家に帰ると、その日読んだ本の内容を聞かせてくれるのです。その伝え方がうまいのなんの、まるで自分が本を読んでいるような感じがするほどです」

古い窓に切り取られた空を見上げて、ラオンは話を続けた。

「母はとても優しい人で、どんなに寒い日でも、母に抱きしめられると世界中のどこより温かかった……」

　最後は声にならなかった。ユンソンはそんなラオンの顔を、羨ましさ半分、疑問半分で見ていた。家族のことをそんなふうに思える理由がわからなかった。

　すると、ラオンは明るい顔をしてユンソンに尋ねた。

「礼曹参議《イエジョチャミ》様のお話もうかがいたいです。礼曹参議《イエジョチャミ》様のご両親は、どんな方ですか？　ご兄弟は？　礼曹参議《イエジョチャミ》様のご家族もきっと、仲がいいのでしょうね」

「どうしてそう思うのです？」

「だって、そうでなければ、そんな笑顔にはなれません。礼曹参議《イエジョチャミ》様のようにいつも温かい笑顔で人に接することのできる方は、育った環境や周りにいる人たちも温かいような気がします」

「そう見えるかもしれませんね」

「違うのですか？」

「さあ、どうでしょう」

　ユンソンの口元に、寂しそうな笑みが浮かんで消えた。

「子どもの頃、私は神童と呼ばれていました。三つの時に千字文《せんじもん》を覚え、五つで詩を書いたのです」

「まさに神童ですね」

「皆、そう言って私を褒めました。しかし、家族だけは、それでは満足しませんでした。一つを覚えたら自ら十を学び得ることを望まれ、十を学び得たら、今度は百を知ることを求められました」

「…………」

「些細な失敗も許されませんでした。あれはいつだったか、確か九つになった年だったと思います。世子《セジャ》様と作詩で競い、負けたことがあったのですが、そのせいで丸十日も蔵の中に閉じ込められました。それも真冬にですよ。あまりの寒さに、空腹にも気づかないほどでした」

ユンソンはまるで他人事のようにその時の様子を語った。

「ご両親はきっと、礼曹参議《イエジョチャミ》様に立派に育って欲しかったのでしょうね。よく言うではありませんか。憎い子には餅一つ、可愛い子には拳固をもう一つって」

「そんなことわざ、初めて聞きました。まあ、そうかもしれませんね」

ユンソンは笑った。だがそれは、ラオンが家族を思って見せた笑顔とは違い、誰かが筆で書いたような、匂いのしない作り物の花のような笑顔で、ラオンは胸が痛んだ。

「だって、礼曹参議《イエジョチャミ》様は幸せだからいつも笑っていらっしゃるのではありませんか？」

「笑っているからと、幸せとは限りません。時には本心を隠すために笑う人もいるのです」

「でも……」

ラオンは首を振った。

「わたくしの祖父はよく言っていました。幸せだから笑うのではなく、笑うから幸せになるのだと。礼曹参議《イエジョチャミ》様はいつも笑顔を絶やさない方ですから、幸せは、もうすぐですよ」

ユンソンは胸を突かれた。この女《ひと》は本気で言っている。何も持たないこの女人が、すべてを手にした自分よりもずっと幸せに見える。

ふと、この女人の言う通りになればいいと思った。幸せだから笑うのではなく、笑うから幸せだと思える人になりたいと素直に思えてくる。この人と一緒にいられたら、ラオンというこの女人がそばにいてくれたら、自分にも心から笑える日が来るかもしれない。

ユンソンは、本気でラオンが欲しくなった。心の底から、ラオンの心を手に入れたいという気持ちが込み上げてくる。

しばらく黙ってラオンを見つめ、ユンソンはふと笑って、つぶやくように言った。

「ホン内官の言う通り、こんなふうに笑っていれば、いつかは幸せになれる日が来るでしょう」


その頃、白雲会《ペグネ》の情報通として知られるパク・マンチュンは、全身を汗でびっしょり濡らしながら走っていた。白雲会《ペグネ》の一員になってから早歩きすらしたことがなかったが、今は一度も足を止めることなく、息を切らして南村《ナムチョン》の人里離れた藁葺の家に入った。

「会主《フェジュ》、パク・マンチュンでございます」

「入れ」

パク・マンチュンは大急ぎで中に入った。部屋では笠を被ったビョンヨンが待っていた。

「何かわかったか？」

「白雲会《ペグネ》のあらゆる筋を頼って、先ほど、二つの妙な事件に関する情報を得ました。二つとも、ムドクという荒くれ者が起こしたかどわかしだったのですが」

「かどわかし？」

「はい。一つは木覓山《モンミョッサン》の麓にあるイムという男が所有する納屋に男が二人捕えられているという話です。そして、もう一つは、西大門《ソデムン》の向こうにある納屋に、やはりさらわれた男が二人、捕えられているというものです」

「捕えられたのが誰かは？」

「そこまではわかりませんでした」

「急ごう」

ビョンヨンは暗闇に向かって走り出した。表には出さないが、ラオンがいなくなったと聞いた時から胸の震えが止まらなかった。

どうか無事でいてくれ。間に合ってくれ。俺が行くまで、どうか！

闇を裂いて走りながら、ビョンヨンはただひたすらにラオンの無事を祈った。

振り返れば幸せな時もあった。声を上げて笑った記憶も朧げだが残っている。だがあの日――祖父の顔に唾を吐くような文《ふみ》をしたため、首席で及第したあの日から、何もかもが変わった。俺は逆賊に屈した謀反者の孫となり、実の祖父を痛烈に批判した愚か者の烙印を押された。自分の存在を根源から否定した俺は、あの日を境に空を仰ぐことはなくなった。そして、かつて神童ともてはやしていた者たちは、手の平を返したように離れていった。

周囲から向けられた非難や嘲笑は、当然の成り行きと納得することもできた。だが、自分のことだけは、どうしても許せなかった。頭から汚物を被ったような気分がずっと消えなかった。だから俺は、自分を殺すことでその苦しみから逃れようとした。自分など最初から存在していなかったように人との関わりを断ち、耳をふさぎ、目を閉じて口を利かなくなる頃には、俺は独りになっていた。寂しくなかったと言えばうそになる。だが、そんな感情を抱くことさえ、あの時の俺には贅沢に思えた。生きるともなく生き、孤独と思う資格もないと思っていた。

風になりたいと思ったのもその頃だった。空を漂い、雲と戯れ、埃のように消えてなくなる、そんな風になりたかった。誰も信じず、誰にも心を開かなかった。いつでも旅立てるように、未練を持たずに済むように。

そんな俺の人生に、ある日、思いもしないことが起こった。男でもないのに男の恰好をして、馴れ馴れしく近づいてくるのが最初は煩わしいと思った。それなのに、俺はあいつを追い出すことも、突き放すこともできなかった。あいつが作ってくれたたった一杯の粥が、人の温もりを少しずつ思い出させてくれた。灰色だった世界に一つひとつ色が増え、無音だった日々に音が鳴り始めた。忘れていた生への未練が蘇り、支離滅裂なこの世界をもう一度生きたいと思うようになった。凍りついた心臓が動き出したのも、あいつと出会ってからだ。触れれば壊れてしまいそうなほどか細い体で、人のために自ら犠牲になることを厭わない。俺は、そんなあいつを守るために生きていきたいと思うようになった。

そんなあいつが、行方知れずになった。知らせを聞いた時は心臓が半分もぎ取られたような気がした。頭が真っ白になって、恐ろしいほどの喪失感に襲われた。そして、もう二度と独りになりたくない、屍のようなあの日々に戻りたくないという思いが心の底から突き上げてきた。今あいつを失えば、俺の人生は逆戻りになる。そんなのまっぴらだ。

ラオン、どこだ。どこにいる？

「こちらです」

パク・マンチュンに案内されたのは、古い納屋だった。ビョンヨンの目に、途端に殺気が宿った。

ラオン、ここなのか？　ここにいるのか？

ビョンヨンは宙を舞い、鍵のかかった木戸を粉々に打ち砕いた。

突然、納屋が吹き飛ぶほどの音がして、ムドクと男たちが入ってきた。荒々しい足音からも、怒っているのがわかる。

「畜生、馬鹿にしやがって！」

ムドクは入ってくるなり怒鳴り声を上げてラオンの胸倉をつかんだ。

「この俺を騙しやがったな？」

「何の話ですか！」

「野郎、俺たちをコケにしやがって」

「府院君《プウォングン》様にお会いになれなかったのですか？」

「あの老いぼれが、俺たちを門前払いしやがった」

ムドクは今にもラオンに殴りかかる勢いで息巻いている。

「そんな！　そんなはずはありません」

ラオンが信じられない思いでいると、今度はユンソンが口を挟んだ。

「この人のせいではありません」

「何だと？」

ムドクがユンソンに顔を向けると、ユンソンは相変わらず微笑みを湛え、涼しい顔をして言った。

「いきなり府院君《プウォングン》様のお屋敷を訪ねて、お前の孫を預かっていると言ったところで、通じると思ったのですか？　会えなかったのはあなた方のやり方が悪かったせいであって、この人のせいではありません。八つ当たりもいいところだ」

「ふざけたことをぬかしやがって。てめえ、死にてえのか？」

ムドクはラオンから手を離し、ユンソンの胸倉をつかんだ。

「もう一遍言ってみろ。もう一遍言ってみろ！」

「会えなくて当然だと言っているのです。手前味噌ですが、この国で一番大きな力を持つ家柄です。それくらい、五つの子どもでも知っています。何せ私たち一族に近づこうと国中から人が訪ねて来るのですから。中にはあなた方のように、おかしなことを言い張る人もね」

「黙れ！　説教をたれてる場合かよ！」

「助けてくれと命乞いをしたら、家に帰してもらえますか？」

「この野郎！」

ムドクが殴りかかろうとすると、ユンソンはその耳元に顔を近づけて、周りに聞こえないよう声を低くしてささやいた。

「命乞いをすべきはどちらかな？」

「何だと？」

「私の祖父の執念深さを甘く見ない方がいい。大事な孫を殺されて、泣き寝入りするような方ではない。地獄の果てまで追いかけてお前たちを捜し出し、人間が思いつく限りの苦痛を与えて殺すだろう。悪いことは言わない。今すぐ私たちを解放するのが身のためだ」

ムドクはユンソンを凝視した。虫も殺さないような顔をしているが、この男は根っからの悪人だ。こんな感じを受けるのは久しぶりで、ムドクは恐怖で一瞬たじろいだ。だが、すぐに手下の手前であることを思い出し、無理やり凄んだ。

「自分の立場がまだわかっていないようだな。おい優男、相手を間違えるなよ。俺はパン・ムドクだ。お前らみたいな両班《ヤンバン》にびくびくしてたら、都の親玉は務まらねえんだよ。それでも俺を脅そうってんなら、今この場で手足をもぎ取って殺《や》っちまってもいいんだぜ」

ムドクは言うなりユンソンを張り飛ばした。ユンソンは部屋の隅の方まで紙屑のように転がった。ユンソンが低い呻き声を漏らすと、ムドクはさらに横腹を蹴り上げた。

「安東金氏《アンドンキムシ》が何だ！　ふざけるな！　死ね、死ね！」

踏みつけられ、蹴り上げられ、ユンソンはとうとう血を吐いた。このままでは本当に死んでしまう。ラオンは手足を縛られたまま、転がるようにしてユンソンの体の上に覆い被さった。

「やめてください！　本当に死んでしまいます！」

「どけ！」

ムドクはラオンの背中を容赦なく踏みつけた。息を吸えないほどの痛みがラオンを襲った。ユンソンは顔色を変え、口から血を流しながら叫んだ。

「やめろ！」

「うるせえ、俺に指図する気か！」

ラオンへの暴力はますます激しさを増し、ユンソンは顔を歪め、長い間押し殺していた感情があふれるのを抑えて言った。

「祖父に手紙を書きます」

「何だと？」

「私が書いた手紙を渡せば、あなた方は祖父に会い、望むだけ金を手にできるはずです」

ムドクはラオンへの暴力をやめ、

「今度も無駄足に終わったら、その時は、わかってるな？」

と言って、後ろにいる手下に目配せをした。すると、手下の一人が紙と筆を持ってきた。

「こっちにも字が読めるやつがいる。でたらめを書いたら、その場でお前を殺す」

ムドクはユンソンの手を解いた。

「約束します」

苦しそうに呻いているラオンを横目に、ユンソンは急いで筆を走らせた。その顔からは、笑みが消えていた。


「どうしてこんな、無謀なことをするのです！」

ユンソンの手紙を受け取り男たちが再び納屋を出ると、ユンソンはすぐにラオンに寄った。

「聞こえますか、ホン内官」

「大丈夫です」

大きく息を吸いながらラオンは言った。少しずつ呼吸が落ち着いてきた。

「何を考えているのです！　怪我をしたらどうするつもりですか！」

「それなら、礼曹参議《イエジョチャミ》様は、どうしてわざと怒らせるようなことをおっしゃったのです？」

ムドクに胸倉をつかまれた時、ユンソンがわざと男を挑発したのがわかった。自分の方に気を引きつけて、ラオンを助けようとしたのだ。

「気づいていたのですか？」

「気づかなければ、馬鹿です」

「なら、馬鹿になったつもりで知らないふりをしてください。頑張った甲斐がありません」

「どういう意味ですか？」

「ホン内官のために何かしたいと思ったのです。でも、逆にかばわれてしまって、私の頑張りは水の泡です」

「この状況で冗談が出ます？」

むくれるユンソンに、ラオンは呆れた。すると、ユンソンは笑い出した。

「だって、ホン内官があまりに緊張しているようだから、笑わせようと思ったのです」

「そんなお顔をしてよく笑えますね」

ユンソンの顔は赤紫色に腫れ上がり、目元は切れて血を流している。

「痛くありませんか？」

「痛いです。痛くて死にそうです」

ラオンが案じると、ユンソンは甘えた子どものように言った。ラオンは思わず笑ったが、すぐに笑うのをやめ、ユンソンの顔をまじまじと見た。頬も額も傷だらけだった。痛くて死にそうというのは、冗談ではないのだろう。

「どうしましょう。目元の血が止まりませんね。手が動けば、簡単な手当てだけでもして差し上げられるのに」

後ろに縛られた両手がもどかしい。

「本当ですか？」

「はい？」

「手が自由になったら、本当に手当てをしてくれるのですか？」

ユンソンは突然、ラオンの顔の前にぱっと両手を広げて見せた。

「どうやって解いたのです？」

どれほど手を動かしてみても、縄は緩みもしないので、ラオンは驚いた。

「お祖父様への手紙を書いて再び縛られた時に少し緩んだようです。おかげで袖に忍ばせていた短刀を取り出せました」

「短刀をいつも持ち歩いていらっしゃるのですか？」

「物騒な世の中ですからね。礼曹参議《イエジョチャミ》ともなると、短刀の一つや二つ、常に忍ばせておくものです」

「そういうものなのですね」

礼曹参議様《イェジョチャミ》が一つや二つと言うなら、温室の花の世子様《セジャ》は一体何本持ち歩かなければならないのだろう。十本、二十本？　ラオンは昊《ヨン》が体中に短刀を忍ばせる姿を想像した。

その間にも、ユンソンは自分の足とラオンの縄まで解いてしまった。ようやく手足が自由になると、ラオンは真っ先にユンソンの傷の様子を確かめた。

「思ったより傷口が開いています。すぐに手当てをしないと痕になってしまいそうです」

ラオンは自分の袖でユンソンの額の血を拭った。ラオンが触れるたびに、ユンソンは身を強張らせた。

「痛くても、少しだけ我慢してください。放っておいて、悪くなったら大変です」

「痛いのではなく……」

ユンソンは困ったような顔をした。ラオンの手が触れるたびに、無意識に身が縮んでしまうのをどう伝えればいいのかわからない。

「いけませんね。まずは止血をしなければ」

ラオンは自分の服を裂いてユンソンの額の傷に当てた。ラオンが布を巻きつける間、ユンソンは石像のように固まって動かなかった。ラオンが近くにいるだけで胸が震え、指先が触れるたびに額は火を当てたように熱くなった。純粋に自分を心配する眼差しや、懸命に痛みを察しようとする表情……これまで感じたことのない人の温もりに、ユンソンは戸惑っていた。

ラオンが布を巻き終えたあとも、ユンソンはしばらくぼんやりしていた。だが、ふと我に返ると、男たちが戻っていないのを確かめて、急いで立ち上がった。ラオンも続いて立ち上がった。

「どうかなさいましたか?」

「あの者たちが帰ってくる前にここを出るのです。見てください。あの大男が戸を蹴破ってくれたおかげで、鍵を開ける手間が省けました」

「しかし……」

ラオンは外の様子を見て首を振った。

「見張りがいます」

ユンソンも外を確かめた。

「でもあの人、寝ていませんか?」

「どうでしょう。居眠りしているように見えなくもありませんが……目を閉じているだけかもしれません。下手に動くより、気づかれずに逃げられる方法を考えた方がいいのではありませんか?」

「もたもたしていたら、あの者たちが戻ってきてしまいます」

「それはそうですが」

「心配はいりません。こう見えて、昔から武術を嗜《たしな》んできました。もし気づかれたら、私が何とかします」

「礼曹参議様《イエジョチャミ》が武術を? お強いのですか?」

ビョンヨンのような武術の達人なら安心してここを出られる。ラオンは期待の眼差しを向けた。

すると、ユンソンはその眼差しに応えるように小さくかけ声を出しながら型を披露し始めた。

「子どもの頃から、護身用に習ってきましたからね。まだ実戦で試したことはありませんが」

「そうでしたか」

どうりで動きがぎこちないわけだと、ラオンは不安になった。

「礼曹参議様《イエジョチャミ》には、ここでお待ちいただく方がよさそうです。わたくしが行って、確かめてまいります」

「何を言うのです。こういうことは男に任せておけばいいのです。か弱い女人は下がっていてください。私が一瞬で片付けてきますから」

ラオンが引き留める間もなく、ユンソンは納屋を出てしまった。そして、ユンソンが近づくと、気配に気づいた見張りの男は驚いて目をむいた。

「お前、どうやって！」

「しっ！　大きな声を出したら、あの人に気づかれてしまいます」

ユンソンは耳元でそうささやいて、男の首の後ろに一撃を食らわせた。見張りの男が気絶すると、ユンソンは満足そうに笑ってラオンの待つ納屋に戻った。

「どうでしたか？」

納屋の中からは男の様子がよく見えず、ラオンは心配した。

「大丈夫、眠っていました。気づかれないように出ましょう」

「よかった」

「急ぎましょう。こっちです」

「はい」

ラオンはユンソンにぴたりとくっついた。追っ手が来るのではないかという恐怖と不安で脚がもつれそうになりながらも、決してユンソンのそばを離れなかった。

納屋を出ると、二人は高く伸びた草むらに身を潜めながら出口へと向かった。

ところが、そこからそう遠くないところから、男たちがこちらに向かってくるのが見えた。ムドクとその手下たちだ。ラオンは凍りついた。上機嫌で笑い声まで上げているのを見ると、府院君《プウォングン》との交渉はうまくいったらしい。ラオンはユンソンと共にさらに低く身を潜め、男たちが納屋の中に入るのをじっと待った。そして男たちが見えなくなると、ラオンは青ざめた顔をしてユンソンの袖をつかんだ。

「急ぎましょう。気づかれるのは時間の問題です」

だが、ユンソンは一歩もその場を動こうとしなかった。

「ホン内官は先に行っていてください」

「礼曹参議《イェジョチャミ》様はどうなさるのです？」

「納屋の中に大事な物を落としたようです」

「いけません。今、戻って、また捕まったらどうなさるのです」

「わかっています。でも、私にはとても大事な物なのです。取りに行かないわけにはいきません」

「折を見て、また来るのではいけませんか？　今、あの者たちに見つかったら、今度こそ殺されてしまいます」

「言ったでしょう、私は子どもの頃から護身術を習っています。自分の身を守るくらいの力はあります。ホン内官こそ、早くここから離れてください」

袖をつかんで引き留めるラオンの手を離し、ユンソンは納屋へ引き返した。その顔にはいつもの微笑みは浮かんでいなかった。ユンソンの頭の中は今、ムドクに蹴られるラオンの姿でいっぱいだった。

私のものを傷つける者は許さない。

ところが、再び納屋に戻ってみると、ユンソンは別のことで腰を抜かすほど驚いた。

「どうしてここにいるのです！」

いつの間について来たのか、隣にラオンがいた。

「礼曹参議様《イエジョチャミ》お一人で行かせるわけにはまいりません」

「まさか、私を心配してついて来たのですか？」

「決まっているではありませんか」

ラオンは力強く答えたが、ユンソンの袖を握る手は震えていた。

そんなに怖い思いをしてまで……自分が死ぬかもしれない危険を冒して、私について来たというのか……。

ユンソンは込み上げる感情を抑えることができなかった。

「ホン内官は馬鹿なのですか？　私のために命を危険にさらすなんて、どうかしています。あなたの命がかかっているのです。本当に、死ぬかもしれないのですよ！」

「一緒にさらわれたのですから、逃げる時も一緒です。わたくしが、礼曹参議様《イエジョチャミ》を置いて自分だけ助かろうとするような薄情者に見えますか?」

ラオンは当たり前のようにそう言った。

ユンソンは喉元が締めつけられるようだった。人の心の中に本来あるべき灯が、自分にも灯ったような気がした。鼻先がじんとして目頭が熱くなり、ユンソンはもはや、いつもの表情を忘れていた。

「でも、ホン内官は、ホン内官は……女人ではありませんか」

すると、ラオンは澄んだ瞳でユンソンを見返した。

「人の命に、男も女もありません」

「………」

「女のわたくしの命が大事なように、男の礼曹参議様《イエジョチャミ》のお命も大事です」

「そんなことを言っているのではありません」

「礼曹参議様《イエジョチャミ》にもしものことがあれば、わたくしはきっと、一生心から笑えないと思います。これから先も笑って生きていたいからついて来たのです。心から笑って過ごせるように」

「ホン内官……」

「ですから、止めても無駄です。一緒に捕まったのですから、帰る時も一緒です」

ラオンは自分の決意を示すように言った。ユンソンはラオンの肩に手を置いた。

「涙ぐましいねぇ」

その声に振り向くと、ムドクと手下の男たちが二人を取り囲んでいた。

「いつの間に!」

「そんなに大きな声でしゃべられて、俺たちが気づかないとでも思ったのか？」

ユンソンはラオンをかばいながらムドクに言った。

「身代金は？」

「金ならくれたよ。さすがは府院君《プウォングン》様だ。器が違うぜ、器が」

ムドクがにやけるのを、ユンソンは冷めた目で見据えた。

「それなら、もう用は済んだでしょう」

「それはそうなんだが」

ムドクはおもむろにユンソンに近づいて、出し抜けにユンソンの腹を蹴った。

「礼曹参議《イエジョチャミ》様！」

ラオンは悲鳴を上げた。ユンソンは身を屈めて苦しそうに喘いでいる。だが、それ以上は何もできなかった。あご先に刃物を当てられ、鼻を背けたくなるような臭い息がラオンの頬にかかった。

「金をもらったはいいが、一つ心配事ができた。府院君《プウォングン》の旦那が、これで終わりにするとはどうしても思えねえ。裏の稼業で長く生きてると、そいつがどういう人間かだいたいの察しはつく。あの旦那は怖いぞ。身の毛がよだつほど冷酷で無慈悲な人間だ。そんなやつが、やられっぱなしで済ますわけがねえ」

「どういうことですか？」

「要するにだ。金はもらったが、あとが怖いってことよ。お前ら二人は俺たちの顔を見てるからな。俺たちの話を聞いて、名前も覚えたはずだ。そんなお前たちを逃がしたら、後味が悪いじゃねえか。

なあ?」

「まさか……」

ムドクは下卑た笑みを見せた。

「落とし前、つけさせてもらうよ」

奈落の底に突き落とされるとは、こういうことを言うのだろう。ラオンは空を仰いだ。血の気の引いた顔の上に白い月明りが降り注ぎ、死にたくないという思いが体の奥底から突き上げてくる。

誰か助けて。温室の花の世子《セジャ》様、キム兄貴、私はここにいます。早く来て、私をここから救い出してください。天のお月様、どうかお願いです。私たちを助けて!

その時、ムドクの背後で男たちが次々に悲鳴を上げた。

「おい、どうした?」

ムドクが仲間に振り向いた次の瞬間、丸い月を背に鳥のように飛翔する男の姿が見えた。男はラオンを見つけると、白狼のようにラオンに向かって突進した。

「キム兄貴?」

まさかと思った。これが幻覚だったらと思うと、怖くて目をこすることもできなかった。

耳元に荒い息遣いが聞こえる。天井の梁《はり》や、王宮の高い塀の上にも軽々と飛び上がるキム兄貴が、肩で息をしている。私がかどわかされたと知って、必死で捜してくれたに違いない。

ビョンヨンは激しい息に掻き消されそうな声で言った。

「お前……無事なのか?」

本当に、キム兄貴なのですか？　キム兄貴が来てくれたのですか？

ラオンは聞き返したかったが、声も出せないほど、ただ呆然とビョンヨンの顔を見返すことしかできなかった。

ビョンヨンはさらに近づいて、もう一度聞いた。

「ホン・ラオン、ラオン、無事なのか？」

その声を聞いて、ラオンの中の張りつめていた糸がぷつりと切れて、ビョンヨンの顔が涙で歪んだ。だが、今は泣いている場合ではない。ラオンはうつむき、手の甲で目元を拭った。

必死に涙を堪えるラオンを見て、ビョンヨンは胸が張り裂けそうになった。

「世話が焼けるやつだ」

馬鹿野郎……。

ビョンヨンはラオンの小さな体を力一杯抱きしめた。

八　月夜の思い出

いきなり現れて人質の若い男を抱きしめる男。いつ、どこから来たのかわからないが、男は手下の男たちの頭上を軽々と飛び越えて、あっという間に人質のもとへ辿り着いた。

「何者だ？」

これまで幾度となく修羅場をくぐってきたが、こんな男は初めてだった。こちらの頭数に気づいていないのか、それとも俺をなめているのか……いや、その両方だ。

この俺をコケにするとはいい度胸だ。ムドクは腹の底から殺意が込み上げてきて、ビョンヨンを睨みつけた。

「どこのどいつだか知らねえが、ずいぶんなご挨拶じゃねえか。この俺を邪魔するとは、気でも触れたか？　そんなに死にてえなら望み通り死なせてやる。野郎ども、こいつの首を取れ。取ったやつには褒美をやる」

府院君《プウォングン》から有り余るほどの身代金をもらったばかりだ。

ムドクが褒美を出すことは滅多にない。男たちは色めき立った。

「この世間知らずの小僧に、世の中の怖さを教えてやれ」

男はただ者ではなさそうだが、頭数ではこちらにはるかに分がある。ムドクはビョンヨンに向かって首を斬る真似をして、大きな声で言った。

「やれ！」

男たちは一斉にビョンヨンに襲いかかった。

「自惚れやがって。馬鹿な野郎だ」

どれほどの猛者かは知らないが、こっちには荒くれ者が五十もいる。懐の金を手でいじりながら、ムドクは下卑た笑いを浮かべた。

「金もあるし、あとは人質もろとも始末するだけだ。問題は、この金をどう使うかだな」

考えただけで笑いが止まらなかった。

「そんなに金があるなら、仲間の棺桶でも買ってやれ」

聞き慣れない声がして振り向くと、そこには恐ろしい形相でこちらを睨みつけるビョンヨンの姿があった。

「お、お前、どうやって！」

今しがた、男たちが襲いかかるのを見たばかりだ。袋叩きにされているはずの男がなぜ目の前にいるのか、ムドクは焦って周りを見渡し、真っ青になった。

確かに五十人はいた子分たちは、皆地面に転がっていた。息はしているが、とても戦えるような状態ではなさそうだ。

ムドクの本能が言った。今すぐ逃げろ。さもなくば、呻き声すら上げられず、お前は死ぬ。

ムドクは頭を下げ、媚びるように笑い懐から金を取り出して言った。

「兄貴、俺が馬鹿でした。これを受け取って、堪忍してください」

ビョンヨンは、この期に及んでもなお金で人の心を買おうとするムドクを心の底から軽蔑した。

「さあ」

ムドクは金の包みを差し出し、次の瞬間、

「受け取れよ！」

と言って、ビョンヨンに金の包みを投げつけた。包みは宙で開き、同時に、地面に転がる男たちが悲鳴を上げた。

「痛い！」

「目が！　目が！」

包みの中身は金ではなく、小麦粉や唐辛子粉などを混ぜ合わせたものだった。ビョンヨンはとっさに手で顔を覆ったが、粉はすでに目や口に入ってしまい、視野がぼやけた。

「クソッ！」

一瞬でも油断したことが悔やまれた。

ムドクは、府院君《プウォングン》から受け取った金の半分をビョンヨンを目がけて投げた。

「金だ！　好きなだけ拾え！」

すると、それまで苦しそうに悶えていた男たちが再びビョンヨンの周りに群がり始めた。ムドクはその隙に逃げ出し、ビョンヨンもすぐにあとを追おうとしたが、金に群がる男たちに視界を遮られ、完全にムドクを見失ってしまった。

「あの野郎、何が兄貴だ！　自分だけ逃げやがって」

ビョンヨンに脚を斬られ、蓑虫のように地面で悶えていたソムドルは、子分を置いて逃げ去るムドクの後ろ姿に吐き捨てるように言った。

突然、空から現れた男は、目にも止まらぬ速さで次々に仲間たちを倒していった。皆、どこをどう打たれたのかわからないまま倒れた。目の前に人間の域を越えた猛者がいるというのに、金しか目に入らない仲間たちの姿が、ソムドルには情けなくて仕方がなかった。

「何もかも、あの優男のせいだ。あいつがドクチル兄貴を殺さなければ、こんなことにはならなかった」

あの優男さえ現れなければ、兄貴も仲間たちも、死ぬことはなかった。今日も裏通りでカモを見つけて金を巻き上げていただろうし、今頃はどこかの妓女《キニョ》の胸の中で冗談を言って笑い転げていたはずだ。

「畜生！」

ソムドルはユンソンを心の底から殺してやりたいと思った。そしてユンソンの姿を捜したが、今までそこにいたはずのユンソンの姿はどこにも見当たらなかった。

「どこへ行きやがった？」

さらに辺りを見渡すと、血走ったソムドルの目に、涙を流して激しく咳き込むラオンの姿が映った。すぐにビョンヨンの方を見ると、逃げる間際にムドクが投げた粉と、足元に群がる男たちのせいで先ほどの猛獣のような動きが取れないでいる。

逃げるなら今のうちだと思った。傷を負わなければ、ムドクより先に逃げていた。だが、運の悪いことにふくらはぎを斬られていて、走ることはおろか、立つことすらままならない。このままでは虚しく殺《や》られるだけだ。

ソムドルは自棄になり、傷を負った脚を引きずってラオンを捕えた。

「剣を捨てろ！　捨てねえと、こいつを殺す！」


一日に二度も捕まってしまった。首に当てられた刃を見て、ラオンは膝から崩れそうになった。

「剣を捨てろと言っているのが聞こえねえのか！」

再びソムドルが怒鳴ると、男たちは水を打ったように静まり返った。ビョンヨンは肩で息をしながらソムドルとラオンを交互に見て、カッとなった。

「剣を捨てろと言ったんだ。脅しじゃねえ。捨てねえなら、こいつの首を切ってやる。俺は本気だ」

ビョンヨンは剣を投げ捨てた。それが何を意味するかはわかっていたが、ソムドルの目には狂気が漂っていて、ただの脅しではないことを物語っている。追いつめられ、自棄になったこの男なら、本当にやりかねない。ラオンが傷つけられる姿を見るくらいなら、剣などいくらでも捨てるやる。

キム兄貴、だめです。やめてください！

ビョンヨンが剣を投げ捨てるのを見て、ラオンは胸の中で叫んだ。それが自分を守るためだということは聞かなくてもわかっている。

案の定、男たちはじりじりとビョンヨンの周りを取り囲んだ。ラオンは矢も楯も堪らず、ソムドルの腕に思い切り噛みついた。

「何をしやがる！　ふざけやがって。俺がお前を殺せないとでも思っているのか？　いいだろう、そんなに見たいなら見せてやる。俺が本気だってことをな！」

ソムドルは剣を振り上げた。腕に噛みついた時から、こうなることはわかっていた。いや、ビョンヨンが剣を捨てた時から覚悟はできていた。これまで経験したことのない痛みを想像して、ラオンは目をつぶった。

ところがその時、不意に空を裂く鋭い音がして、ソムドルは悲鳴を上げ、剣を落として自分の手首を押さえた。

「畜生！　誰だ！」

その声にラオンが目を開けると、ソムドルの手首には矢が刺さっていた。

「殺してやる！　どいつもこいつも、皆殺しにしてやる！」

ソムドルは半狂乱で叫び、再びラオンに襲いかかろうとした。だが、矢は次々に飛んできて、ソムドルの両腿ともう片方の手首を射貫いた。

目の前で何が起きているのかわからず、ラオンはあまりの出来事に悲鳴を上げることもできなかった。すぐに矢が飛んできた方を確かめると、馬に跨り、長い服の裾をなびかせる男の姿が目に留まった。暗がりにも、ラオンにはそれが昊《ヨン》であることはすぐにわかった。

「私、死んだのかな……」

ラオンは手の甲で目をこすってみた。だが、何度こすってみても昊《ヨン》の姿が消えることはなく、むしろどんどん鮮明になっていった。

昊《ヨン》はラオンに目を留めたまま、弓にもう一本の矢をかけた。青い月明りに照らし出された昊《ヨン》の顔は、いつもよりも冷たく見える。

「どうして……」

ソムドルはそうつぶやいて、その場に倒れた。昊《ヨン》が射た矢は、ソムドルの胸を貫いていた。

昊《ヨン》はゆっくりと馬をソムドルに近づけて言った。

「身の程知らずにも、僕の人を傷つけた罰だ」

「僕の人……？」

ソムドルは昊《ヨン》とラオンの顔を交互に見た。そして、最期に後悔の表情を浮かべて力尽きた。


馬上からソムドルを見下ろし、昊《ヨン》はラオンに顔を向けた。そして馬を下りると、ラオンに言った。

「怪我はないか？」

「平気です」

ラオンは笑顔で言ったが、肩が震えていた。

「強情なやつだ」

昊《ヨン》は胸が痛み、自分の上着を脱いでラオンの肩にかけた。

「いけません、世子様《セジャ》。わたくしは平気です」

「僕が平気ではないのだ。断らないでくれ」

「寒うございます。お風邪でも召されたら大変です」

「着るのだ。これは命令だ」

昊《ヨン》は上着をしっかりとラオンに着せ、ビョンヨンの様子を確かめた。ビョンヨンはなお多勢に無勢で戦っている。

「手伝おうか？」

「世子《セジャ》様のお手を煩わせるまでもありません。そこの護衛をお借りできれば十分です。ただ、それでも力を貸したいとおっしゃるなら……」

倒しても倒しても、火取蛾《ひとりが》のように執拗に襲いかかる男たちをかわしながら、ビョンヨンは昊《ヨン》に言った。

「そこの世話が焼けるやつを連れて行ってください。そいつがいると、気が散って戦えません」

ラオンには、自分の手が血に染まるところを見せたくなかった。獣のように戦う姿など見せたくない。

　ビョンヨンはだから、いつもなら一瞬で終わらせられる戦いを続けていた。

　この辺で終わらせるつもりなのだろう。ビョンヨンの気持ちを察し、昊《ヨン》はうなずいてラオンに言った。

「聞いたか？」

「キム兄貴を置いて行くとおっしゃるのですか？」

「僕の護衛たちが一緒に戦う」

「ですが！」

　昊《ヨン》はその場に残ろうとするラオンを軽々と抱きかかえて馬の背に乗り、自分の前に座らせると、すぐに馬を走らせた。よく教え込まれた黒馬は、二人を乗せて広い草むらを駆け抜けていった。

　二人が去って間もなく、草むらは血に染まった。


　月明りの下、二人を乗せた黒馬はゆっくりと歩みを進めていた。昊《ヨン》はしばらく何も言わなかったが、ラオンがいくらか落ち着いたのを見て、話しかけた。

「何があったのだ？」

　昊《ヨン》に尋ねられ、ラオンは素直にことの経緯を伝えた。

「そんなことがあったとは」

事情を知り、昊《ヨン》はラオンが無事でいてくれたことに心から安堵し、感謝した。ラオンにもしものことがあったら、そんなことは想像もしたくないと本気で思った。

「そういえば、礼曹参議《イェジョチャミ》様はどこに行かれたのでしょう」

思い出したようにラオンが言うと、昊《ヨン》は顔色を変えた。ラオンを危険にさらしたのは、キム・ユンソンだったのか。あいつが何を企んでいるのか、何の目的でラオンにつきまとっているのかはわからないが、どんな理由があるにしても、今後は二度とラオンに近づかせはしない。

昊《ヨン》はそう決めて、ラオンの後ろ姿を見つめた。黒馬の背が揺れるたび、白いうなじに月光が当たる様は、銀河にかかる天の川のように眩い。馬の足音がするたびに、芳しい香りが近づいたり離れたりを繰り返す。地面にできた二人の長い影は一つに重なり、昊《ヨン》はくすぐったい気持ちになった。

「あの日のことを思い出します」

ラオンは昊《ヨン》に振り向いた。

「以前、一緒にお忍びで出かけた日のことを、覚えていらっしゃいますか？　わたくしが明温公主《ミョンオンコンジュ》様に捕えられた、あの日のことです」

「覚えている」

「あの時も、こんなふうに世子《セジャ》様が助けに来てくださって、一緒に王宮へ帰りましたね」

「そういえば、そうだったな」

だが、あの時はまだ、お前が女人であることを知らなかった。もしあの時、お前の本当の姿を知っていたら、僕はあれほどまでに苦しむことはなかっただろう。お前を普通の宦官とばかり思っていたあの時、お前に対する気持ちに気がついて、僕はどれほど自分を責めたかわからない。一時は顔を合わせないよう、資善堂《チャソンダン》に行くのも避けていたくらいだ。

今となってはそれも笑い話だが、人知れず葛藤する僕に、相変わらず明るく笑いかけてくるお前を少し憎らしく思ったこともあった。だが今は、先ほどのことなどなかったように笑う姿に、尊敬の念すら覚える。あと少し遅かったらこの笑顔を失っていたかも知れない。そう思うと、それだけで胸の中に世界の終わりのような絶望感が押し寄せる。

今、自分の腕の中にラオンがいることを、昊《ヨン》は心から感謝した。

「決めた」

昊《ヨン》は手綱を握る手に力を込めた。

「何をお決めになったのです？」

「もう二度と、僕の目の届かないところにお前を行かせない」

昊《ヨン》は大真面目に言ったが、ラオンは取り合わなかった。

「温室の花の世子《セジャ》様も、ご冗談を言えるようになられたのですね」

「無礼者。世子《セジャ》の言うことを冗談扱いするとは何事だ」

「冗談ではないのですか？」

「少し目を離しただけで、何をするかわからない。そんなお前を、安心して遠くへやれると思うか？これからは常に僕の目が届くところにいろ。僕がどこを見ても、僕の視線の先にいるのだ」

ラオンの胸は高鳴り、頬が火照った。それがどれほど女心を揺さぶる言葉か、温室の花の世子様《セジャ》はわかっているのだろうか。それは愛の告白。愛する女人に思いを打ち明ける男が言う台詞だ。

頭では違うとわかっていても、動揺する自分を、ラオンはどうすることもできなかった。

ラオンが赤くなったのを見て、旲《ヨン》は笑いが出そうになるのを堪えからかうように言った。

「言い返さないのは、喜んでいるということか？」

「ば！　馬鹿なことをおっしゃらないでください！」

「違うのか？　おかしいな。ではなぜ赤くなる？」

「赤くなるって、何をおっしゃって……誰が赤くなるものですか！」

心の中を見透かされた気がして、ラオンはむきになった。すると、突然の大声に驚いて、黒馬が前足を挙げて暴れ出し、ラオンはとっさに旲《ヨン》にしがみついた。だが、旲《ヨン》が手慣れた様子で馬の首筋を撫でると、馬はすぐに落ち着きを取り戻した。

「もう大丈夫だ。安心しろ」

旲《ヨン》は口ではそう言ったが、胸にしがみつくラオンは、生まれたばかりの小鹿のようで、このまま時が止まってしまえばいいと思った。

「申し訳ございません、世子様《セジャ》！」

ラオンは慌てて旲《ヨン》から離れた。

後ろを向いて謝るラオンの瞳に、乳白色の月が浮かんでいる。紅い唇が動くたび、ラオンの吐息が旲《ヨン》のあご先をくすぐった。

途端に鼓動が速くなり、体が火照り出した。昊《ヨン》の瞳にはラオンしか見えず、あご先に淡い息を吹きかける紅い唇にくちづけをしたい衝動に駆られた。

「大変なご無礼を、お許しください」

何も言わない昊《ヨン》は怒っているように見え、ラオンは詫びてばかりだった。とっさに抱きついてしまったのが悪かったのか、それとも、世子《セジャ》様の話を冗談だと思ったことがいけなかったのか。

「わざとではなかったのです。振り落とされると思って、つい……」

そこまで言って、ラオンは口をつぐんだ。昊《ヨン》がじっと自分を見つめている。その眼差しに、身動きが取れなくなった。

そしてゆっくりと、二人は唇を重ねた。

蝶が桜の花びらに留まるように、昊《ヨン》の唇がラオンの唇に触れ、そして離れていった。

思いがけないくちづけが終わると、ラオンは昊《ヨン》から顔を背けた。

「何をなさるのです！　お放しください、世子《セジャ》様」

自分を押し退けようとするラオンを、昊《ヨン》はさらに強く抱きしめた。そして、身悶えるラオンの背中に手を回し、もう片方の手で頬を押さえた。

「世子《セジャ》様……」

抗うラオンに、昊《ヨン》は再びくちづけをした。ラオンの唇をこじ開けて、ゆっくりと舌を絡ませていく。まるで、魚が水中を漂うように。

ラオンは頭の中が徐々に白く褪せていくのを感じた。雲の上を漂うような気怠さが全身を覆い、指先から、爪先から力が抜けていき、静かに目を閉じた。
月明りが降り注ぐ中、地面には二人の影だけが映っていた。

月明り雲に覆われて
浅き眠りの寂しさよ
生きるともなく生きる運命《さだめ》と
君への愛を胸に隠して

九　どうか、これ以上は

　ムドクは無我夢中で走り続けた。

「畜生。どうしてこうなるんだ！」

　手を出してはいけない相手に手を出してしまった。だが、後悔しても後の祭りだ。

　ムドクは額の汗を拭い、後ろを確かめた。

「あいつら何者だ？　一人は府院君《プウォングン》の孫で、あの女みたいな野郎は誰なんだ？」

　突然空から降ってきた男も、あとから現れた男も、府院君《プウォングン》の孫よりそいつを助けに来たように見えた。

「あの野郎、まさか、世子《セジャ》か何かか？」

　逃げてきた方を睨み、ムドクは独りごちた。

「覚えてろよ。俺はパン・ムドクだ。恩は忘れても、やられたことは絶対に忘れねえ。今日の借りは必ず返す。特に、女みたいな顔をしたあの野郎……あいつだけは絶対に許さねえ」

　復讐を誓い、ムドクは夜道を急いだ。ところが、その直後に前から来た男にぶつかって転んでしまった。

「気をつけろ、馬鹿野郎！　どこに目をつけて……」

威勢よく凄んだが、男の顔を見て凍りついた。

「お、お前は！」

男は府院君《プウォングン》の孫だった。相変わらず穏やかな笑みを浮かべている。

「そんなに急いで、どこへ行くのです？」

「ど、どうしてお前が……」

まさか人質だった男が追いかけてくるとは思わなかった。そのうえ、自分を殺そうとした相手に穏やかに笑いかけているのが気味悪く、ムドクは怯える目でユンソンを見上げた。

「あなたの行き先が気になって、追いかけて来ました」

恐怖で上瞼が小刻みに震えたが、ムドクは必死に笑顔を作った。

「こ、これは府院君《プウォングン》様のお孫様じゃありませんか。こんなやくざ者に何のご用です？」

ムドクはそう言いながら、素早くユンソンに連れがいないか確かめた。

「ところで、お一人ですかい？」

「だったら、何だと言うのです？」

「それならそうと、早く言ってくださいよ」

ムドクは急に表情を和らげた。そしておもむろに立ち上がると、服に着いた土を払った。その姿は、くつろいでいるようにすら見える。

ユンソンが一人と知って、気が大きくなったのだろうか。それにしても、これほどまで警戒心を解けるものだろうかとユンソンは訝しく思った。

腕の埃まで払い終え、ムドクが聞いた。

「どうして追いかけていらしたんですかい？」

「なぜだと思いますか？」

顔は笑っているが、目の奥の殺気がありありと見て取れ、ムドクは両手を挙げてユンソンを制止した。

「味方同士、よしましょうや」

「味方同士？」

ユンソンの目から殺気が消えたのを見て、ムドクは胸を撫で下ろした。そんなムドクに近づいて、ユンソンは再び言った。

「どういう意味だ？　なぜ私とお前が味方なのだ？」

先ほどまで穏やかだったユンソンの口調が、がらりと変わった。

「旦那も意地が悪いや。ここまで来てとぼけないでくださいよ」

ムドクは府院君《プウォングン》からもらった金の包みを取り出した。

「この金と、何の関係がある？」

「旦那の爺さんがどういうお人か、俺に言わせなくてもよく知ってるでしょう。あの爺さんが、旦那の文《ふみ》一つで俺みてえなやつにただで金をくれると思いますかい」

ムドクの言う通り、府院君《プウォングン》は自分の得にならないことはしない。大金を受け取ったと聞いた時に気づくべきだったが、うかつだった。ユンソンはムドクの胸倉をつかんだ。

「つまりお前は、お祖父様とぐるだということか？　私をかどわかしたのも、お祖父様の差し金か？」

「そいつは違います。気を悪くするかもしれねえが、最初は子分の敵討ちのつもりだったんでさ。そんなふうに睨まないでくださいよ。あの時は旦那がどんなお人かも知らなかったんですから」

「では何だ？」

「旦那の爺さんに身代金をもらいに行った時……」

ユンソンは胸倉をつかむ手を緩めた。この男はお祖父様から取引をもちかけられたのだ。いや、脅されたと言う方が正しいだろう。あの文《ふみ》を持って屋敷を訪ねたムドクは、何十人もの兵に取り囲まれたに違いない。震えるムドクに、お祖父様は選ばせたのだ。自分の言うことを聞くか、その場で死ぬか。

そもそも、孫がかどわかされたくらいで動じる御仁ではない。やくざ者の仕組んだ茶番につき合うくらいなら、迷わず孫を捨てるだろう。そういう方だ、お祖父様は。

「あの方と、取引をしたのか？」

ユンソンが凄むと、ムドクは震え上がり、こちらが聞いてもいないことまでべらべらと話し始めた。

「取引なんて、できっこありませんよ。俺とあの方じゃお話になりません。あの方には旦那に協力しろと言われました。旦那が易々と捕まったのには、何か考えがあるに違いない。しばらく捕えておくふりをして、頃合いを見て解放しろ。そうすればお前を殺さず、駄賃もやると」

ムドクは金の包みを振って見せた。身代金だと思われていた金は、府院君《プウォングン》の計画を実行させるための報酬だったのだ。

「ほかには?」

「それだけです」

「そうか。そういうことだったのか」

ユンソンは愕然となった。自分をさらったムドクが逃げるのを見て、すぐにあとを追った。思いつく限りの惨たらしい方法で、ラオンを傷つけた罰を与えるつもりだった。だが、男の背後には実の祖父がいた。

結局、何もかも目に見えない糸で祖父に操られていたのかと思うと、すべてが虚しく思え、ユンソンは呆然と夜の闇を見つめた。ムドクは薄ら笑いを浮かべながら、地面に落ちた金を拾っている。虚ろな目で見るともなくその姿を眺め、ユンソンは独り言のように言った。

「ラオンのことは……?」

「ラオン?」

「私と一緒にいたあの者のことだ。ラオンを殺そうとしたのも、お祖父様の差し金だったのか?」

ムドクは金を拾う手を休めることなく答えた。

「そいつは違います」

「違う?」

「旦那の爺さんは、旦那さえ無事なら、ほかのやつはどうなっても構わないと言っていました。あのお連れさんは、仲間の敵を討つと子分たちに言った手前、その……」

「示しをつけるために、私の代わりに殺そうとしたということか。そういえば、さっきもラオンを許さないと言っていたな」

「あいつのせいで子分たちが次々にやられて、ついカッとなっちまって。旦那の可愛がってる弟分だったのなら、申し訳ねえことをしました」

それを聞いて、ユンソンはムドクの腹を蹴り上げた。

「何をなさるんです！」

ムドクは顔を上げてユンソンを睨みつけた。だが、ユンソンの恐ろしい形相を見て息を呑んだ。

「そんな理由でラオンを？」

ユンソンは倒れたムドクの上に馬乗りになり、容赦なくムドクの顔に拳を振り下ろした。

「答えろ。そんな理由でラオンを殺そうとしたのか？　答えろ！　そんな理由でラオンを殺そうとしたのか！」

「だ、旦那、俺が悪かっ……許して……」

いきなり滅多打ちにされ、ムドクの顔は目も当てられないほどひどい有様だった。鼻の骨は陥没し、前歯は折れ、穴という穴から赤黒い血が噴き出している。だが、ユンソンの目にその姿は映っていなかった。ラオンを殺そうとした男への憎しみが視界を覆っていた。

今のユンソンにとって、ラオンが死ぬことは自分の死を想像するよりずっと恐ろしかった。ラオンは自分のために胸を痛め、身を挺して守ろうとしてくれた初めての人だ。だから大切にしたかった。頼りになる盾にはならないが、胸が温かくなり、うれしいと思わずにはいられなかった。

その喜びを、私から奪おうというのか？　ラオンを奪おうと言うのか？

血が飛び散り、返り血を浴びても、ユンソンは手を止めようとしなかった。動かなくなったムドクを殴り続けるその姿は狂人そのものだった。

しばらくして立ち上がり、ユンソンはもはや判別のつかないムドクの死体を見下ろした。

「邪魔なんだよ」

頬についた返り血を拭い、ユンソンは衣冠を整えた。そして深く息を吸い込むと、顔からは狂気が消え、いつもの折り目正しい穏やかな笑顔に戻った。冴えた月明りが目に染みる。

「誰にも触れさせない。お前を手に入れるのも、お前を壊せるのも、私だけだ」

そうつぶやいた時、不意に吹いた夜風に肩がぞくっとなった。これまで一度も感じたことのない寂しさが、胸を押し潰していた。


二人だけの秘密の夜が明け、翌朝は今年一番の秋晴れとなった。

空に向かってそびえる王宮の屋根と屋根の間に陽だまりができ、服の裾から入り込む風に、人々は身を丸めて日課に向かった。

秋の陽光が宮中の隅々にまで行き渡る頃、塀の陰から重々しい溜息が漏れ聞こえてきた。誰だろうと思ってのぞいてみると、チャン内官が壁の下にしゃがみ込んで地面に何やら文字を書いては消してを繰り返していた。

「何か、お悩みですか?」

「ホン内官!」

ラオンが声をかけると、チャン内官は驚いて顔を上げたが、相手がラオンだとわかると、うれしそうな表情をして、爪先で慌てて地面の文字を消した。

「何を書いていらしたのです?」

「大したことではありません。ちょっと考え事をしていただけです」

チャン内官は笑ってごまかしたが、ラオンの顔色が芳しくないことに気がつくと、今度はチャン内官が心配そうに言った。

「ホン内官こそ、何かあったのですか?」

「私が、どうかしましたか?」

「目の下のくまがあご先まで届きそうです」

「それが、私も考え事をしていて、昨夜は一睡もできなかったのです」

ラオンはそう言うと、長い溜息を吐いてチャン内官の隣に腰を下ろした。

「やはり、何かあったのですね?」

「実は……」

ラオンは昨夜のことを思い出し、指先で自分の唇を撫でた。ひと晩経っても唇に余韻が残っている。昊《ヨン》の唇の感触はもちろんだが、思い出すだけであの時のように体が強張る。首筋をくすぐられているような感じがして肩がすくみ、胸が苦しくなって、ラオンは息をするのも忘れて頬を赤らめた。

「ホン内官、胸が苦しいのですか？　息ができませんか？」

チャン内官に揺さぶられ、ラオンは慌てて息を吸い込んだ。

「いいえ、大丈夫です。ご心配なく」

「そうは思えません。頬が真っ赤ではありませんか。熱があるのではないですか？」

「違うのです」

「何が違うのです？　先ほどから大丈夫とか、心配ないとか言いますが、どこか悪いに決まっています。質《たち》の悪い風邪でも引いていたら大変です。薬をもらいに行きましょう。いや、それよりウォルヒさんに頼んで診てもらった方がいい」

「本当に、違うのです」

「ホン内官」

「自分の病のことは、私が一番よくわかっています」

「何の病か、わかっているのですか？」

「はい。よくわかります」

病というより、衝撃が大きすぎて受け止められていないと言う方が正しいだろう。この病に名前を付けるなら、温室の花の世子《セジャ》様に唇を奪われた代償、にでもするべきか。

だが、正直に打ち明けるわけにもいかず、ラオンは膝を抱えて真っ赤な顔を埋めた。

チャン内官は黙ってうなずいて、それ以上は何も言わず、再び地面に文字を書いては消してを繰り返した。それを見て、ラオンは小さな枝を拾って地面を掘り始めた。手を動かしていた方が、少しは頭の中を整理できるような気がした。

「チャン内官様」

「何です?」

「世子《セジャ》様のことですが」

「世子《セジャ》様が、どうかしましたか?」

「あの方は、いつお気づきになったのでしょう」

「お気づき?」

何のことか飲み込めずにいるチャン内官に、ラオンは途切れ途切れに話を続けた。

「あの、ご自分と同じ……男がお好きだということを……」

「そのことでしたか」

「はい。そうです、そのことです」

「そのことなら、何の心配もいりません」

「チャン内官様はご存じだったのですか?」

「ええ。でも、なぜそう心配なさるのです?」

「人によっては、面白おかしく言われかねないためです。ましてや世子《セジャ》様とあっては、妙なうわさが立って、そのうち大変なことになるのではと心配でならないのです」

するとと、チャン内官は首を振った。

「君主とは、とかく無恥なものと言われます。この世の一番高いところから下々を望む方に、許されぬことなどありません」

「それはそうかもしれませんが」

「大国では皇帝と情を交わす男を龍陽君《ヨンヤングン》と呼び、特別に扱うそうです。話が出たついでに言いますが、実は国王が男を好きになるのは珍しいことではありません。どこの王室にも、一つくらいは公然の秘密があるものです」

「そういうものなのですか？」

温室の花の世子《セジャ》様がくちづけをしたのは、私を男と思っていたからだったのかとラオンは思った。もし私の本当の姿を知ったら、さぞかしがっかりなさるだろう。だが、問題はそこではない。

ラオンは自分を見つめる旲《ヨン》の姿を思い浮かべた。高貴な方のお戯れと思いもしたが、不意のくちづけを終えたあとの世子《セジャ》様のお顔はとてもうれしそうだった。長い間の望みを叶えた人のような、満たされたお顔をしていた。

それにあの目も。まるで恋しい人を見るような、愛情さえ感じられる眼差しに、不覚にも胸のときめきが止まらなかった。

もしかして、世子《セジャ》様は私を女と知って好きに……？

きっとそうだとラオンは思った。どこで誰が見ているかわからないのに、いくら変わり者の世子《セジャ》様でも、安易に自分の宦官にくちづけを交わすとは思えない。

だが一方で、チャン内官の言う通りかもしれないとも思う。国王が男を好きになるのは珍しいことではないと言うし……。

喜びに膨らんだ心が一気にしぼんでいくようだった。身の程もわきまえず期待した罰だと思い、ラオンは頭を振り、しっかりしろと自分に言い聞かせた。男と思われているなら、がっかりするよりむしろ幸いに思うべきだ。もし女と気づかれていたら、身分を偽って宦官になりすました罪を問われ、その場で義禁府《ウィグムブ》に連れて行かれていたかもしれない。ここで生きていくためにも、絶対に気づかれてはいけない。これからも男と信じさせなければ。

「そのためには、あの方と距離を置くしかない」

ラオンは口に出して言っていた。自分を男と思って好意を持たれたのなら、こちらから離れるほかはない。本当のことを知ったらがっかりするだろうし、もしかしたら許してもらえないかもしれない。だから、ここでおしまいにしよう。それが、私にとっても、温室の花の世子《セジャ》様にとっても、そしてみんなにとっても一番だ。

ラオンは自分に言い聞かせるように胸の中でそう繰り返したが、チクチクと痛む心をどうすることもできず、深い溜息を吐いた。そして、また膝の間に顔を埋めて意味もなく木の枝先で地面を掘り続けた。傍《かたわ》らのチャン内官も、相変わらず何かを書いては消してを繰り返している。

温室の花の世子《セジャ》様は、本当はどういうおつもりだったのだろう。これからどんな顔をしてあの方に会えばいいのだろう。

「何かあったのか?」

塀の下にしゃがみ込むチャン内官とラオンをあごで指し、サンヨルが聞いた。

「さあ……」

ト・ギは指先で丸い頬を突きながら、ラオンとチャン内官の様子を怪しんだ。サンヨルや落ちこぼれ仲間の小宦たちが固唾を呑んで見守っていると、しばらくしてト・ギが言った。

「理由はわからないが、あの二人、何かあったに違いない」

「そんなこと、ここにいる全員がわかってるよ!」

何を言うのかと期待したが、サンヨルは思わず吹き出した。

「それよりト内官、こんなところにいていいのか? その様子では清の使節団が帰るといううわさは本当のようだな」

「ああ、本当だ。使節の荷造りで、太平館《テピョングァン》は朝から大忙しだよ」

「正使のモク太監《テガム》が夜のうちに逃げるように帰っていったと聞いたが、それで予定より早く引き上げるというわけか。でも一人だけ残るそうだな」

「ああ、ソヤン姫様がな」

「どうしてあの方が?」

「俺が知るかよ。上の方たちの考えることなど、下々の者にはわからんよ。大殿《テジョン》の方もいろいろと動きがあるようだが、お前こそ何か聞いているのではないか？」

「こっちも下々の小宦なのでね」

「それでも、大殿《テジョン》に出入りしていれば耳にする話もあるだろう」

「よくは知らないが、王様が何か大きな決心をなさったそうだ」

「大きな決心？　何だそりゃ」

「さあな、詳しいことはさっぱり」

「心当たりはないか？」

「この俺に、上の方たちのお気持ちなどわかるはずないだろう。あの二人の気持ちすら読めない俺にさ」

サンヨルは再びラオンとチャン内官に視線を戻した。ト・ギをはじめ、ほかの小宦たちもこれには同感だった。

二人してこの国の行く末を案じているのだろう。

清の使節団をもっともそばでもてなした二人のことだ。ソヤン姫様が帰らない理由について考えているに違いない。

あのわがままで気の強い姫様をどうお世話するか、気が気でないのだろうな。

もしかして、王様が何を決心なさったのか、あの二人は知っているのか？

皆、それぞれにラオンとチャン内官の事情に思いを馳せていた。

時刻は昼を優に過ぎ、ラオンはできるだけゆっくり東宮殿《トングンジョン》に入った。午前の間、チェ内官から託った用事を片付けてきたところだ。

だが本当は、用事はとうに終わっていて、単に昊《ヨン》と会うのが気まずくてなかなか戻れずにいた。チェ内官に見つかったら、また遅いの何のと小言を言われそうだと思っていると、

「遅かったではないか」

案の定、チェ内官が駆け寄って来た。

「世子《セジャ》様がお待ちかねだ」

「せ、世子《セジャ》様が？」

今は世子《セジャ》と聞くだけで心臓が止まりそうになる。

「早く行きなさい。これ以上お待たせしてはならん」

気が急いていたチェ内官は、ラオンの背中を押した。

「え、あ！　ちょ、ちょっと、チェ内官様！」

抵抗したが、無駄だった。チェ内官はラオンの背中を押したまま昊《ヨン》の部屋まで連れていくと、無理やり部屋の中に押し込んで戸を閉めてしまった。そして周りに控える下の者たちをすべて下がらせて、自ら部屋の外に控えた。

東宮殿《トングンジョン》に、静寂が訪れた。

「あのお爺ちゃん！」

ラオンは戸の外にいるチェ内官を恨んだ。無理やりとはいえ、世子《セジャ》の部屋に入ったからには勝手に出ていくことは許されない。

「遅かったな」

すると、後ろから低い声が聞こえてきた。旲《ヨン》は広い部屋の奥、ラオンから十歩ほど離れたところに座って本を読んでいた。

本に顔を落としたまま、こちらを見ようともしない旲《ヨン》を寂しく思いつつ、ラオンは敷居の手前に正座して昨晩悩み明かしたことを後悔した。

相手は何とも思っていないのに、私だけ一人どきどきして胸を痛めて……なんて馬鹿なのだろう。相手は世子《セジャ》様だ。雲の上にいる方に、私の存在など見えるはずがないのに。

もしかしたら、あれは夢だったのかもしれない。目を覚ませば消えてしまう夢のために、喜んだり悩んだりしたのか。そう思うと、にわかに腹が立ってきた。

「どうでもいいなら、どうして呼んだのよ」

ラオンはちらと旲《ヨン》を見てつぶやいた。その声は旲《ヨン》には聞こえなかったようで、相変わらず涼しい顔をして本を読み続けている。そろそろ脚が痺れてきて、ラオンはそっと手を伸ばし、足袋の上から足を揉んだ。だが、足は指先で軽く触れただけで痺れが増し、ラオンは思わず声を漏らした。慌てて指先を舐めて鼻につけたり、脚をわずかに崩してお尻の位置をずらしたりしていると、ふと視線を感じた。ラオンが何気なく顔を上げると、昊《ヨン》と目が合った。深い海の色をした瞳。いつの間に昊《ヨン》は本を閉じ、あごひじをついてラオンを見ていた。

「何でしょう」

「そこで騒がしくしているのは、僕に見て欲しいからではないのか？　だから見てやっているのだ」

その偉そうな言い草に、ラオンはむっとした。

「見て欲しい？　わたくしがですか？　とんでもない」

「そうかな？」

「ええ、そんなこと微塵も思っていません」

「そうか。なら、それでいい」

昊《ヨン》はラオンに手招きをした。

「そんなところに座っていないで、こっちへ来い」

「いいえ、わたくしはここで結構です」

ラオンは身振りまでつけて断った。これ以上近づいたら、何をされるかわからない。くちづけをされることより、正体に気づかれる方が怖かった。

「近くに来いというのが聞こえないのか？」

少しきつい目で見据えられ、ラオンは膝を立てて昊《ヨン》のそばに寄った。

「これでよろしいですか？」

「まだだ」

「ここでいかがです？」

「だめだ。僕がいいと言うまで止まるな」

結局、ラオンは昊《ヨン》と机を挟んで真向かいに座った。

「そこでいい。その目の下はどうした？」

それをあえて聞くのかと、ラオンは睨むように昊《ヨン》を見返した。昨日の夜のことを覚えていないと
でも言うつもりなのだろうか。

「聞いているではないか。どうしてそんな顔色をしているのだ？」

ラオンは感情を抑えて答えた。

「ひと晩中、一睡もできなかったからです。温室の花の世子《セジャ》様があのような……いえ、何でもありません」

思わず心の声が出そうになり、ラオンは慌てて口をつぐんだ。

「眠れなかった、ね」

昊《ヨン》はにやりと笑い、二人の間にあった机を横に退けた。

「ちょうどよかった」

「何がよかったのです？　どうして机を片付けるのです！」

「横になる」

「はい？」

突然、昊《ヨン》に迫られ、ラオンはとっさに後ろに下がったが、すぐに捕まってしまった。

「僕も寝ていないのだ」

「ではどうぞ、ごゆっくりお休みください」

「それが、どうにも寝付きが悪いのだ」

「それは困りましたね。どうすればいいのでしょう」

「お前が一緒なら眠れそうだ」

「わたくしが一緒に？」

ラオンは狼狽した。

「何か問題でもあるか？」

「おかしいと思います」

「何がおかしい？」

ラオンは意を決して声を張った。

「世子《セジャ》様がすべき行いではないと思います」

「何？」

「世子《セジャ》様は、この国の王になられる方です。以前、わたくしにおっしゃったことを覚えていらっしゃいますか？　僕はお前が思うような男ではない、戯れに人の気持ちを弄《もてあそ》ぶような人ではないとおっしゃいました。わたくしは今も、温室の花の世子《セジャ》様はそのような方ではないと信じています」

「そのような方とは、どんな方だ？」

「ですから、その……お戯れで宦官を弄《もてあそ》ぶような……そんな方ではないと」

昊《ヨン》は笑いを噛み殺して言った。

「確かにそう言った。だがこれは違う。戯れではなく、本気で一人の宦官を好きになったのだ」

「なりません！　世子《セジャ》様は王になられるお方、国の安寧のためにも、お子をなさなければなりません。それなのに、一介の宦官を相手に、そのようなことをおっしゃられては困ります」

「そうは言ってもなぁ」

「あの時のお言葉と今なさっていることと、あべこべではありませんか」

「僕も自分がそんな男だとは思っていなかった。だが、そういう男だったらしい」

昊《ヨン》はそう言って、雛をさらう鷹のような速さでラオンの腰に手を回した。その拍子にラオンの官帽が脱げ落ちたが、昊《ヨン》はそんなことなどお構いなしに、ラオンを抱えて床に寝転がった。

「僕も一睡もできなかったと言ったろう？　だから、寝かせてくれ」

後ろからラオンを抱きしめて、昊《ヨン》は瞼を閉じた。この世で一番高貴な男に捕らわれて、ラオンは言葉にできない思いを胸の中でつぶやいた。

世子《セジャ》様、わたくしは男ではありません。あとでわたくしの正体を知って、あなた様が傷つくのがつらいのです。ですから、もうおやめください。どうか、これ以上は……。

十　それは、告白ですか？

逃げようとするラオンを後ろから抱きしめて、昊《ヨン》は息を深く吸い込んだ。淡いりんごの香りが肺の奥まで広がっていく。まるで本物のりんごをかじったようなさわやかな甘みが口の中に広がり、疲れた体がほぐされていくようだった。

こうしているだけで不思議と気持ちが落ち着いて、心地よい眠気が訪れる。この小さな体のどこにそんな力があるのか、ラオンがいるだけでその場が温まり、周りの人を優しい気持ちにさせる。だから放したくないのだと昊《ヨン》は思った。だから抱きしめたくなり、くちづけをしたくなるのだ。くちづけを……。

昊《ヨン》は昨夜のことを思い浮かべ、喩《たと》えようのない幸福感に包まれた。衝動的でもあったくちづけ。ひょっとしたら、月のいたずらだったのかもしれない。月があまりに綺麗だったから。

それでも後悔はなかった。むしろもっと早くにしておけばよかったと思うほど、甘いくちづけだった。

いっそ自分の心の内を見せることができたらどんなにいいだろう。今どんな思いでいるのか、どんな眼差しでラオンを見ているのか。ちゃんと伝えておかなければ、ふらふらとどこかへ行ってしまいそうで怖くなる。この汚《けが》れのない美しい女《ひと》を、いつか神霊がさらってしまうのではないかと不安にさえなる。

だが、ラオンはそんな旲《ヨン》の気持ちになど気づきもせず、旲《ヨン》から離れようと暴れている。旲《ヨン》はさらにラオンをきつく抱き寄せて、耳元でささやいた。

「何もしないから」

今は何も言うまい。無理に聞き出そうとしたら、ラオンを失いそうで怖い。今はこれ以上、近づかずに、ラオンから打ち明けてくれるまで、知らないふりをしよう。だから、どうかこのままで、僕から離れないでくれ。

そんな言葉にできない思いを胸に留め、旲《ヨン》は言った。

「こうしていると、よく眠れる気がするのだ」

「世子《セジャ》様……」

「このまま眠らせてくれ。少しの間でいい。少しの間で」

旲《ヨン》の声はかすれていて、息遣いもいつもより疲れているようだった。その感じから、旲《ヨン》の背負うものの大きさが垣間見える気がして、ラオンは抗うのをやめた。理由はわからないが、今日の旲《ヨン》はとてもつらそうに見えた。この両肩に民の暮らしがかかっているのだから無理もないことかもしれない。すべてを理解しているわけではないが、これまで見てきた世子《セジャ》の日常は、想像していたものとはまるで違った。自分の思い通りにできることなど何もなく、毎日が刃の上を渡る危険と隣り合わせだ。

そんな大きな荷を背負った人が今、私を求めている。少しの間でいいから、一緒にいて欲しいと言っている。それで安心して眠れるなら、喜んでそばにいよう。この人が望むなら、いつまでだってそばにいたい。

だが、そうするにはラオンの抱える事情が許さなかった。平坦な人生を歩んで来られなかったのは、むしろラオンの方でもある。一緒に寝て、もし女人であることが露呈してしまったら。そう思うと、とてもじっとしていられず、ラオンはやはり旲《ヨン》の腕を振り払った。

「いけません。こんなの、間違っています」

「ケチ」

ラオンが離れると急に寒くなり、旲《ヨン》はむくれて、これくらいも聞いてくれないのかとラオンを睨んだ。

「何が間違っていると言うのだ?」

「わたくしは……ですから、その、あの……」

ラオンは居住まいを正し、寝そべる旲《ヨン》の前に神妙な顔つきで座り直した。その様子を見て、旲《ヨン》も起き上がって座った。

「前置きは抜きにして、何が言いたい?」

「では、単刀直入に申し上げますが、わたくしは……わたくしは、世子《セジャ》様が思っていらっしゃるような人ではありません」

「僕が思っているような人?」

「それは、わたくしの口からは申し上げられません。とにかく、わたくしは決して、世子《セジャ》様が思っていらっしゃるような人ではないのです」

だって私は、男ではなく女なのですから。

ラオンは自分がまるで王様の耳はロバの耳と穴に向かって叫ぶ髪結いになったような気分がした。正直に打ち明ければすっきりするかもしれないが、あとに待っているのは命の危険だ。

ラオンは深く息を吐いて胸の中に渦巻くあらゆる言葉をしまい込んだ。そんなラオンを、昊《ヨン》は胸の前で腕を組んで見ながらやれやれと首を振った。

「お前は僕が思う通りの人だ」

ラオンは精一杯伝えたつもりだったが、昊《ヨン》には少しも響いていなかった。

「違います」

「違わない」

「違いますったら！　どうしてわかってくださらないのですか？　わたくしは、そんな人ではないのです。今のわたくしには、これ以上のことは言えません」

ラオンは何とかわかってもらいたかったが、昊《ヨン》はただ黙ってラオンを見つめるばかりだ。ラオンもそんな昊《ヨン》を見つめ返し、どうかわかってくれと目で訴えた。

「いいや、お前はそういう人だ」

やはり聞き入れようとしない昊《ヨン》に、ラオンは苛立った。

「違うったら違うのです！　わたくしはそんな人では」

「お前が何と言おうと構わない。それに、たとえ違うとしても、僕の気持ちは変わらない」

それを聞いて、ラオンは泣きそうになった。何か熱い思いが体の底から込み上げて、目の前が涙で滲んだ。ラオンは声の震えを抑えて旲《ヨン》に言った。

「わたくしがだめなのです。以前にも申し上げましたが、わたくしは決して世子《セジャ》様のものになることはできません。だって、だってわたくしは……」

最後の方は声がかすれて言葉にならなかった。

「もうよい！」

旲《ヨン》は怒ったように言い、無理やりラオンの唇を奪った。柔らかく、温かい感触が唇に重なり、そして離れた。

呆然とするラオンに、旲《ヨン》は微笑んで言った。

「世子《セジャ》の言うことに逆らった罰だ」

そして、少し首を傾けて、もう一度くちづけをした。ラオンの顔に手を伸ばし、軽くあご先を押すと、りんごの香りを含む吐息が儚い霞のように旲《ヨン》の口の中に入ってきた。

「馬鹿、馬鹿！　私の馬鹿！」

ラオンは自分の頭を叩きながら歩いていた。

これで二度目、いや、厳密に言えば三度目だ。あれはずっと以前、思いがけず交わしたくちづけを含めれば、もう三度も世子様《セジャ》とくちづけをしている。

きっとあの眼差しのせいに違いない。心の奥まで見透かすようなあの瞳に見つめられると、いつも身動きが取れなくなる。振り切ることも、拒むことも。

それにしても、世子様《セジャ》は一体、どういうおつもりなのだろう。世子様《セジャ》が思っているような人ではないと私自身が何度も言っているのに、構わないの一点張り。それからくちづけが罰って何？　そんなの聞いたことがない。

東宮殿《トングンジョン》を出てから、ラオンはずっとこの調子で頭を悩ませていた。起こったことをあれこれ考えても仕方がないが、頭の中がぐちゃぐちゃで、少しでも整理しておかないと、どうにかなってしまいそうだった。

世子様《セジャ》とは毎日のように顔を合わせなければならないが、会うたびにあんなことをされたら、どうすればいいかわからない。今はくちづけだけだが、次はそれだけで終わるかどうか……。

ふと、いつか妓女《キニョ》に見せられた春画が頭の中に浮かんだ。男の装いをして生きていると、女人であれば見なくてもいいものまで見ざるを得ないことがある。その時のことが思い出され、ラオンは頬が火照った。

私だって、ときめかないわけじゃない。昊《ヨン》ほどのいい男にくちづけをされて、抱きしめられて、何も感じない女はいないだろう。でも、こんなの許されるはずがない。世子様《セジャ》が好きなのは、女としての私ではなく、宦官のホン・ラオンなのだから。

それを痛いほど心得ているだけに、ラオンは、これは一夜の夢だ、目が覚めれば終わる、永遠に手の届かない夢だと自分に言い聞かせた。

だが、それでも胸が痛んだ。これからどうすればいいのか、どうすれば世子《セジャ》様は諦めてくださるのか。ラオンはいくら考えても答えが見つからなかった。

「念仏でも唱えているのか？」

その声に、ラオンは我に返って顔を上げた。歩いているうちに、いつの間に資善堂《チャソンダン》に着いていたらしい。廊下の片隅にビョンヨンが座っているのを見るなり、ラオンは思わずその場にしゃがみ込みそうになった。まるで四方八方敵だらけの戦場で味方を見つけたような、どんな時も味方でいてくれる兄に再会したような気分だった。

「キム兄貴！」

ラオンは一目散に駆け寄った。

「いつお帰りに？　昨日の晩はどちらにいらっしゃったのです？　お怪我は、痛いところはありませんか？」

「気忙しいな。質問は一つずつにしてくれ」

ビョンヨンが宥めると、ラオンは怪訝そうに言った。

「キム兄貴……？」

「何だ？」

「変です」

「何が？」

「キム兄貴が優しいです」

「はぁ？」

「だって、おかしいではありませんか。もしかして、怪我をなさっているのではありませんか？　どこか強く打ったとか」

ラオンは心配になり、ビョンヨンの額に手を当てて熱を測ろうとした。

「世話が焼けるやつだ」

口が悪いのはいつも通りだが、今日のビョンヨンは態度はもちろん、ラオンを見る眼差しまで優しい。温室の花の世子《セジャ》様といいキム兄貴といい、一体どうしたのだろう。昨日の晩、私が知らないところで何かあったのだろうか。

「俺のことより、お前はどうなのだ？　怪我はないか？」

「おかげさまでこの通り、ぴんぴんしております」

「そのわりには顔色が悪いな。あまり眠れなかったか？」

「この顔ですか？」

ラオンはごまかすように両手で顔をこすった。

「昨日のことは確かに驚きましたが、顔色が悪いのは温室の花の世子《セジャ》様のせいです」

「世子《セジャ》様のせい？」

「実は、そのことでキム兄貴にうかがいたいことがあります」

「何だ？」

「キム兄貴は、温室の花の世子《セジャ》様のことを私よりもずっとよくご存じですよね？」

「どうした、改まって」

「あの、いつからなのでしょう？」

「いつからって？」

「ですから……」

ラオンは言うのを躊躇ったが、思い切って聞くことにした。

「私は、温室の花の世子《セジャ》様が心配でならないのです」

「どうして？」

「あの方のお戯れが、どんどんひどくなっていくように見えるのです」

「どういうことだ？」

「世子《セジャ》様は男がお好きなのですよね？」

「世子《セジャ》様が男を？」

「それも、最近では目に余るお戯れぶり。お世継ぎであられる世子《セジャ》様が色恋にかまけていては、この国の行く末が案じられてなりません。それなのに、世子《セジャ》様ときたら、何を申し上げてもまったく聞き入れようとしてくださらないのです」

「何か思い違いをしているのではないのか？　そんなはずはないぞ」

「いいえ。私もまさかと思っていましたが、世子《セジャ》様の恋のお相手は男に違いありません。そうでなければ、私にあのようなことをなさるはずが……」

「世子様《セジャ》と何かあったのか？」

ビョンヨンはラオンの顔をのぞき込んだ。

まずい。

ラオンはとっさに目を逸らした。

「別に何も……」

だが、動揺はすぐに顔に出て、ラオンは真っ赤になった。

わかりやすいやつだ。

何かあったのは間違いないらしいと、ビョンヨンは一瞬笑みを浮かべ、すぐに神妙な顔つきになった。

世子様《セジャ》は気づいているのだろうか。透き通るような白い肌。それを際立たせる黒い瞳や、すっと通った鼻筋、杏子色の唇……。いくら官服で覆っていても、滲み出る美しさまでは隠せていない。恐らく世子様《セジャ》は気づかれたのだろう。お目が高いあの方のことだ。ラオンの持つ魅力に気づかないはずがない。問題は、どこまで知っておられるかだ。ラオンが女であることのほかに、どこまで？

「ラオン」

ビョンヨンは懐から何かを取り出した。

「はい、キム兄貴」

「手を出してみろ」

ラオンが戸惑いながら手を差し出すと、ビョンヨンはその白く華奢な手首に腕飾りを結びつけた。

紫水晶があしらわれた、月下老人の赤い腕飾りだ。

午後の日差しに照らされて玲瓏と輝く紫水晶を、ラオンは不思議そうに見ながら尋ねた。

「これは何です？」

「お守りだ」

「お守り？」

「これからは、それがお前を守ってくれるはずだ。少し目を離すと何をしでかすかわからないから、危なっかしくて一つ買ってみたのだ」

「キム兄貴も、お守りなんて信じるのですね」

ラオンには意外だった。

「ああ、信じる。だからお前も信じろ」

「キム兄貴がそうおっしゃるのなら、私も信じます」

手首にかかる赤い飾りを眺めながら、ラオンは子どものように笑った。

「手首につけるお守りなんて、初めてです」

ビョンヨンには、それが月下老人の腕飾りだとは言えなかった。

「気に入ったか？」

「ええ、とっても！　とーってもうれしいです」

無邪気に喜ぶラオンの顔を見て、ビョンヨンは微笑み、これからは自分がラオンを守ろうと胸に誓った。

一夜明け、ラオンは日課に向かう前に学び舎《や》に寄った。青い霧がかかる明け方の道をひたすら歩いていると、背後から誰かの呟き込む声が聞こえた。振り向くと、そこには体中に白い包帯を巻かれたユンソンが立っていた。

「礼曹参議《イエジョチャミ》様！」

ラオンは目を見張った。

「ひどいお怪我をなさったのですね。急にいなくなられたので心配しておりましたが、ここまでとは思いもしませんでした」

「違うんです。そうではありません」

案ずるラオンに、ユンソンは慌てて手を振った。

「私は平気だと言ったのですが、内医院《ネイウォン》の方が大袈裟な手当てをしてしまったのです」

「本当に、大事はございませんか？」

「心配には及びません」

「それならいいのですが……」

「ホン内官はどうです？」

「わたくしはこの通り、怪我もありません」

「よかった。それを聞いて、私もほっとしました。二人で九死に一生を得ましたね」

「まったくです。これに懲りて、もう二度と女人の恨みを買うようなことはなさらないでください。あのような怖い目に遭わされるのは、もうこりごりです」

ユンソンは穏やかに微笑んでうなずいた。

「私もそう思いまして、これからは心を入れ替えて、一途に一人の女人だけを思うことにしました」

「それはいい心がけです」

そう言って、ラオンはあっ、という顔をした。

「もしかして、もうそういう方がいらっしゃるのですか？　礼曹参議様《イエジョチャミ》が一途に思える方がいらっしゃるのですね？　そうなのですね？」

うれしそうに瞳を輝かせるラオンに、ユンソンは再びうなずいた。

「実は、そうなのです」

「どんな方なのです？　わたくしも知っている方ですか？」

自分に女人の服を着せてみたり、贈り物を選ばせたりしていたのは、その人のためだったのか。この純朴な微笑みの貴公子の心を奪った女人とは、一体どんな人なのだろう。

ラオンはユンソンの相手を知りたくなった。

すると、ユンソンが何かを差し出した。それを見て、ラオンは少し驚いて言った。

「これは、あの時の簪《かんざし》ではありませんか」

揺れるたびにきらきらと光る蝶の簪《かんざし》。ラオンはユンソンがなぜそれを自分に差し出すのか、すぐには理解できなかった。

「好きな方への贈り物ではなかったのですか？」

「そうです」

「それなら、その方にお渡しください」

「今、渡しています」

ラオンはしばらくきょとんとしていたが、やがて笑い出した。

「また、ご冗談を」

「冗談ではありません」

「礼曹参議様《イエジョチャミ》も人が悪いですね。わたくしがいただいてどうするのです」

だが、ユンソンの顔からはもう、微笑みが消えていた。

「もらってください。私は本気です」

「礼曹参議様《イエジョチャミ》……」

ユンソンの真剣な眼差しに、ラオンは固唾を呑んだ。

それは、告白ですか？

十一　俺も、お前が好きだ

　軒に落ちる雨音。ラオンは障子紙に透ける暗い夜を見ていた。水気を含んだ今宵の空気のように、気が重くてなかなか寝つくことができない。

「眠れないのか？」

　梁《はり》の上からビョンヨンが言った。

「キム兄貴、すみません。起こしてしまいましたか」

「…………」

「雨が降ってきましたね」

「眠れないのは、雨のせいではないだろう」

　部屋に声が響いているうちに、ビョンヨンは梁《はり》から下りて寝ているラオンの足元に座った。火打石で火を灯すと、暗い部屋の中が蜜柑色に明るくなった。

「どうした？　溜息なんて吐いて」

「何でもありません」

　ラオンは起きたばかりで髪が乱れている。

「本当に何でもないのか？　ならどうして眠れない？」

「もう寝るところでした」

自分の本当の姿を知らない昊《ヨン》に妙なことをされ、ユンソンには好きだと告白された。いろいろなことが一遍に起きて、ラオンは気持ちがついていけていなかった。二人とも戯れが過ぎるだけだ、ただそれだけだと、ラオンは混乱する頭に言い聞かせた。

「ラオン」

ビョンヨンは壁に背をもたれていたが、ラオンの方に身を屈めて言った。

「お前らしくないぞ」

「私らしくない？」

「いつものホン・ラオンらしくないと言っているのだ。どんな時も前向きに明るくやってきたのではなかったのか？　世話は焼けるが、おかげで俺は……」

「毎度、世話が焼けて申し訳ありません。これからは世話をおかけすることはしません」

「言葉だけか？」

「どういう意味です？」

「今だって十分、世話をかけているではないか。できないことは口にするな」

愛想のない言い方だが、ビョンヨンが自分を案じていることが伝わってきて、ラオンは照れ笑いを浮かべた。

「すみません」

「どうした？　何があった？」

　ビョンヨンは胸の前で腕を組み、じっくりとラオンの話を聞こうとした。その優しさに、ラオンは深い息を吐いて重い口を開いた。

「このところ、悩み事ばかり増えていきます」

「どんな悩みだ？」

「私をわざと困らせる方たちがいるのです」

「お前を困らせる？」

　ビョンヨンの目が一体誰だと問いかけていたが、相手が世子《セジャ》と礼曹参議《イエジョチャミ》であるだけに、ラオンはすぐには言えなかった。それに、困らせると言っても二人に悪意があるわけではないし、そもそもの悩みの原因は誰というより我が身にまとわりつく複雑な事情だ。

　不意に、ラオンは笑い出した。これではまるで、兄に言いつける子どもみたいだ。

「何でもありません」

　ラオンはそう言って、灯の影が揺れる天井を見上げた。だが、同時にビョンヨンが身を乗り出してラオンの目をのぞき込んできた。これほど近くでビョンヨンの顔を見るのは初めてで、ラオンは石のように固まってしまった。

「キ、キム兄貴」

　夏の林を吹き抜ける、一筋の風のような香りが鼻先をくすぐった。強い眼差しに縛られて、目を逸らすことも、まっすぐ見つめ返すこともできない。ほんのわずかの間だが、ラオンの視線が自分に向いているのを確かめて、ビョンヨンは言った。

「からかわれたら、冗談だと思って流せばいい」

「キム兄貴……」

「からかっているだけなのだろう？　だったら、お前も冗談で返して、取り合わなければいいだけのことだ。何を悩むことがある」

「だって……」

「もしかして、冗談で済ませられる程度を超えているということか？　そうなのか？」

ビョンヨンが急に腹を立てたのがわかり、ラオンは慌てた。

「違うのです、相手は冗談を言っているだけで、意地悪をされるわけではないのです。ただ私には、それが重いのです」

それを聞いて、ビョンヨンはほっとしたようだった。

「そうか。それなら、からかわれないようにすればいいではないか」

なるほど、と、ラオンは瞳を輝かせた。

「どうすればいいですか？」

「相手にしなければいい」

「相手にしない？」

「お前がいちいち相手の言うことに反応するから、向こうは面白がって余計にやってくるのだ。これからは無視すればいい。何をしてきても、お前が相手にしないとわかれば、向こうもつまらなくなって、そのうちやめるさ」

「そんな簡単なことに、どうして気づかなかったのでしょう」

ラオンは拳で自分の頭を叩いた。礼曹参議様《イエジョチャミ》のあの突然の告白は、やはり質《たち》の悪い冗談だったのだ。普段の態度を考えればわかりそうなものだが、それを真に受けて悩んでいたなんて、私はなんて馬鹿なのだろう。これからは相手にしないか、軽く冗談を返すかして、絶対にまともに取り合わないようにしよう。

ラオンはそう決めたものの、旲《ヨン》のことを思うと気持ちが揺れた。唇に、まだ余韻が残っている。その唇を指先でそっと撫でると、じっと見つめる旲《ヨン》の瞳が蘇った。

あの眼差しもうそだったのだろうか。どのみち誤解から始まった関係だから、真剣に考えても無駄かもしれない。礼曹参議様《イエジョチャミ》と同じように、世子《セジャ》様のこともまともに取り合わなければ、そのうち今の関係もなくなるかもしれない。でも本当に、終わらせてしまっていいの？

「いいのだ」

不意にビョンヨンが言った。頭の中で考えていたつもりだったが、無意識に声に出してしまっていたのだろう。ラオンが慌てると、ビョンヨンは人差し指でラオンの額を軽く突いた。

「思ったことが全部、顔に出ているぞ」

「何が出ていると言うのですか！　変なことをおっしゃらないでください」

自分なりに顔に出さないようにしていたのに。

「よく言うな」

ビョンヨンは今度もラオンの頭の中をのぞいたようなことを言って、再び壁にもたれ、胸の前で腕組みをして座り直した。

「本当に、無視してもよいのでしょうか？」

「いい。それでもだめなら俺に言え。一発で解決してやる」

ビョンヨンはそう言って目を閉じた。親身になって悩みを聞いておきながら、人のことなど興味がないような顔をするビョンヨンに、ラオンは微笑んだ。おかげで頭の中がすっきりした。

「ありがとうございます。キム兄貴が聞いてくださったおかげで、気持ちが軽くなりました。これでぐっすり眠れそうです」

「…………」

「キム兄貴、ご存じですか？　キム兄貴がいてくれて、私がどんなに感謝しているか。本当は、前からお伝えしたいと思っていたのですが」

ラオンは瞳を潤ませて、じっとビョンヨンを見つめた。その視線に気づき、ビョンヨンが目を開けた。

「何だ？」

「キム兄貴が本当の兄さんだったらいいなって。キム兄貴が後ろで見守っていてくだされば、何でもできそうな気がするのです。だから、私はキム兄貴をずっと、実の兄と思って……」

「断る！」

ビョンヨンは珍しく声を荒げた。

「お前のような弟など欲しくない」

「キム兄貴」

「俺はお前の兄貴にはなれない」

絶対になりたくない。

後ろからただ見ているなんて嫌だ。俺は……俺は、お前の隣に並んで立ちたい。

だが、そんなビョンヨンの思いなど知る由《よし》もなく、ラオンはビョンヨンに嫌がられているのだと受け取って、悲しくなった。口を開けば世話が焼けるやつだと言うが、あれは冗談ではなく本心だったのだ。

「それでも、私はキム兄貴が好きです」

「お前なぁ」

「キム兄貴が何とおっしゃっても、私はキム兄貴が好きです。大好きです」

口元に手まで添えて、ラオンは声を張った。ビョンヨンはそれを黙って見つめ、やがて立ち上がった。

「世話が焼けるやつ」

ぶっきらぼうな言い方だが、ビョンヨンは笑みを浮かべていた。そしてもう一言何か言ったのだが、その声は急に激しさを増した雨音に掻き消されてしまった。

「何です？」

ラオンはビョンヨンに耳を寄せたが、返事はなかった。見上げると、ビョンヨンはもう梁《はり》の上に寝そべってこちらに背を向けている。

「キム兄貴」

ラオンはもう一度呼んだが、ビョンヨンは動かなかった。

「寝ちゃったかな?」

ラオンは仕方なく布団の中に戻った。そして、しばらく外から聞こえてくる雨音に耳を澄ませているうちに、眠気が訪れた。

ラオンが眠りにつくと、ビョンヨンは身を起こし、まるで一幅の絵を眺めるようにラオンの寝顔を見つめた。そして、低く、誰にも聞こえないほど小さい声で、先ほど雨音に掻き消された言葉を再び口にした。

「俺も、お前が大好きだ」

胸が張り裂けそうなくらいお前が好きだ。ほかの男の隣で笑っている姿を見るのがつらくなるほど、もう一度、生き直したいと思うほど、お前が好きだ。


霜月の一日、まだ夜の気配が残る早朝の内班院《ネバンウォン》には、百人を超える宦官たちが整列していた。ソン内官は板の間に置かれた椅子に座り、皆を見下ろしていたが、その姿は前歯が欠け、十歳は老けて見えるほど痛々しい。

全員そろったのを確かめて、ソン内官は傍《かたわ》らの宦官にうなずいた。新たにソン内官の右腕となった大殿《テジョン》付きのウ内官である。ウ内官は手元の巻物を広げて皆に仕事を割り振っていった。

「昨日、清の使節が無事、朝鮮を発《た》ちました。そのため、今日から太平館《テピョングァン》の片付けに入ってもらいます。中宮殿《チュングンジョン》のホ内官は、下の者たちを連れて太平館《テピョングァン》に向かってください。大殿《テジョン》のユン内官は各殿閣に担当の者を送り、冬支度に向けて必要な物はないか確認して書面にまとめてください」

名前を呼ばれた者たちは、一人、また一人とそれぞれの持ち場に向かっていった。

しばらくすると、内班院《ネバンウォン》の前庭にはラオンをはじめ落ちこぼれの小宦五人だけが残った。次はいよいよ自分たちの番だとウ内官の次の指示を待っていると、その期待に応えるようにウ内官はさらに巻物を広げた。だが、そこに五人の仕事は記されていなかった。ウ内官は首を傾げ、ソン内官に確認した。

「ソン内官様」

「何だ？」

ソン内官は虫の居所が悪いらしく、ぞんざいな言い方をした。前歯が数本抜けているため、何か言うたびに息がひゅうひゅう言った。

「あの五人が漏れてしまっているようです」

「あの五人？」

ソン内官は庭の片隅に身を寄せ合うようにして佇む小宦たちに目を向けた。その視線はまるで、役立たずの給料泥棒と言っているようだ。

ところが、ラオンと目が合うと、ソン内官は途端に青くなった。こちらを見返すラオンの顔にユンソンの顔が重なって、閉じかけていた傷口が大きく開くようだった。脂汗が滲んで身が強張り、ソン内官は慌ててラオンから目を逸らして言った。

「ホ、ホン内官には指一本触れてはならない」

ソン内官が急に震え出したので、ウ内官は何が起きたのか心配になった。

「ソン内官様、どうかなさいましたか？」

「何でもない。あそこの小宦たちには、今日は休むよう伝えてくれ」

「はい？　何でございますか？」

「あの者たちは休ませろ」

「休ませてよいのですか？」

「何度もそう言っているだろう！　同じことを言わせるんじゃない！　小宦たちは休みだ。絶対に仕事をさせるな！」

ソン内官は荒々しくそう言い付けて、逃げるようにその場を去っていった。


「解《げ》せん。まったくもって、解《げ》せん」

后苑《フウォン》に入ってすぐのところにある日当たりのいい大きな岩に腰かけて、ト・ギは丸い頬を指先で撫でながら首を傾げた。小宦たちは皆、神妙な面持ちでうなずいたが、ラオンだけはそんな皆の様子を不思議そうに見ていた。

「何が解《げ》せないのです？」

「だっておかしいではないか。あのソン内官が、俺たちを休ませるわけがあるか？　今まで俺たちを目の敵にしてきたあのソン内官がだ。どう考えてもおかしいだろう」

「そういえば、つい先日、大怪我をなさったとか。九死に一生を得た人が、改心して善人になるという話はよく聞きますし、もしかしたらソン内官様もそうなのかもしれません」

ラオンが言うと、ト・ギは鼻で笑った。

「ソン内官が改心する？　蛙の子が龍になる方がまだ信じられる。極悪人が一夜にして善人になるなんて、本気で言っているのか？　ほかの誰でもないソン内官だぞ。百歩譲って改心したとして、さっき内班院《ネバンウォン》で見せたあの表情は何だ？　本当に心を入れ替えたのなら、顔にもそれが表れるはずだが、今朝のあの表情はまるで毒蛇みたいな……」

すると、サンヨルが慌ててト・ギの口をふさいだ。

「おい、宮中は壁に耳あり障子に目ありだ。誰かに聞かれたらどうするつもりだ？」

ト・ギはしまったという顔をして、わざとらしく咳払いをした。

「とにかく、明日この世が終わるとしても、ソン内官が心根を入れ替えることは絶対にない」

「ト内官様の言う通りかもしれません。それでは、ソン内官様はなぜ急に私たちを休ませてくださったのでしょう？」

ト・ギは怪しむように目を細くして、

「もしかすると……」

不安そうに仲間たちの顔を見渡して言った。

「俺たち、見捨てられたのかな?」

「見捨てられた?」

「ああ。ソン内官からすれば、俺たちは救いようのない落ちこぼれだ。いくら教えても、ものにならないと思われたのだろう。だから仕事を与えずに遊ばせて、いずれ追い出すつもりでいるのではないか?」

「まさか。それは考えすぎだと思います」

ラオンは首を振ったが、ト・ギは真顔でさらに言った。

「どこまでも甘いな、ホン内官。まだあのうわさを聞いていないのか?」

「うわさ?」

「いいだろう、お前たちだけに教えてやる。これは秘密の話だから、絶対に口外しないでくれよ」

ト・ギが声を潜めると、皆、顔を寄せ合い耳をそばだてた。

「マ・ジョンジャのやつが、監察部《カムチャルブ》に連れて行かれたそうだ」

「あのマ・ジョンジャが監察部《カムチャルブ》に? そんな、まさか!」

「サンヨル、声がでかいぞ」

「すまない。とても信じられない話なのでつい。だって、あのマ内官、いや、ソン内官が自分の手足のように使っていたマ・ジョンジャが、どうして? どんなへまをしでかしたかはしらないが、あいつが捕まるのをソン内官が黙って見ているとは思えない」

「めでたいやつだ。世の中とはそういうものだ。監察部《カムチャルブ》が来てマ・ジョンジャを連行する時、ソン内官は一切の手出しをしなかったそうだ。これが何を意味しているかわかるか?」

「何か意味があるのか?」

「当たり前だろう。ソン内官はマ・ジョンジャを切ったということだよ。聞くところによると、監《カム》察《チャル》部《ブ》での調べを終えたら、マ・ジョンジャはその足で王宮から出されるそうだ」

「要するに、我々もいつ王宮を追い出されてもおかしくないということか」

「自分の手足のように使っていた人間さえも弊履《へいり》を棄《す》つるが如く捨てるのがソン内官だ。俺たちのような落ちこぼれなら、なおさらだろう」

それを聞いて、サンヨルをはじめ落ちこぼれの小宦たちは一様に顔を曇らせた。

「俺たちって、糸の切れた凧みたいだな」

サンヨルの口から、思わず弱音が衝いて出た。

「まったくだ。毎日毎日、薄い氷の上を歩かされているみたいで、生きた心地がしない」

落ち込む五人のもとへ、幼い小宦がやって来た。

「あの……」

「何だ?」

ト・ギが溜息交じりに応じると、幼い小宦は、

「東宮殿《トングンジョン》からまいりました」

と言った。

「東宮殿《トングンジョン》？」

五人は一斉に目を輝かせ、幼い小宦に振り向いた。その勢いに圧され、幼い小宦は思わず後退りをした。

「東宮殿《トングンジョン》のチェ内官様から、ホン内官様へお言付けです。世子《セジャ》様がお呼びですので、今すぐ后苑《フウォン》に行くようにとのことです」

要件を伝えると、小宦は逃げるように去っていった。東宮殿《トングンジョン》と聞いて期待を抱いた小宦たちは、がっかりしてラオンに言った。

「同じ落ちこぼれでも、一人は安泰だな。最強の後ろ盾があるのだから、追い出される心配はないだろう」

ト・ギはラオンを羨んだ。

「今回の使節の来訪で、世子《セジャ》様にその働きを認められたと聞いたよ。おかげで今や寵愛を受けているそうじゃないか」

寵愛、と聞いて、ラオンは旲《ヨン》のくちづけを思い出し、顔を真っ赤にして下を向いた。

あの方は私を男と思い込んでいるから親しくするのであって、皆が言うような寵愛などではない。もし私を女と知っていたら、そもそも興味を持たれることすらなかっただろう。言いたいことが山ほどあるが、とても口にすることはできずに気を揉んでいると、ト・ギはさらに言った。

「世子《セジャ》様だけではない。明温公主《ミョンオンコンジュ》様もホン内官を自室に呼んで、茶を楽しまれていると聞いたぞ」

たった一度のことなのに、もううわさになっているのかとラオンは少しうんざりする気分だった。

するると、ト・ギは今度は満面に笑みを浮かべてラオンにすり寄った。

「ホン内官、これからもよろしく頼むよ」

急に何を言うのかと思っていると、サンヨルまで笑顔になってラオンに言った。

「ホン内官は我々に残された唯一の希望だ」

「皆さん、急にどうしたのです？」

「隠すことはないさ。ホン内官が世子《セジャ》様ばかりか明温公主《ミョンオンコンジュ》様のご寵愛まで受けているということは、みんな知っているのだから」

つけ入るように笑うト・ギに、ラオンは困惑の色を浮かべた。あの方たちは心強い後ろ盾などではない。正体がばれた途端、この世で一番怖い存在になり得る方たちだ。

「寂しいですね、皆さん。意外とうわさに疎いのだから。最近、ホン内官の後ろ盾にもう一人加わったのですが、聞いていませんか？」

その声に何気なく振り向いて、小宦たちは言葉を失った。ラオンの背後から礼曹参議《イェジョチャミ》キム・ユンソンが優しく微笑んでいた。皆は慌てて頭を下げ、ト・ギが言った。

「それは本当でございますか？　一体、どなたが？」

すると、ユンソンは人差し指で自分を指して言った。

「私です」

十二　お前がホン・ラオンであれば

小宦仲間が去り、ラオンとユンソンの二人だけになると、ラオンは足元の落ち葉を拾ってユンソンに言った。

「何かご用ですか？　それとも、また変な冗談でも言いにいらしたのですか？」

枯葉をいじりながら言うラオンに、ユンソンはにこやかに言った。

「ホン内官が会いに来てくれないので、私が来ました」

「用事がなければ、うかがう理由もありません。今日は何かご用ですか？」

「ええ」

「何です？」

「答えがまだです」

「何の答えですか？」

「まだホン内官の答えを聞いていません。まさか、忘れたわけではありませんよね？　私の気持ちを伝えたこと」

「…………」

「ホン内官」

「…………」

するとラオンは突然、笑い出した。

「どうかしましたか？」

「その手には乗りません」

「はい？」

「真剣な顔で言えば、騙されるとでも思いましたか？　残念ながら、わたくしはそれほど甘くありません」

「先日も言いましたが、私は真剣です」

「では、わたくしも真剣にお答えします。お気持ちは受け取れません」

「なぜです？　理由を教えてください。もしかして、ほかに好きな人でもいるのですか？」

ふと、ラオンの脳裏に一人の男の顔がよぎった。表情が乏しくて、冷たそうに見える人。この国で一番偉い位置にいるのに、どこか寂しそうな旲《ヨン》の顔が、ラオンの小さい頭の中をいっぱいにしていた。

どうして世子《セジャ》様の顔なんて、と、ラオンは自分でも戸惑ったが、すぐに気を取り直し、はっきりとユンソンに言った。

「ある方を、お慕いしています」

ユンソンは一瞬、言葉につまったが、すぐに笑顔に戻って言った。

「そうですか。でも構いません。私は、好きな相手がいる人の方が燃える質《たち》なので」

「意外に執念深いのですね」

「当然です。今は断られても、そのうち私を可哀そうに思って、ホン内官が折れてあげようという気になるかもしれないのですから」

「どれほど粘られても、ならないものはなりません」

「この先どうなるかなんて、誰にもわからないものです」

「ほかの人はそうでも、わたくしのことなら断言できます。わたくしが礼曹参議《イエジョチャミ》様のお気持ちを受け入れることは絶対にありません。無駄なことをなさらないでください」

ラオンは深々と頭を下げ、一度も振り返ることなくその場をあとにした。

「なかなか手強い女人だ」

遠ざかるラオンの後ろ姿を見ながら、ユンソンはつぶやいた。これほど近くにいながら、決して手の届かない女《ひと》。指の間をすり抜けて飛んでいく小鳥のようで、妙な欲望と衝動を呼び起こす。

この女人が欲しい。できることなら、籠の中に閉じ込めておきたい。

「参ったな。どんどん欲しくなってしまう。たとえ強引な手を使ってでも」


后苑《フウォン》の林道の色づく木々の中、ラオンは旲《ヨン》の待つ秘密の場所に急いで向かった。ユンソンに引き留められ、だいぶ時間が過ぎてしまった。遅いと怒る旲《ヨン》の顔が浮かび、ラオンは次第に駆け足にな

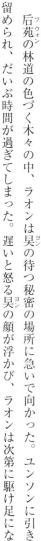

っていった。

ところが、それから間もなくして槐《えんじゅ》の木の間から昊《ヨン》が現れた。

「温室の花の世子《セジャ》様！　どうしてこちらに？」

ラオンが驚くと、昊《ヨン》は何も言わずにむすっとした表情でラオンを見返した。

「お気に召さないことでもありましたか？」

「わからないのか？」

「ですからうかがっているのではありませんか。どうして怒っていらっしゃるのです？」

「僕が呼んでいるのに、どうしてすぐに飛んでこない？」

ラオンをびっくりさせようと、林道に隠れて優に半刻は過ぎた。自分が呼べばすぐに来るだろうと思い、あれこれ楽しい妄想をしていたが、待てど暮らせどラオンは現れず、昊《ヨン》は意地悪の一つも言わなければ気が済まなかった。

「申し訳ございません。思わぬところで礼曹参議《イエジョチャミ》様にお会いしたものですから」

「礼曹参議《イエジョチャミ》に？」

昊《ヨン》は顔色を変えた。

「あれほどの目に遭わされておいて、まだあいつとかかわっているのか？　宮中には見返りを求めない厚意など存在しないと、あれほど言ったではないか」

「かかわったのではなく、礼曹参議《イエジョチャミ》様の方から話があると言って訪ねていらしたのです」

「話？　何の話だ」

「話というか……ちょっと、質《たち》の悪いいたずらをなさっただけです」

「いたずら？」

昊《ヨン》は俄然、心配になった。ラオンのこととなると冷静ではいられなくなる自分がいる。だが、それを表に出さず、努めて冷静に言った。

「いや、いい、何でもない」

本当は、嫌だと言ってしまいたかった。キム・ユンソンとは片時も一緒にいて欲しくない。もう二度とあの男に会うなと言いたかったが、恰好悪くてとても口にすることができなかった。

「最後までおっしゃってください。途中でやめられたら気になるではありませんか」

「何を生意気に！」

昊《ヨン》がむきになって言い返すと、ラオンは悔しそうな顔をして言った。

「こんなことを申し上げると、また生意気だと怒られるかもしれませんが……」

「そう思うなら、わざわざ申し上げなくともよい」

「わたくしだって、できればしたくありません。ですが、君主を正しい道へ導くのも宦官の務めと教えられましたものですから」

「ものですから？」

「ご進言申し上げます」

決心したように言うラオンに、昊《ヨン》は少し面倒そうに返した。

「急に改まって、何を言うというのだ？」

「世子《セジャ》様に、ご自分の行動を改めていただきたいのです」

「僕に、改めろだと？」

「その、生意気に！　とすぐに睨むところです」

ラオンは昊《ヨン》の真似をして睨んで見せた。だが、その姿はあまりに可愛いらしくて、昊《ヨン》は口を真一文字に結んで吹き出しそうになるのを堪えた。こんな時のラオンがどれほど愛らしいか、そしてそんな姿を見せられた男がどんな気持ちになるか、この女人は残酷なほどに気づいていない。

昊《ヨン》はやるせない気分になる一方で、自分だけがどぎまぎさせられているのが腹立たしくもあり、絶対に可愛いなんて言うまいと思った。

ところが、口を真一文字にしている昊《ヨン》は怒っているように見え、ラオンは後退りをしながら聞いた。

「怒っていらっしゃいます？」

「怒っていない」

「でも、怒っていらっしゃるように見えます」

「違うと言っているだろう」

「それなら、なぜそのようなお顔をなさるのです？」

「僕の顔がどうかしたか？」

「何となく、感情を抑えていらっしゃるような……」

昊《ヨン》はラオンに向き直って言った。

「そうだな。確かに僕は今、精一杯、自分の気持ちを抑えている」

「お気持ち？　お怒りではなく？」

ラオンは昊《ヨン》の顔をまじまじと見た。そして二人の視線が絡むと、昊《ヨン》はラオンから目を離せなくなった。見つめ合ううちにあらぬ想像が膨らんで、昊《ヨン》は思わず顔を背け、そのまま歩き始めた。

「どこへ行かれるのです？」

先に歩き出した昊《ヨン》のあとを、ラオンは半ば駆け足で追いかけながら尋ねた。

「砭愚榭《ピョムサ》だ」

「何かご用でも？」

「久しぶりに暇ができたので、茶でも飲もうと思ってな。お前の淹れる茶は逸品だと妹が褒めていたよ。僕にも淹れてくれ」

「それでしたら、尚茶《サンダ》をお呼びいたしましょうか？」

「僕はお前が淹れる茶を飲みたいのだ」

やっと誰にも邪魔されずにラオンと過ごせる。昊《ヨン》はうれしい気持ちでラオンの手を引いた。

ところが、砭愚榭《ピョムサ》へと急ぐ途中、林道の中から人がこちらに向かって近づいてくる気配がした。誰だろうと思って見てみると、紫色の清国の服を着た女人だった。服の袖と裳《チマ》の裾には、細かい菫《すみれ》の花の刺繍が入っている。

「ソヤン姫様と会うお約束でもなさったのですか？」

ラオンは首を伸ばしてソヤンを見ながら昊《ヨン》に尋ねた。だが、昊《ヨン》の返事はなく、何気なく振り向くと、先ほどまでそこにいたはずの昊《ヨン》はいなくなっていた。

「温室の花の世子様《セジャ》？　どこにいらっしゃるのですか？　温室の花の……」

だが、ラオンは突然腕をつかまれ、ぶなの木の後ろに引きずり込まれてしまった。一瞬の出来事に声も出なかったが、腕をつかむ手の感じと匂いに馴染みがあった。顔を見なくてもそれが昊《ヨン》であることがわかり、ラオンはほっとして何事かと尋ねようとしたが、すかさず口を押さえられてしまった。

「せっかくの休みを邪魔されたくない」

昊《ヨン》はラオンの首筋に顔を埋めるようにしてささやき、ぎゅっと抱きしめた。

後ろから昊《ヨン》に抱きしめられたまま、ラオンは目をぱちくりさせてソヤンの様子をうかがった。

「世子様《セジャ》？　世子様《セジャ》、どこにいらっしゃるのです？　世子様《セジャ》？　お前たち、本当にここで世子様《セジャ》を見たのか？」

ソヤンが聞くと、後ろにいた二人の侍女が同時にうなずいた。

「間違いありません。世子様《セジャ》がここにいらっしゃるのを確かに見ました」

「そう。おかしいわね。世子様《セジャ》、ソヤンでございます。世子様《セジャ》に会いにまいりました」

「ひと足先に東宮殿《トングンジョン》にお帰りになったのでしょうか？」

「そのようね。では、わらわも東宮殿《トングンジョン》に向かうとしよう」

ソヤンと侍女たちはそんなやり取りをしながら東宮殿《トングンジョン》に引き返していった。ソヤンたちが去り、騒がしかった后苑《フウォン》に静けさが戻っても昊《ヨン》はラオンを放そうとしなかった。

「もう大丈夫です」

「………」

「世子《セジャ》様？」

うなじに昊《ヨン》の息がかかっている。耳元に波打つ鼓動は、自分のものか昊《ヨン》のものかもわからない。息を止めて振り向くと、昊《ヨン》はじっとこちらを見つめていた。その眼差しにどきりとして、ラオンはとっさに昊《ヨン》を突き飛ばした。すると、昊《ヨン》はあっけなく後ろに転がってしまった。

「世子《セジャ》様！」

ラオンは慌てて昊《ヨン》の様子を確かめた。歴史上、世子《セジャ》を突き飛ばした宦官は自分しかいないだろう。

「世子《セジャ》様、しっかりしてください！　だからお放しくださるようお願いしたではありませんか！　どうして聞いてくださらないのです」

だが、昊《ヨン》はまったく動かなかった。

「世子《セジャ》様？」

体を揺さぶってみたが、昊《ヨン》は目を閉じたままやはり動かない。

「世子《セジャ》様、温室の花の世子《セジャ》様」

「………」

「世子《セジャ》様、しっかりしてください」

ラオンはいよいよ青くなった。

「世子《セジャ》様！　目を開けてください！　うそ、死んじゃった？　どうしよう、御医《オイ》を、御医《オイ》様を呼ばなきゃ。世子《セジャ》様、今すぐ御医《オイ》様を呼んでまいります」

御医《オイ》のもとへ駆け出そうとするラオンを、旲《ヨン》は慌てて止めた。

「しっ！」

「世子《セジャ》様！」

ラオンは旲《ヨン》のそばにしゃがみ込んだ。

「ひどいです。本当にどうにかなってしまわれたのではないかと、心臓が止まるかと思いました」

「見ろ。ここから眺める空はまるで違う。せっかくだから、ここで少し休んでいこう」

「世子《セジャ》様」

「お前も横になって見てみろ」

旲《ヨン》はラオンの腕をつかんだ。旲《ヨン》の体温が肌に伝わり、ラオンはどきりとなったが、それを隠して旲《ヨン》の腕を振り払った。

「おやめください」

これ以上、私の心を揺さぶらないでください。

「このようなお戯れは、もうなさらないでください。先日も申し上げた通り、わたくしは世子《セジャ》様が思っていらっしゃるような者ではありません。わたくしは、わたくしは……」

女なのです。

本当のことを言えないもどかしさに、ラオンは胸が痛んだ。

すると、旲《ヨン》はわずかに顔をもたげて言った。

「構うものか」

「世子様《セジャ》……」

「お前がどこの誰でも、僕には関係ない。お前が男でも、女でも、どうでもいいことだ。お前がホン・ラオンであれば、僕のそばにいてくれれば、それでいい」

旲《ヨン》はそれだけ言うと、力一杯ラオンを引き寄せた。抗う間もなく旲《ヨン》の広い胸に倒れ込み、ラオンの体は旲《ヨン》の心音に、旲《ヨン》の匂いに、体温に包まれた。

「少しでいい。少しだけ、こうしていよう」

旲《ヨン》はラオンを抱きしめ、吐息交じりにささやいた。空が、雲が、風が一つに溶け合っていく。時が止まり、二人はそのまま、化石になったように風の音を聞き、体中で眩い日差しを感じた。


永遠のような一瞬が、一瞬のような永遠が速くゆっくりと流れていく。

遠くから戌の刻（午後七時から午後九時）を告げる太鼓の音が聞こえてきた。旲《ヨン》と二人、落ち葉の上に寝転がっているうちに、辺りは夕闇に包まれていた。

「もう帰りませんと」

ラオンは先に起き上がった。

「冷たい地面に寝ていたせいで、すっかり体が冷えてしまいました。これでは風邪を引いてしまいます」

早く日常に戻らなければと、ラオンは一人服についた落ち葉を払い、まだ寝ている旲《ヨン》を見て言った。

「世子《セジャ》様も起きてください。お風邪を召されては大変です」

「いい気持ちだったのに」

ラオンに腕を引っ張られ、旲《ヨン》は渋々起き上がった。ふと、ラオンの華奢な手首に目が留まった。いつかビョンヨンが持っていた赤い飾りがついている。

「それは？」

旲《ヨン》が尋ねると、ラオンは自慢げに腕を掲げて見せた。

「キム兄貴がくださったお守りです」

「お守り？」

「はい。これをつけていると、悪いことから守ってもらえるそうです。そのご利益か、最近いいこと続きなのです」

「そうか」

旲《ヨン》は顔を曇らせた。

ラオンは旲《ヨン》の袞龍《コンリョン》の御衣《ぎょい》の落ち葉をすべて払って言った。

「それでは、失礼いたします」

「どこへ行く？」

「戌の刻（午後七時から午後九時）を過ぎましたので、早く帰りませんと」

「今日は僕と一緒に東宮殿《トングンジョン》に行こう」

「なぜです？　清の使節団ならもうお帰りになりましたが」

「まだ一人、ソヤン姫がいるではないか」

「あの姫様が夜分に訪ねていらっしゃるはずがありません」

「いや、あの姫様だから、夜更けに来てもおかしくはないのだ」

「いくら何でも失礼ではありませんか？　ソヤン姫様も、そこまではなさらないはずです」

「本当に帰るのか？」

「もちろんです」

「どこに、資善堂《チャソンダン》にか？　お前のキム兄貴が待つ、資善堂《チャソンダン》に帰るのか？」

「はい」

「行くな。いや、行かなくていい。そうだ、今日から東宮殿《トングンジョン》で過ごそう」

「わたくしに、東宮殿《トングンジョン》で暮らせとおっしゃるのですか？　それはできません。気が張ってしまっていられませんもの。どうか、それだけはお許しください、世子《セジャ》様」

ラオンは冗談ぽくそう言って、深々と頭を下げた。

「それでは、わたくしは失礼いたします」

ほかに体のいい理由も見つからず、旲《ヨン》は仕方なくラオンを見送った。ラオンが帰っても、旲《ヨン》はしばらくの間、手を後ろに組んでぶなの木の周りを行きつ戻りつしながら考えを巡らせた。

「資善堂《チャソンダン》、資善堂《チャソンダン》か……」

もう何周したかわからないが、先ほどからそればかり繰り返しつぶやいて、昊《ヨン》はそのたびに眉間のしわを寄せたり伸ばしたりしている。

「やはりだめだ」

昊《ヨン》は思い立ったように資善堂《チャソンダン》に向かった。

十三　ラオンを巡る男たちの戦い

資善堂《チャソンダン》の東の楼閣に乳白色の月明りが降り注いでいる。枝に揺れていた枯れ葉は落ち、耳元の遅れ毛を揺らす風は早くも冬の始まりを告げていた。

普通なら早く部屋の中に戻ろうとしそうなものだが、ビョンヨンは石像のように楼閣の床に座ったまま、思いつめたような眼差しで手元の白い紙を見つめていた。瞬きをしたら消えてしまう蜃気楼でも見るように、何も書かれていない白い紙からもうずいぶんと目を離せないでいる。

それからどれくらい経っただろうか。ビョンヨンは筆を執り、鞘を外してひとしきり手になじませると、筆先を墨に浸した。

二度と筆を握るまいと誓ったはずだった。もう二度と筆を執ることはないと思っていた。筆を握る勇気も、意志も、資格もないと思っていた。だが今、永遠に別れを告げたはずの筆を執った。まるで長年、疎遠になっていた友と久しぶりに再会したような違和感が指先から伝わってくる。それくらい、筆より剣が身近になっていたということか。

ビョンヨンは苦い笑いを漏らした。

そしてすぐに神妙な面持ちになると、おもむろに目を閉じ、瞼の裏にラオンの笑顔を浮かべた。痩せた体をしていながら、いつだって一生懸命で、どんなにつらい時でも笑っている。その強さに触れ、俺は己の弱さや卑怯さを思い知った。

ラオンが背負った運命に比べれば、俺の苦しみなどちっぽけなものだ。現実に押し潰されそうになりながらも、片時も失われないあの笑顔は、甘ったれた俺を叱ってくれているようだ。そして、その笑顔が俺のこの手に再び筆を執らせた。頑張って、キム兄貴という声が聞こえてくる。

その声に導かれるように、ビョンヨンは真っ新な紙の上に筆を近づけた。何を書くかは決めていない。ただ心赴くままに筆を走らせるだけだ。そうすればきっと何かは書けるだろう。そうしているうちにきっと、以前の感覚を取り戻せるはずだ。

大きく息を吸うと、心にある文字が浮かび、ビョンヨンは一思いに筆を走らせた。

――恋
恋、人を想い慕う心。

それはビョンヨンの本心からの叫びとも取れる一文字だった。

ビョンヨンはそれに戸惑い、思わず照れ笑いを浮かべた。

恋、恋か……。

世を儚み、心を閉ざした俺に、まだそんな感情が残っていたのか。

ビョンヨンは紙を畳んだ。今感じたことを、なかったことにするために。

「恋をなさっているのですか?」

不意に、右の肩越しに聞き慣れた声がした。普段は動揺などしないビョンヨンの瞳が揺れた。

振り向くと、いつの間にそこにいたのか、白い顔に大きな笑みを浮かべて、ラオンがビョンヨンの顔をのぞき込んだ。

「お前……」

ラオンは野兎のように跳ね、ビョンヨンの前に回った。

「キム兄貴、好きな方がいるのですか？」

「俺が誰かを好きになるような男か？」

ビョンヨンは自嘲交じりに言ったが、ラオンは意外というように目を見張った。

「どうしてそんなことをおっしゃるのです？　キム兄貴がどれほど恰好いいか、気づいていらっしゃらないのですか？　キム兄貴は同じ男の私も惚れそうなくらい、いい男です。お相手は誰なのです？　私も知っている方ですか？」

ビョンヨンは黙り込み、しばらくしてラオンに尋ねた。

「俺が……いい男か？」

すると、そんなこと聞くまでもないというように、ラオンは大きく笑った。

「ええ。私が知る限り、兄貴は最高にいい男です」

「そんなにいい男とは思えないがな」

ビョンヨンが否定すると、ラオンは慌てて首を振った。

「いいえ、絶対にそんなことはありません。キム兄貴に好きになられた方が羨ましいくらい、キム兄貴はいい男です」

「羨むことがあるかよ」

「だって、キム兄貴が守ってくださるのですよ？　何も怖くないではありませんか」

「本当にそう思うか？」

ビョンヨンがやけに真剣に聞いてきたので、ラオンもその表情を真似て見せながら言った。

「いけません。それはだめです」

「何がだめなのだ？」

ラオンは人差し指で自分の眉間を指した。

「そうやって『俺、今悩んでいるんだ』なんていう顔をしたら、怖がって相手が逃げてしまいます」

「ずいぶん知ったようなことを言うのだな」

「前にお話ししませんでしたっけ？　雲従街《ウンジョンガ》のサムノムと言えば私のことです。よろず相談をしていた時、女心はサムノムに聞けと言われるほど評判だったのですよ。その私が言うのですから、間違いありません。そんな顔をしていたら、どんな女人も逃げてしまいます」

ラオンはあごを突き上げ、胸を張った。ビョンヨンはそんなラオンがおかしくて笑いを吹き出した。女心がわかるのは、お前が女だからだろうと思いながら。

「それです！　キム兄貴は笑った方がずっといいです。キム兄貴が好きなお相手の方もきっと、笑顔で接してもらう方がうれしいはずです。ですから、もっとこうして」

ラオンは指で自分の口を横に広げた。

すると、ビョンヨンは急に真面目な顔をして言った。

「俺が笑ったら、喜ぶかな」

「そりゃそうですよ。キム兄貴が笑えば、どんな女人もイチコロです。さあ、私の真似をしてみてください」

ラオンは再び唇を横に広げた。その笑顔はまるで月夜に満開を迎えた月見草のように眩く映り、ビョンヨンはどきりとなった。

「世話が焼けるやつだ」

ビョンヨンは堪らず視線を逸らしたが、その目にラオンの手首が映った。先日渡した月下老人の腕飾りが、白い手首にかかっている。ビョンヨンは思わず笑顔になった。

「あ！　キム兄貴が笑った！」

「…………」

「その調子です。やっぱり、キム兄貴は笑顔が一番です」

「世話が焼けるやつだ」

照れ隠しにもう一度そう言って、ビョンヨンは立ち上がった。ラオンに背を向けて歩みを進めるその顔には、しっかりと笑みが浮かんでいた。ラオンの一言一言が、明るい笑顔が、優しさがうれしい。胸の中に広がる明るさが、ビョンヨンの世界を少しずつ変え始めていた。


「キム兄貴、お食事はお済みですか？」

今朝の膳がそのまま置かれているのを見て、ラオンは資善堂《チャソンダン》に戻るなりビョンヨンに尋ねた。

「口をつけていないようですが、召し上がらなかったのですか？」

「…………」

「一度逃したご飯は二度と戻らないと言ったのを忘れたのですか？」

「そういうお前は？　げっそりした顔をして、朝から何も食べていないのではないか？」

「私は別に……」

ラオンは口ごもり、両手で頬を覆った。旲《ヨン》と后苑《フウォン》にいたせいで、夕餉《ゆうげ》の機会を逃してしまった。適当に用意することもできたが、体がだるくて作る気になれない。というより、頭の中が旲《ヨン》のことでいっぱいで、今は何を食べても喉を通らないような気がした。

その顔を見て、ビョンヨンは言った。

「一度食べ損ねた飯は二度と取り戻せないのではなかったのか？　何より食べることが好きなお前が、どうした？　何かあったのか？」

「いいえ、何もありません」

「言ってみろ」

「実は……温室の花の世子《セジャ》様が、なかなか帰してくださらなくて……」

ビョンヨンは思わず顔をしかめた。

「世子《セジャ》様と一緒だったのか？」

「はい」

ラオンはそれだけ言って布団の中に潜り込んだ。外がどんなに冷えていても、布団の中は温かくて、生き返るようだった。

温室の花の世子《セジャ》様と落ち葉の上に寝そべって空を見上げたまではよかったが、起き上がる頃には体は冷え切っていた。冷たい地面に寝ていたからなのだろうが、どうも気持ちが影響しているように思えてならなかった。

いつからか、旲《ヨン》に会うたびに胸が締めつけられて、ときめきと同時に不安がよぎるようになった。本当のことを知ったら、温室の花の世子《セジャ》様は深く傷つくだろうか。もしかしたら二度と会ってもらえないかもしれない。

そう思うと鳩尾《みぞおち》の辺りが痛くなり、見えない手で首を絞められているように息が苦しくなった。それでも旲《ヨン》を追いかけ、求めてしまう自分が嫌でたまらない。

ラオンが思いつめるような表情をするのを見て、ビョンヨンは心配になった。

「どこか悪いのではないか？　顔色が優れないぞ」

「ずっと地面に寝そべっていたので、体が冷えてしまったようです。オンドルの焚口の方にいれば、すぐに温まると思います」

「冷たい地面に？」

「そういうことになってしまいました」

ラオンはおどけて笑ったが、ビョンヨンはますます顔を曇らせた。

「どうかなさいましたか？　キム兄貴こそ、先ほどから顔色がお悪いようですが」

「いや、俺は平気だ。それより聞かせてくれ。どうして冷たい地面に寝ていたのだ？」

「大したことではありません」

旲《ヨン》とのことを言えるはずもなく、ラオンは慌てて話題を変えた。

「キム兄貴、この腕飾り、効果覿面《てきめん》です」

「そう思うか？」

「はい。このお守りをいただいてから、運がよくなった気がします」

「そうか」

ビョンヨンはほかに言葉が浮かばなかった。気に入ってもらえて何よりだが、それはビョンヨンが聞きたい言葉ではなかった。

するとラオンは少し興奮気味に話を続けた。

「今日だってそうです。普段は私たち落ちこぼれの小宦を目の敵にしているソン内官様が、どういう風の吹き回しか、お休みをくださったのです。おかげで今日一日、ゆっくり過ごせました。それだけではありません。先日の頭の痛い問題も解決して、すべてこの腕飾りのおかげです」

「それは何よりだ」

「どこで買われたのです？」

「どうして？」

「母と妹のダニにも買ってあげたいのです」

ビョンヨンはわずかにむっとして言った。

「誰かれ構わず買ってやれるような代物ではない」

それは、月下老人の腕飾りなのだから。

だが、事情を知らないラオンは、驚いてビョンヨンに尋ねた。

「もしかして、特別な身分の方だけがつけられるものなのですか?」

「…………」

ビョンヨンが答えずにいると、ラオンは困った顔をして言った。

「そういうことでしたら、私もいただけません」

「どうしてだ?」

「私には、キム兄貴に差し上げられる物がありません。それなのに、私だけこのような高価な物をいただくわけにはいきません」

「見返りが欲しくてやったわけではない」

「ですが」

「お前に何かあると俺が面倒になる。そのためのお守りだから、気にするな」

「キム兄貴……」

口は悪いが、ビョンヨンの優しさが痛いほど伝わってきて、ラオンは心の中でビョンヨンに礼を言った。

その時、突然、部屋の戸が開いた。二人が同時に振り向くと、そこには昦《ヨン》が立っていた。月明りを浴びて、端整な顔立ちがより際立っている。

「温室の花の世子様《セジャ》！」

ラオンが言ったのと同時に、昊《ヨン》は部屋に入ってきた。そして、向かい合って座るラオンとビョンヨンの姿を見ると、あからさまに不満そうな顔をして二人の間に割って入った。

「世子様《セジャ》が、この夜更けに何の用だ？」

ビョンヨンも嫌そうに応じた。すると、昊《ヨン》は持参した酒瓶を机の上に置いた。

「久しぶりに呑みたくなってな」

「俺は遠慮する」

ビョンヨンは即答した。

「この薄情者め。だがあいにく、こっちはその気のようだぞ」

ビョンヨンが見ると、ラオンはにやにやしながら二人の顔を見ていた。

「お前、呑みたいのか？」

ビョンヨンが意外に思い尋ねると、ラオンは黙って首を振った。

「いいえ」

「だったら、その顔は何だ？」

「いつかまた、あの晩のように三人で過ごしたいと思っておりました。その願いが叶ったようでうれしいのです」

睨み合う昊《ヨン》とビョンヨンの間には、妙な緊張感が漂っている。

「キム兄貴、世子《セジャ》様？」

二人の間でしきりに顔色をうかがいながら、ラオンは躊躇いがちに声をかけた。久しぶりで気まずいのか、二人の様子がおかしい。

「こうしていると、あの日に戻ったようです。せっかくですので、呑みませんか？」

ラオンは雰囲気を和らげようと努めて明るく言った。

「本当に久しぶりだ。以前はよく二人で酒を酌み交わしたものだが」

昊《ヨン》はそれに応じて、ビョンヨンの盃に酒を注いだ。

「そうだな」

その盃を受けながら、ビョンヨンは続けた。

「それが、いつの間にか三人でいるのが普通になった。今では一人でもいないと妙に落ち着かない」

「そうか？　僕は二人でも構わないが」

昊《ヨン》はそう言って、ラオンに視線を向けた。

すると、ビョンヨンの目に途端に火花が散った。

「確かに、考えてみれば、俺も三人でいるより二人の方が気楽かもしれん。いつも二人でいるから、こうして三人でいる方が変な感じだ」

「いつも二人ではないだろう。昼間は僕と一緒にいるのだから」

「夜はこの資善堂《チャソンダン》で、俺と二人きりだ」

　すると、男二人のやり取りを不思議そうに見ていたラオンが口を挟んだ。

「お二人とも、いつもそんなにくっついていらっしゃったのですか？　昼も夜も一緒なら、一日中、片時も離れないということではありませんか」

　ラオンがまたも妙な誤解をするので、旲《ヨン》とビョンヨンは呆気にとられた。前に一度、二人で取っ組み合っているところを見られているので仕方がない気もするが、あれほど否定したのにずっと誤解されたままだったのかと、二人はラオンを睨んだ。

「私、何か変なことを言いました？」

　ラオンはばつが悪そうに笑って頭を掻き、ひと息に酒を呑み干した。

「今、何を呑んだ？」

　旲《ヨン》が聞くと、ラオンはひひ、と笑った。

「何って、お酒ですけど」

　旲《ヨン》は目を丸くし、ビョンヨンはすかさずラオンから盃を取り上げた。

「世話が焼けるやつだ。お前が呑んでどうする」

「大丈夫ですよ、キム兄貴。温室の花の世子《セジャ》様も、そんなに心配しないでください。これくらい、へっちゃらです。何ともありません。だって、一杯ですよ、一杯」

　ラオンは笑いながら手を振って、案ずる二人に言った。前回の酒ほどの強い酒はないだろうと勝手に思い込んでいたラオンだったが、急に目の前が歪んで呂律が回らなくなった。

「この酒は、この前の碧香酒《ペッキャンジュ》より強いはずだが」

昊《ヨン》が言うが早いか、ラオンは机に突っ伏してしまった。

「だから言わんこっちゃない」

やれやれと、昊《ヨン》は溜息を吐いた。

「世話が焼けるやつだ」

ビョンヨンは独り言のようにそう言って立ち上がった。

「どうした?」

昊《ヨン》は聞いたが、ビョンヨンは何も言わずにラオンを抱きかかえ、横にさせようとした。すると、すかさず昊《ヨン》が身を乗り出してきた。

「お前は下がっていろ。こいつの面倒は僕が見る」

昊《ヨン》は奪うようにラオンの体を引き寄せたが、ビョンヨンは引き下がらなかった。

「何のつもりだ?」

「見ての通り、寝かせてやるのだ」

「世子《セジャ》様ほどの高貴な方が、そんなことをしていいのか?」

「僕の民だ。これくらい、いくらでもやってやる」

その言葉が白々しく響き、ビョンヨンは気に入らなかった。

「だが、すべての民にそこまでやるわけではあるまい」

「それはそうだが、ただ……」

「ただ？」

昊《ヨン》はラオンの顔を見つめて言った。

「こいつは友だ」

初めて見る昊《ヨン》の姿に、ビョンヨンは困惑した。どう考えても昊《ヨン》の行動は普通ではなかった。可愛がっているのはわかるが、弟分に対する優しさというにはあまりに無理があった。わざわざ確かめなくても、昊《ヨン》がラオンを大切に思っているのが傍目にも伝わってくる。

ふと、前にラオンが言っていたことが思い出された。世子《セジャ》様には人が知らない趣向があると言っていたが、あれは本当だったのか？　もし本当だとしたら、最近になってそういう趣向ができたのだろう。だが、よりによってラオンが相手だったとは。世子《セジャ》様の性分を考えれば、ラオンが女であることを知りながら、見て見ぬふりなどできるはずがない。ビョンヨンは真剣な顔をして言った。

「俺だって世子《セジャ》様の友だ。世子《セジャ》様のご厚意はあとで俺が受けさせてもらう。だから、ラオンのことは俺に任せてくれ」

「そうはいかない」

その夜、ラオンを巡る男たちの戦いが幕を開けた。

十四　この幸せが、永遠に続きますように

天井が近づいたり遠ざかったりして、体が宙に浮いたと思ったら今度は床に降ろされた。水に浮いているのだろうか。

「世子《セジャ》様も聞き分けが悪い」

すると、ビョンヨンの声がして、再び体が宙に浮いた。

「お前こそ、手を離せ」

今度は反対側から昊《ヨン》の声がして体が沈んだ。

昊《ヨン》とビョンヨンは今、ラオンの奪い合いをしている真っ最中なのだが、ラオンはそんなことなど知る由《よし》もなく、朦朧とする意識の中、目一杯声を張った。

「二人とも、おやめください。何があったか知りませんが、親友同士なのですから、お互いに譲り合ってはいかがですか？」

呂律が回らないラオンに、昊《ヨン》とビョンヨンは同時に言い返した。

「絶対に譲れない！」

「お前は黙って寝ていろ！」

男というものは、いくつになっても子どもみたいだ。

そんなことを思いながら、ラオンは深い眠りに落ちていった。この状況でよく眠れるものだと呆れながら、昊《ヨン》はビョンヨンに言った。

「いつまで続けるつもりだ？　聞いただろう？　僕に譲れ」

「世子《セジャ》様が諦めたら俺も手を離すよ」

「頑固者」

「世子《セジャ》様こそ」

結局、二人はラオンをその場に寝かせて布団をかけてやることにした。だが、二人の争いはそれで終わりではなかった。ビョンヨンは胸の上で腕を組んで言った。

「この分では朝まで目を覚ましそうにない。今日はお開きにしよう」

「そうだな。酔いが回っているから、今夜は僕も、ここで寝るよ」

「それでは俺が眠れない」

「僕はいないものと思えばいい」

「そうするには存在感がありすぎるだろう。寝るなら東宮殿《トングンジョン》に帰ってもらいたいね」

「僕はここで寝たいのだ」

「どうやって寝ると言うのだ？　まったくわからずやだな」

「僕のことは心配しないで、早く梁《はり》の上で寝るがいい。僕はここでいいから」

「ここで？」

「ああ、ここでこうして寝られるよ」

昊《ヨン》は座ったまま寝ると言い出した。

「驚いたな。世子《セジャ》様に座ったまま寝られる特技があったとは」

「お前が知らない特技はほかにも山ほどあるぞ。僕のことはいいから、上で寝てくれ」

「世子《セジャ》様こそ知らないようだが、俺も最近は下で寝ることがあるのだ」

それを聞いて、昊《ヨン》は顔色を変えた。

「まさか、ここで一緒に寝ているのか？」

「………………」

二人は互いに睨み合った。

そんな中、ラオンが寝言のように水を求めると、

「み、水……水を……」

昊《ヨン》は急いで立ち上がり、水を用意しに行こうとした。だが、その時にはすでにビョンヨンの姿はなかった。どこへ行ったのだろうと思っていると、ビョンヨンは水を持って戻ってきて、悔しがる昊《ヨン》を横目に涼しい顔をしてラオンに水を手渡した。

「水？　水だな？」

ラオンは水を飲み干し、

「寒い……」

と言って、掛け布団を首の上まで被った。昊《ヨン》がすかさず上着を脱いで掛け布団の上からかけてやると、ラオンは日向でまどろむ猫のように幸せそうに微笑んだ。先ほどはビョンヨンに先を越され

たこともあり、旲《ヨン》も満足そうに笑った。

そんなやり取りが何度か続いた後、旲《ヨン》とビョンヨンは互いの顔を見合わせて、どちらからともなく笑い出した。身分も肩書も存在しなかった、子どもの頃のように。


「私、どれくらい寝ていました？」

ラオンが目を覚ましたのは、それから一時ほど経ったあとだった。旲《ヨン》とビョンヨンはその間もずっとラオンのそばを離れなかったが、そんな二人の視線を負担に思い、ラオンはよろめきながらも、すぐに起き上がった。

「何があったのです？」

「酔い潰れたのだ。酒一杯でな」

「またですか？」

ラオンは顔を赤らめた。先日の碧香酒《ペッキャンジュ》は強い酒だったが、今回の酒も強かったのだろう。二度も酔い潰れるなんて用心しなくては、と酒の弱さを痛感した。

「これからはむやみに呑むなよ」

「申し訳ありませんでした」

旲《ヨン》が案じると、ラオンはうつむいて詫び、机に置かれた酒瓶に何気なく目をやった。

「まだ残っています？　せっかくですから、三人で呑み直すというのは……」

「だめだ」

「そうおっしゃらずに」

「今日はこれでお開きだ」

その時、外から騒がしい音がした。

「ホン内官、ホン内官！　開けますよ！」

慌しく戸を開けて、チャン内官が現れた。いつもの人のよさそうな顔でラオンを見つけ、何か言いかけたが、資善堂《チャソンダン》にいるはずのない昊《ヨン》を見ると、そのまま凍りついてしまった。

目をむいて固まるチャン内官の後ろから、

「どうした？　ホン内官はおらぬのか？」

という声と共に、今度は明温《ミョンオン》が顔をのぞかせた。明温《ミョンオン》もまた、昊《ヨン》を見るなり大きな目をさらに大きくして驚いた。

「お兄様！　ここで何をしていらっしゃるのです？」

「そういうお前こそ、何の用だ？」

「ちょっと聞きたいことがあったのですが」

「聞きたいこと？」

「世子《セジャ》様？」

すると、明温《ミョンオン》の後ろからソヨンが現れた。昊《ヨン》とビョンヨンはあからさまに嫌な顔をした。

「聞きたいことがあるなら、明日また改めて来るといい」

昊《ヨン》はそう言って、ぴしゃりと戸を閉めてしまった。ここで部屋に入れてしまったら、せっかくの水入らずの時間が台無しだ。

「せっかくいらしたのに、ひどいではありませんか」

ところが、ラオンは慌てて三人を呼び留めてしまった。

「外は冷えますので、どうぞ、お入りください」

ラオンが招き入れると、一番に明温《ミョンオン》が部屋に入ってきて、昊《ヨン》ににこりと会釈をした。

「世子《セジャ》様、失礼いたします」

次にソヤンが、最後にチャン内官が手の平を大きく開いて見せながら満面の笑みを浮かべて入ってきた。

「チャン内官でございます。世子《セジャ》様にご挨拶申し上げます」


その夜、資善堂《チャソンダン》に珍しく三人以外の人が集まった。皆、車座になったまま誰も口を利こうとせず、ラオンは堪らずチャン内官に耳打ちした。

「チャン内官様、一体どういうことですか?」

「資善堂《チャソンダン》に幽霊が出るという、例のうわさのことですが」

「それが、どうかしましたか？」

「偶然その話を耳にした明温《ミョンオン》公主《コンジュ》様が、ホン内官は大丈夫なのかと尋ねられたのです」

「それで、何とお答えになったのです？」

「もちろん心配はいらないと申し上げましたよ。幽霊だって、天下のホン内官には手出しではきない、それに、幽霊はとっくに退治したとはっきりと。ところが、公主《コンジュ》様はご自分の目で確かめないことには信じられないとおっしゃって」

ラオンはうなずいた。この夜更けに二人の姫君が突然訪ねて来たのは、チャン内官が余計なことを言ったせいに違いない。

するとラオンのすぐ隣から明温《ミョンオン》が言った。

「チャン内官の言うことは、まことか？　まことと、幽霊を見たのか？」

ラオンは気まずそうに笑い、隣に座る昖《ヨン》に助けを求めた。ラオンの左側に昖《ヨン》が、右側には明温《ミョンオン》がぴたりとついて座っている。兄妹に挟まれ、ラオンはもうすぐ冬だというのに汗が出てきた。

「答えるのだ。本当に幽霊を見たのか？」

明温《ミョンオン》が心配しているのは本当だったが、幽霊の話はラオンに会いに来るための口実に過ぎなかった。ラオンはそれに気づいていたが、素直にうれしいと思った。

「それは幽霊ではなく、生身の人です」

「でも、髪を解いて悲しそうに泣いていたのであろう？」

「実は……」

ラオンは医女《イニョ》のウォルヒのことを正直に明温《ミョンオン》に話した。皆がラオンの話に耳を傾ける中、ことの経緯を知る旲《ヨン》は静かに盃の酒を呷《あお》った。

明温《ミョンオン》は瞳を輝かせてラオンの話に聞き入り、隣のソヤンに至っては、ちらちらと旲《ヨン》の顔を見て頬を赤らめている。だが、女人の顔を見分けられない旲《ヨン》の目には、ソヤンの恥じらう表情など映ってもいなかった。

「では、資善堂《チャソンダン》に幽霊が出るというのは、根も葉もないうわさということか？」

「はい。出仕してからずっと資善堂《チャソンダン》で寝起きしておりますが、幽霊など一度も見たことがありません」

「やはり私の思った通りだ。この宮中に幽霊などいるわけがない」

するとソヤンが口を挟んだ。

「あら、資善堂《チャソンダン》に幽霊が出ると言ったのは明温《ミョンオン》、あなたよね？」

「私がいつ？」

「自分で言っておいて、とぼけるのか？」

「何を言う、朝鮮の女はそんなことしない」

「それは聞き捨てならない。だったら、清国の女はどうだと言うのだ？」

二人が言い争う姿は本当の姉妹のようで、ラオンはうれしい気持ちで皆を見渡した。両手の指を閉じたり開いたりしているチャン内官も、いつも影からラオンを見守っているビョンヨンも、すぐ隣で体温を分けてくれている旲《ヨン》も、ラオンには目の前の光景すべてが一幅の絵のようだった。

なんて幸せなのだろう。このまま、身も心も溶けてしまいそう。神様がいるならお願いしたい。

この幸せが永遠に続きますように。いつまでも、いつまでも続きますように。

心からそう願わずにはいられない夜だった。


朝霧が立ち込める中、ユンソンは祖父のもとを訪ねた。府院君《プウォングン》金祖淳《キムジョスン》の部屋には濃い墨の香りが漂っている。夜通し描き続けていたようで、府院君《プウォングン》の机の周りは足の踏み場もないほど鯉の絵に埋め尽くされているが、どの鯉にも目が描かれていない。

「お祖父様」

床に散らばる絵を横目に、ユンソンは静かに祖父を呼んだ。だが、府院君《プウォングン》は筆を走らせるばかりで顔を上げようともしない。

ユンソンは黙って一礼した。そして顔を上げたところで、府院君《プウォングン》が言った。

「どういうことだ？」

聞き返さなくても、先日のかどわかしの件について聞いているのがわかった。

「予期せぬ事態に巻き込まれ、計画に狂いが生じました」

府院君《プウォングン》は鰭《ひれ》を描きながら言った。

「そうか。お前がことを仕損じるとは、珍しいこともあるものだ」

「それが、問題が起きたのです」

「問題？」

「私が見つけたのは別人でした」

府院君《プウォングン》は筆を止め、初めてユンソンの顔を見た。その視線には魂の中まで見透かすような鋭さがある。

「人違いだったということか？」

ユンソンは府院君《プウォングン》の目をかわすことなく答えた。

「はい、まったくの別人でした。すでに人を送って捜させています」

仮面を被ったような笑顔を作るユンソンを見て、府院君《プウォングン》は再び筆先を墨に浸して言った。

「そうか、そうだったか。これは思ったより時間がかかりそうだ」

「申し訳ございません」

「話は以上だ」

府院君《プウォングン》はユンソンに見向きもせずにそう言うと、ユンソンは部屋の戸を少し強めに閉めて出ていった。

障子に映る黒い影が立ち去るのを確かめて、府院君《プウォングン》は描きかけの絵を払い、新たに紙を広げた。

「どうやら、新しい絵を描く必要があるようだ」

十五　世子様《セジャ》の願い

いつもと変わらない朝。資善堂《チャソンダン》の屋根を照らす太陽も、目に染みるような青空も、冬の初めの冷たくも澄んだ空気も、何もかも昨日と同じだった。ソン内官が突然、人が変わったように優しくなったおかげで、余裕のある朝を迎えられるようになったこと以外は。

ラオンは清々しい朝の空気を胸いっぱいに吸い込んで、整然とそろえられた履物に足を入れた。ところが、いざ出ようとした時、ふと誰かに見られているような気がした。目を凝らして辺りを見渡すと、門の隙間から小鹿のような瞳がこちらをのぞいているのが見えた。その瞳には見覚えがあった。

「何かご用ですか？」

ラオンが近づこうとすると、相手は逃げるようにどこかへ行ってしまった。何だろうと思っていると、しばらくして小さな少女が紅葉のような手で資善堂《チャソンダン》の門を押して中に入ってきた。

「永温翁主様《ヨンオンオンジュ》！」

ラオンが思わず大きな声を出すと、永温《ヨンオン》は小さな口でにこりと笑った。

王と側室のパク淑儀《スギ》の間に生まれた永温《ヨンオン》は、人見知りで恥ずかしがり屋だが、母パク淑儀《スギ》のお文婢子《クロルビジャ》をしていたラオンのことはたいそう気に入ったようで、時折こっそりラオンのもとを訪ねてきていた。

「こんなに朝早くから、どうなさったのです？」

突然の訪問に驚いてラオンが尋ねると、資善堂《チャソンダン》の塀の向こうから慌ただしい足音が聞こえてきた。

「永温翁主《ヨンオンオンジュ》様、永温翁主《ヨンオンオンジュ》様！　どこにいらっしゃるのです？　永温翁主《ヨンオンオンジュ》様！」

どうやら永温《ヨンオン》は大人たちに黙ってラオンのもとを訪ねてきたらしく、永温《ヨンオン》は女官たちに見つからないよう、慌ててラオンの手を引いて資善堂《チャソンダン》の奥へと走り出した。

「翁主《オンジュ》様、女官たちが心配なさっています。行かなくてよいのですか？」

ラオンが言うと、永温《ヨンオン》は頭を振って拒んだ。

そこへ、女官たちが門を開けて入ってきた。

「こちらに永温翁主《ヨンオンオンジュ》様がいらして……永温翁主《ヨンオンオンジュ》様！　こちらにいらしたのですか？」

永温《ヨンオン》の母、淑儀《スギ》に仕える才尚宮《サングン》はひと息で永温《ヨンオン》に駆け寄った。

「ここで何をなさっているのです！　淑儀《スギ》様が心配なさっています」

当の才尚宮《サングン》もずいぶん心配していたようで、胸に手を当てて何とか荒い息を整えると、永温《ヨンオン》の腕をつかんだ。

「さあ、まいりましょう。淑儀《スギ》様が案じておられます」

だが、永温《ヨンオン》は一歩も動こうとせず、才尚宮《サングン》の手を振り切ってラオンの後ろに隠れてしまった。

「翁主《オンジュ》様、一体、何がお嫌なのです？」

才尚宮《サングン》はどうにか永温《ヨンオン》の機嫌を取ろうとするも、永温《ヨンオン》はラオンにしがみついていやいやと首を振るばかりだ。

「お戻りいただかなければ、わたくしが淑儀《スギ》様に叱られます。ですからどうか、一緒にまいりましょう」

才尚宮《サングン》もほかの女官たちも、頑なな永温《ヨンオン》にほとほと手を焼いていた。その様子を見かね、ラオンは才尚宮《サングン》に言った。

「先にお帰りください。翁主《オンジュ》様は私がお連れいたします」

「そうはいかぬ」

「しかし、翁主《オンジュ》様がここまで嫌がっていらっしゃる以上、無理やりお連れするわけにもいかないではありませんか」

「それはそうなのだが……」

才尚宮《サングン》はラオンの後ろに隠れる永温《ヨンオン》の様子をのぞいてしばらく迷ったが、諦めて深い溜息を吐いた。

「では、頼んだぞ」

永温《ヨンオン》をラオンに託し、才尚宮《サングン》は女官たちを引き連れて資善堂《チャソンダン》を出ていった。

皆がいなくなると、ラオンは跪《ひざまず》き永温《ヨンオン》の目をまっすぐに見て語りかけた。

「何があったのです？　もしや、淑儀《スギ》様に叱られでもしましたか？」

すると、永温《ヨンオン》の目にみるみる涙が溜まった。小さい肩を震わせて口をギュッと結んで、涙を堪えている。その様子から、これは単に叱られたわけではなさそうだと察し、ラオンは優しく永温《ヨンオン》の手を取った。

「何があったのかわかりませんが、淑儀《スギ》様が案じておられます。帰って差し上げましょう」

永温《ヨンオン》はうなずいたものの、やはりその場を一歩も動こうとしなかった。

「私も一緒にまいります」

ラオンが微笑みかけると、永温《ヨンオン》はようやく安心したようで、ちょうどこの空の太陽のような笑顔になった。


パク淑儀《スギ》のもとへ向かう間、永温《ヨンオン》は片時もラオンの手を離そうとしなかった。何がそれほど不安なのか、ラオンの手を握る小さな手に汗が滲んでいる。

ラオンはあえて遠回りをして冗談を言い、おかしな表情を見せて永温《ヨンオン》を笑わせた。おかげでパク淑儀《スギ》の暮らす集福軒《チッポッコン》の濃い桃色の塀が見えてくる頃には、永温《ヨンオン》の顔色も幾分和らいでいた。

「さあ、着きましたよ。永温翁主《ヨンオンオンジュ》様、ここからならお一人で行けますね？」

永温《ヨンオン》は力強くうなずいた。

「翁主《オンジュ》様が中に入られるまで、わたくしはここにおります。どうぞ、お入りください」

ラオンに背中を押され、永温《ヨンオン》は明るく笑顔で手を振った。ところが、いくらも進まないうちに、また立ち止まってしまった。それも歩みを進めようとしたその姿のままラオンに振り返り、石のように動けなくなっている。

「どうかなさいましたか？」

ラオンはすぐに永温《ヨンオン》に近づいて様子を確かめた。永温《ヨンオン》は異様なほど怯えた目で何かを見ている。

ラオンもその視線の先を追って見ると、永温《ヨンオン》が見ていたのは、府院君金祖淳《プウォングンキムジョスン》をはじめとする朝廷の大臣たちだった。

「永温翁主様《ヨンオンオンジュ》……」

ラオンは永温《ヨンオン》が何に怯えているのかわからず、ただ心配で再び永温《ヨンオン》の手を握った。

すると、そんな二人のもとへ一人の老人が近づいてきた。長い髭を携え、赤い官服姿をした府院《プウォングン》君金祖淳《キムジョスン》だ。

「どなたかと思えば、永温翁主様《ヨンオンオンジュ》ではありませんか。またお会いしましたね。先ほどはすぐに行ってしまわれたので、寂しゅうございました。帰り際にでもこうしてお顔を拝見でき、うれしゅうございます」

府院君金祖淳《プウォングンキムジョスン》は笑い声を上げて喜んだが、永温《ヨンオン》の顔色は白く青ざめていた。小さな額に汗を浮かべ、今にも気を失って倒れるのではないかと、見ているラオンが不安になるほどだった。

そんな永温《ヨンオン》の様子を見届けて、府院君《プウォングン》は今度はラオンに目を向けた。

「ホン内官というのはお前か？」

ラオンは恐縮し、慌てて頭を下げた。お辞儀をしながら、府院君《プウォングン》ほどの偉い方が、なぜ自分の名前を知っているのだろうと思った。

「お前の話はよく聞いておるぞ。大いに期待している」

府院君《プウォングン》はそう言って、ラオンと永温《ヨンオン》を意味ありげな眼差しで代わる代わる見ると、また笑った。

「では、この爺はこの辺で失礼いたします。翁主《オンジュ》様、近いうちにまたお会いしましょう」

府院君《プウォングン》はそう言い残し、自分を待つ大臣たちのもとへ戻っていった。

ラオンはふと、最後に見た府院君《プウォングン》の笑顔に見覚えがあるような気がしたが、どこで見たのか、はっきりとは思い出せなかった。

すぐに気を取り直し、永温《ヨンオン》に言った。

「永温翁主《ヨンオンオンジュ》様、どうなさいました？　何か怖いことでもありましたか？」

だが、永温《ヨンオン》は身を強張らせ、桜貝のように口を閉じてラオンに抱きついた。しがみつく小さな体が、芯から震えているのがわかる。

「翁主《オンジュ》様……」

この小さな子が、なぜこれほど震えているのだろう。一体、何に怯えているのだろう。

ラオンは震える永温《ヨンオン》の背中に手を回し、得体の知れない恐怖から永温《ヨンオン》を守るように、小さな体を力一杯抱きしめた。


「それでは、わたくしはこちらで失礼いたします」

集福軒《チッポッコン》の門の前で永温《ヨンオン》に一礼し、ラオンは日課に向かうことにしたが、振り返ると永温《ヨンオン》は同じ場所に立ってじっとラオンを見ていた。

「中へお入りください」

言いながら、ラオンは胸が痛んだ。できることなら、永温《ヨンオン》の気持ちが落ち着くまで一緒にいてあげたいが、仕事があるのでそういうわけにもいかない。すでにだいぶ遅れている。ラオンは後ろ髪を引かれる思いで集福軒《チッポッコン》をあとにした。

東宮殿《トングンジョン》に向かう間も、永温《ヨンオン》の怯えた表情が脳裏にこびりついて離れなかった。永温翁主《ヨンオンオンジュ》様は何を恐れていたのだろうか。見慣れない大人たちが怖かったのか、それとも大臣たちが男だから怖かったのだろうか。

もともと人見知りのある永温翁主《ヨンオンオンジュ》様なら、それもあり得るかもしれないが、あの顔は人見知りのそれではなく、明らかに何かに怯えていた。永温翁主《ヨンオンオンジュ》様ほど身分の高い方が、一体何を怖がっていたのだろう?

「遅かったな」

不意に甲高い声がして、ラオンは我に返った。鼓膜を突く、丸みのない女人の声。

「ソヤン姫様!」

永温《ヨンオン》のことを考えているうちに、いつの間に東宮殿《トングンジョン》に着いていたらしい。

ソヤンは勝ち誇ったような表情をしてラオンに近づいてきた。

「そう、わらわじゃ」

「どうかなさいましたか？」

「どうもこうも、お前に会いに来たに決まっているではないか」

「ソヤン姫様が、わたくしに何用でございますか？」

「その前に、宦官の分際でずいぶん早いお出ましだな。もう日がてっぺんに昇っているではないか」

それを聞いて、ラオンは空を見上げた。日は塀の向こうからわずかに顔を出しているくらいだ。まだ辰の下刻（午前九時）なので当然だが、ラオンにつられて空を見上げたソヤンは悔しそうな顔をして言った。

「とにかく、お前が来るのをずっと待っていたのだ」

とんだ言いがかりだったが、ラオンは笑顔を絶やさずに応じた。

「何のご用でございますか？」

「聞かなくてもわかるだろう。わらわが頼んだことはどうなっている？　いつまで待たせるつもりだ？」

そう言われて、ラオンは思い出した。先日、ソヤンから昊《ヨン》の趣味や好みを調べるよう言われていたが、忙しさのあまりすっかり忘れていた。

「そのことでしたか」

ラオンが一瞬、言い淀んだのを、ソヤンは見逃さなかった。

「やはりそうだろうと思って用意しておいた。お前に任せていては年を越してしまうだろうからな。これを受け取れ」

ソヤンはむっとした顔をして、一冊の帳面をラオンに手渡した。

「こちらは？」

「お前の任をひと目でわかるようにまとめたものだ。ここに書かれていることをすべて調べてわらわに教えるのだ。遅くとも明日の朝までに、わらわの部屋まで持ってくるのだぞ」

自分の話が済むと、ソヤンはラオンの返事を待つことなく颯爽と去っていった。ラオンは立ち去るソヤンの後ろ姿を呆然と見送って、今しがた手渡された帳面を見た。

「私の任って、何のことだろう」

わずかに腹を立てながら帳面をめくると、

『世子《セジャ》様が好きな色は？』

一枚目にはそう書かれていた。

二枚目をめくると、

『世子《セジャ》様がよく行かれる場所は？』

と、書かれていた。その後も、

『世子《セジャ》様が好きな季節は？』

『世子《セジャ》様が好きな食べ物は？』

『世子《セジャ》様が好きな楽器と、好きな曲調は？』

『世子《セジャ》様が好きな……』

めくっていくうちに眩暈《めまい》がしてきて、ラオンは目を見張ると、先ほどソヤンが去っていった方を見た。一冊丸々、昊《ヨン》への質問で埋め尽くされていて、ソヤンの熱のこもりように改めて驚くと共に、大した方だと思わず尊敬の念を抱いた。

夕闇が、昊《ヨン》の部屋の中にも忍び寄っていた。忙しい一日のうち、もっとも心休まるひと時だ。傍《かたわ》らには、いまや東宮殿《トングンジョン》付きとなったラオンが控えている。

ラオンは机に向かう昊《ヨン》の様子をしきりにうかがいながら、袖にしまった帳面を指先でいじった。明日の朝までに、ここに書かれたすべての質問に答えを書き込んで、ソヤンの部屋に届けなければならないのだが、どう聞き出せばいいかわからず、今日は一日中こうして昊《ヨン》に質問する機会をうかがっていた。気が進まないが、引き受けた以上、知らぬふりはできない。

それに、実のところラオン自身も聞いてみたかった。四六時中、もっともそば近くに仕えているが、考えてみれば自分は昊《ヨン》のことを何も知らない。好きな色も、好きな季節も、日頃どんなことを思い、考えているのか、どんな女人が好きなのかも。

不思議なことに、知りたいと思うほど、昊《ヨン》のことがどんどんわからなくなっていった。そんな自分の本心に気がついて、ラオンはこれは務めだ、これはソヤン姫様から預かった任務だと自らに言い聞かせ、わざとらしく咳払いをした。

すると、書状に書き込む手を止めて昊《ヨン》はラオンに顔を向けた。

「どうした？」

「……」

「そうやって一日中、僕の顔をじろじろ見ているつもりか？」

「じ、じろじろ見てなどおりません」

「話があるのではないか？」

「別に、そういうわけでは……」

「言ってみろ」

ラオンは上目遣いで顔色をうかがって、昊《ヨン》のそばへ寄った。

「世子《セジャ》様にうかがいたいことがございます」

「何だ？」

昊《ヨン》は胸の前で腕を組み、ラオンに向き直った。ついに自分に興味を持ってくれたかと、期待で胸が高鳴った。

「ずっと気になっていたのですが」

「言え、何だ？」

ラオンは部屋の中を見渡して、本棚に目を留めた。

「あの本棚の花瓶ですが、淡い青色をしていますね。お気に入りのようですが、世子《セジャ》様は青色がお好きなのですか？」

「……」

「あの格子縞の窓、あの窓をよくご覧になっていますが、世子《セジャ》様はあの模様がお好きなのですか？」

それから、と、ラオンは昊《ヨン》に見られないよう身を屈めて袖口からこっそり帳面を取り出した。だが、察しのいい昊《ヨン》の目はごまかせなかった。

「ソヤン姫に頼まれたのか？」

「いいえ！」

ラオンは慌てて否定したが、あっけなく昊《ヨン》に帳面を奪われてしまった。

「どれどれ」

昊《ヨン》はぱらぱらと帳面をめくり始め、最後の一枚まで読み終えて言った。

「僕は青より赤が好きだ。季節は寒くも暑くもない秋が好きで、朝に散歩をするのが好きだ。花は特に好きではないが、あえて選べと言うなら秋に咲く菊がいい。格子縞の窓は好きで見ているのではなく、格子越しに朝日が差し込む姿が美しく、自ずと目が行く。それから、僕はごてごてに飾りつけるより、何でもすっきりしている方が好きだ」

ラオンは舌を巻いた。昊《ヨン》はぱらぱらと帳面をめくっただけで、すべての質問を覚えていた。

「ちょ、ちょっとお待ちください！　今、書きますから」

ラオンは筆を取り出したが、すぐに昊《ヨン》に取り上げられてしまった。

「その必要はない」

「そんな！」

「こんなことを知ったところで何になる？　それより、最後の質問だけは気に入ったので、しっかり答えたい」

「最後の質問でございますか……」

ラオンは最後の質問を確かめた。

「世子様《セジャ》が今、一番したいこと？」

「ああ。僕が今、一番したいことは」

「何です？」

昊《ヨン》はラオンを自分に向き直らせ、おもむろに顔を近づけた。

「あ！」

ラオンは飛び跳ねるように昊《ヨン》から離れた。だが、昊《ヨン》はすぐにラオンににじり寄った。それを何度か繰り返しているうちに、背中に壁のひんやりした冷たさを感じ、ラオンは小さく悲鳴を上げた。そんなラオンに不敵な笑みを浮かべて迫る昊《ヨン》は、さながら鼠を追いつめる猫のようだった。

逃げ場を失い、ラオンは最後の抵抗で両手で口を覆った。

「ほう、そう来たか」

昊《ヨン》はラオンの手をつかみ、無理やり指を絡ませて、冷たい壁に押しつけた。抗う間もなく両手の自由を奪われたラオンは、無防備に咲く花びらのようだった。

「何をなさるのです！」

「何をしていると思う？」

「いけません、世子様《セジャ》。世子様《セジャ》は先の国王であらせられます。私の祖父はよく申しておりました。

君主は節度を欠いた行動をしてはなりません」

「お前のお祖父様は肝心なことを教えてくださらなかったようだな。君主もただの人間だ。好いた相手の前では、一人の男でいたい。それに」

昊《ヨン》はゆっくりとラオンに顔を近づけた。

「これは節度を欠いた行動ではなく、好きな人に対する当然の行いだ。つまり、天が定めた自然の成り行きに従っているだけということだ」

昊《ヨン》はそう言ってラオンにくちづけをすると、強引に舌を絡ませた。ラオンの鼓動は激しさを増していく。昊《ヨン》の吐く甘い吐息に意識が遠のきそうになるのを堪え、ラオンは心を鬼にして昊《ヨン》から顔を背けた。

「世子様《セジャ》」

「まだ言うことがあるのか？」

「このようなこと、許されるはずが……ん！」

だが、あっけなく昊《ヨン》に唇を奪われてしまった。昊《ヨン》の舌は、時に激しく、時に優しく口の中に入ってくる。ラオンはそっと目を閉じた。

二人の息が重なり、もつれ合い、いっそこのまま雪のように溶けてしまえばいいと思った。甘く儚い時が過ぎ、昊《ヨン》はゆっくりと唇を離した。熱のこもった息も遠ざかっていく。

「やっと静かになった」

目を閉じたままのラオンの耳元で昊《ヨン》はささやくと、ラオンは嫌がる子どものように首を振った。

「もう、何も申しません」

「どうして？」

「わたくしが何か言おうとすると、決まって世子《セジャ》様のお口でふさがれてしまうからです」

「嫌とは言わないのだな」

ラオンは言い返そうとしたが、再び旲《ヨン》に唇を覆われて、そっと目を閉じた。


亥の刻（午後九時から午後十一時）になり、東宮殿《トングンジョン》をあとにしたラオンの両頬は、赤く紅潮していた。チェ内官は遠くを眺め、ラオンの顔を見ないようにした。その気遣いに余計に気恥ずかしくなり、ラオンは下を向いて歩いた。

風は冷たいが、頬の火照りはなかなか収まりそうになかった。腫れた唇が脈打って、ラオンは旲《ヨン》の部屋を振り向いた。障子紙に、背筋を伸ばして本をめくる旲《ヨン》の影が映っている。好きな人にするのは当然だと言って、くちづけを繰り返す世子《セジャ》様。頭の中ではいけないと叫んでいても、世子《セジャ》様の眼差しと熱い吐息は、拒む気持ちを打ち消してしまう。

もしかして、これが恋なのだろうか？

男として生きてきたから、こういう時も男らしく、もっと大胆になれると思っていた。というより、私が誰かを恋い慕うことは一生ないだろうと思っていた。それなのに、今の私は喩《たと》えようのない喜びに魅せられ、胸の高鳴りを止めることができないでいる。恋というものは、きっと、自分の意識を置いて走り出してしまうものなのだろう。

会いたい、一緒にいたいという思いがどんどん膨らんでいく。くちづけをされるたびに胸の中に花が咲き、あの目に見つめられるだけで指先や爪先が震えてくる。暗闇の中に光が差す感じがする。心がぽかぽかしてきて、些細なことにも喜びを感じ、日に幾度も景色が変わる。

きっと、これが恋なのだ。唇のわずかな腫れも、ひりひりした痛みも。

ラオンはまた恥ずかしくなって、一人照れ笑いを浮かべた。だが、指先で唇を撫でながら昊《ヨン》の部屋を見ていると、先ほどあの中で起きたことは夢だったのかもしれないと思えてきて、すぐに悲しくなった。

世子《セジャ》様といると、忘れたはずの女心が蘇ってくる。こんな幸せがあるのかと、涙が出そうになる。でも、この幸せはいつ消えてしまうかわからない。捕まえようとすればするほど、指の隙間をすり抜けて飛んでいく蝶のように、最後までつかみ切ることのできないものかもしれない。はなから許されない縁ならなおさらだ。そう思うと悲しみが込み上げてきて、幸せな気持ちがくすむようだった。

ラオンは揺れていた。昊《ヨン》が好きなのは宦官ホン・ラオンであって本当の自分ではないと思う一方で、お前が男でも女でも関係ないと言った昊《ヨン》の言葉がこだまして、もしかしたらという希望を持ってしまう自分がいる。その場限りの出まかせだったかもしれないが、その言葉を思い出すだけで胸が熱くなり、確証のない気持ちを信じたくなる。

いっそ、ここを出れば楽になるかもしれない。これ以上、想いが深くなる前に、世子《セジャ》様の前から姿を消すのが一番かもしれない。でも、そんなことをすれば、家族三人、またもとの生活に逆戻りだ。自分だけならまだしも、苦労ばかりしてきた母さんや、やっと元気になったダニにつらい思いをさせるわけにはいかない。

それに、私だって、できることならここにいたい。今の私にとって、ここでの暮らしはとても大切で、幸せで、楽しくて、このままずっとみんなと一緒にいたい。ただ、大事にしたいという気持ちが強くなればなるほど苦しくなる。平凡な、どこにでもいる女として生きていきたいという思いが込み上げて、胸が押し潰されそうになる。

ラオンは重い足取りで資善堂《チャソンダン》に向かった。

しばらく下を向いて歩いていると、前から灯りを持った女官たちが、翁主《オンジュ》様、翁主《オンジュ》様と大きな声で呼びながら表に出てくるのが見えた。ラオンは近くにいた女官を呼び止めた。

「何事ですか?」

「永温翁主《ヨンオンオンジュ》様がいなくなってしまわれたのです。昼間は集福軒《チッポッコン》にいらっしゃったのに、昼食のあとで急にお姿が見えなくなってしまって」

「…………!」

ラオンは今朝の永温《ヨンオン》の目を思い出した。幼い子どもがひどく怯え、身を震わせていた。嫌な予感がする。

「資善堂《チャソンダン》には行ってみられましたか? 今朝、あちらにお見えになりました」

すると、ちょうどそばを通った才尚宮《サングン》が、ひどく狼狽して言った。

「すでに捜したが、翁主《オンジュ》様はいらっしゃらなかった」

「一体どこへ行かれたのでしょう？　翁主《オンジュ》様……永温翁主《ヨンオンオンジュ》様！」

ラオンも加わり、女官たちと共に永温《ヨンオン》の捜索に当たった。だが、永温《ヨンオン》は夜になっても見つからなかった。


「ずいぶん遅かったな」

くたくたになって帰ったラオンに、梁《はり》の上からビョンヨンが言った。

「大変なことが起きました。そのせいで今、宮中は大騒ぎです」

「何があった？」

「永温翁主《ヨンオンオンジュ》様がいなくなられたのです」

「永温翁主《ヨンオンオンジュ》が？」

「はい。まだ幼い翁主《オンジュ》様が、この暗い中、どこかで怖い思いをしていらっしゃるのではないかと、心配でたまりません」

ラオンは憔悴した様子で深い溜息を吐いた。すると、ビョンヨンの抑揚のない声が、天井から降ってきた。

「永温翁主《ヨンオンオンジュ》様なら、ここにいらっしゃる」

「そうですね。いっそここにいてくだされば……」

ラオンははっとなり、梁《はり》を見上げた。

「永温翁主《ヨンオンオンジュ》様……」

ビョンヨンの隣で手を振る少女。それは紛れもなく永温《ヨンオン》だった。

ラオンはぼんやりする頭で考えた。永温翁主《ヨンオンオンジュ》様が、どうしてここにいらっしゃるのだろう。しかも、キム兄貴と仲良く並んでお座りになって……今朝、あれほど怖がっていたのは、男の人ではなかったの？

十六　秘密

「永温翁主様《ヨンオンオンジュ》、そこで何を……いえそれより、危のうございます。早くお下りください！」

梁《はり》の上から足を垂らして座っている永温《ヨンオン》に何かあっては一大事と、ラオンは気が気でなかった。

普段、ビョンヨンが梁《はり》の上で寝ていても気にならなかったが、子どもとなると、今にも落ちやしないかと見守るこちらの方が怖くなってしまう。

そんなラオンの心配を察して、ビョンヨンは永温《ヨンオン》を抱きかかえて軽やかに梁《はり》の上から飛び下りた。

床に下りても、永温《ヨンオン》はビョンヨンのそばを離れようとしなかった。

「翁主様《オンジュ》、お怪我はありませんか？」

ラオンが永温《ヨンオン》の無事を確かめながら尋ねた。永温《ヨンオン》が無言でうなずくと、ラオンはようやく安堵した。

「みんなでずいぶんお捜ししたのですよ。永温翁主様《ヨンオンオンジュ》にもしものことがあってはと、どれほど心配したかわかりません。早く淑儀《スギ》様のもとへ帰りましょう。わたくしがお送りいたします」

ラオンは今朝と同じように永温《ヨンオン》に手を差し出した。だが、永温《ヨンオン》はその手を握ろうとはしなかった。

「永温翁主様《ヨンオンオンジュ》……」

今朝とは違うその姿を、ラオンは怪訝に思った。

「淑儀《スギ》様が心配しておられます」

まだ幼い娘が忽然と姿を消したので、母である淑儀《スギ》は今、半ば気が触れたように宮中中を捜し回っている。それを伝えても、永温《ヨンオン》はビョンヨンの後ろに隠れて一歩も動こうとしない。仕方なく、ラオンは永温《ヨンオン》に提案することにした。

「ではこうしましょう。今からわたくしが行って、永温翁主《ヨンオンオンジュ》様がここにいらっしゃることを淑儀《スギ》様にお伝えしてまいります」

ところが、永温《ヨンオン》は涙目になってラオンの服をつかんだ。どうしても居場所を知られたくないらしい。

「それもお嫌なのですか?」

永温《ヨンオン》に頑なに拒まれ、ラオンは困り果ててしまった。すると、ビョンヨンが口を挟んだ。

「気持ちが落ち着くまで、ここにいていただいてはどうだ。淑儀《スギ》様にはもう少ししてからお伝えしても遅くあるまい」

「キム兄貴がそうおっしゃるなら、わかりました。そういたしましょう。しかし、少しの間だけです。気が済みましたら、すぐに淑儀《スギ》様のもとへお連れいたします」

それを聞くと、永温《ヨンオン》は途端に笑顔になった。翁主《オンジュ》とはいえ、永温《ヨンオン》とて、まだ幼い子に過ぎない。ビョンヨンにぴたりとくっついて離れようとしないのも微笑ましく、ラオンもつられて顔をほころばせた。だが、一方で今朝の姿とはまるで違う永温《ヨンオン》の様子が気がかりでもあった。

「永温翁主《ヨンオンオンジュ》様、もう、男の人が怖くないのですか?」

今朝、朝廷の大臣たちを見た時、永温《ヨンオン》は明らかに怯えていた。それなのに、ビョンヨンの隣では安心しきった顔をしている。そういえば、先ほど梁《はり》の上に並んで座っていた二人の様子を思い返してみても、とても親しそうだった。同じ男とはいえ、永温《ヨンオン》にとって、ビョンヨンは特別な存在なのかもしれない。

「お二人は以前からお知り合いだったのですか？」

ラオンが尋ねると、ビョンヨンは腕を組んで壁にもたれたまま否定したが、永温《ヨンオン》は大きくうなずいた。

「永温翁主《ヨンオンオンジュ》様はうなずいていらっしゃいますが」

ラオンはもう一度尋ねたが、ビョンヨンはちらと永温《ヨンオン》を見て、やはりきっぱりと言った。

「お会いするのは今日が初めてだ」

ビョンヨンがあまりにはっきりと言うので、ラオンは永温《ヨンオン》が寂しく思うのではないかと心配になった。

「恐れ入ります、永温翁主《ヨンオンオンジュ》様。キム兄貴のことは、なぜご存じなのですか？」

すると、永温《ヨンオン》はラオンの手を取り、いつものように手の平に指で文字を書き始めた。

——ホン内官に会いに、何度かここへ来た時、一緒にいるのを見かけたのだ。

「それでご存じだったのですね。永温翁主《ヨンオンオンジュ》様がこちらにいらしていたとは知りませんでした。どうして中へ入っていらっしゃらなかったのです？」

——ホン内官の邪魔をしたくなかったから。

いつ来ても、ホン内官は笑っていた。その笑顔を一瞬でも止めてしまいたくなかった。もし中に入ってしまったら、私もホン内官のように笑いたい、笑わせて欲しいとわがままを言って困らせてしまいそうだったから。

だが、永温《ヨンオン》はそれを書くことはなかった。

口をつぐみ、何かを我慢しているような永温《ヨンオン》に、ラオンは言った。

「次はそうなさらないでください」

——？

「ここにお越しになりたい時は、いつでもいらしてください。それからもう一つ」

ラオンは永温《ヨンオン》の手を強く握った。

「永温翁主《ヨンオンオンジュ》様はまだ幼い子どもなのですから、大人のように我慢なさらずともよいのです。笑いたい時は笑い、泣きたければ泣けばよいのです」

永温《ヨンオン》はしばらくきょとんとしていたが、やがてうれしそうにうなずいた。

王の娘に生まれ、庭を自由に駆け回ることも許されなかった。何をするにも人の目を気にして、翁主《オンジュ》としての自覚を持つように、はしたないことはしないように、あれはだめ、これを守れと厳しく言われる毎日だった。だが、我慢しなくていいというラオンの言葉に、永温《ヨンオン》は生まれて初めてありのままの自分を認めてもらえた気がした。永温《ヨンオン》はラオンと顔を見合わせて笑った。

そうしている間にも、辺りは刻々と暗くなっていく。ラオンは早く永温《ヨンオン》の無事を淑儀《スギ》に伝えなければと思う一方で、今朝の永温《ヨンオン》の様子が気になって身動きが取れなかった。

集福軒《チッポッコン》にいる府院君金祖淳《プウォングンキムジョスン》と朝廷の大臣たちを見て、永温《ヨンオン》は震えるほど怯えていた。その時は、見慣れない男たちが怖いのかと思ったが、ビョンヨンといる様子を見る限り、どうもそうではないらしかった。

あの時、永温翁主《ヨンオンオンジュ》様は何に怯えていたのだろう。あの中に永温翁主《ヨンオンオンジュ》様を怖がらせる誰かがいたのだろうか。もしかして、淑儀《スギ》様に黙ってここへ来たことと関係があるのだろうか？

「ホン内官！　ホン内官はいるか？」

すると、突然、資善堂《チャソンダン》の屋根が吹き飛ぶほどの大きな音を立てて、巨漢の男が飛び込んできた。

左捕盗庁《チャポドチョン》で従事官《チョンサグァン》を勤めるチェ・ジェウが資善堂《チャソンダン》にやって来たのはこれが二度目、ラオンが医女《イニョ》ウォルヒを弄《もてあそ》んでいると思い込んで乗り込んできた時以来だ。無論、誤解はすぐに解け、ラオンは女心の手ほどきをしたばかりか、一目惚れをして以来、一途に思い続けてきたことを告白するよう勧めた。おかげで、チェ・ジェウはめでたくウォルヒと結ばれた。

そういうわけで、チェ・ジェウにとって、ラオンとの出会いは人生を変えたと言っても過言ではないのだが、本当に大変なのはそのあとだった。

「ホン内官！」

部屋をのぞくなり、チェ・ジェウは一目散にラオンに駆け寄った。

ラオンは驚いて、思わず後退りをして言った。

「どうかなさったのですか?」

「聞いて欲しい話があるのだ」

チェ・ジェウはラオンに迫って助けを乞うたが、ふとビョンヨンに気がつくとたちまち青くなった。前回は、ここでビョンヨンにこてんぱんにされているのだから、無理もない。だが、今日は見慣れない少女も一緒だった。少女から醸し出される雰囲気から、その辺の子どもではないことがわかり、チェ・ジェウは自ずと居住まいを正して聞いた。

「こちらの方は?」

「永温翁主《ヨンオンオンジュ》様です」

ラオンが答えると、チェ・ジェウは腰を抜かし、床に転がって頭をぶつけてしまった。

「左捕盗庁《チャポドチョンチョン》の従事官《サグァン》チェ・ジェウ、永温翁主《ヨンオンオンジュ》様にご挨拶申し上げます」

地響きのするようなその声に、ラオンは笑いを吹き出してしまった。永温《ヨンオン》を見ると、案の定、目を丸くして言葉を失っている。我に返ると、永温《ヨンオン》はラオンの手を取った。

——面を上げるように言ってくれ。

「顔を上げてください」

「恐れ多いお言葉でございます」

——私がいいと言っているのだ。

「翁主《オンジュ》様がそうおっしゃっています」

それを聞いて、チェ・ジェウはようやく顔を上げた。

「この夜更けに、何のご用ですか？」

「いや、用というほどのものではないのだ。偶然通りかかったので、挨拶がてら……」

「挨拶をするだけのために、こちらへ？」

すると、ビョンヨンが口を挟んだ。

「そんなわけないだろう。この男のことだ。聞かなくても理由は一つしかあるまい」

ラオンは薄い笑みを浮かべ、チェ・ジェウに言った。

「お悩みがあるのですね？」

「いや、そういうわけでは……」

「ウォルヒ殿のことですか？」

チェ・ジェウは観念したように深い溜息を吐いた。

「女というものは、どうしてこうなのだ？　俺には難しくてわからん」

思わず本音が漏れ、はっとなって手で口を覆い、永温《ヨンオン》の様子をうかがった。

「申し訳ございません、永温翁主《ヨンオンオンジュ》様。ご無礼つかまつりました」

翁主《オンジュ》の前でするような話ではなかったと慌てるチェ・ジェウを、永温《ヨンオン》は興味津々の目で見ていた。

――私に構わず、話を続けるように言ってくれ。

「構わないから話してください」

「しかし」

――早く！

「そうおっしゃられましても……」

チェ・ジェウは躊躇いながらも、事情を話し始めた。

「俺の手には負えんのです」

「何があったのです？」

「つい先日のこと。中秋の名月の晩のことだ。俺はウォルヒ殿を月見に誘ったが、暗い夜道を男と二人で出歩くのは憚《はばか》られると断られた。着て行く服もないからと」

「それで、どうなさったのです」

「俺は、それもそうだと思い諦めたさ。しつこくしてウォルヒ殿を困らせたくなかったからな。と、ころがだ。それからもう何日も口を利いてくれんのだ。それだけじゃない」

「ほかにも何か？」

「最近、口を開けば俺が変わった、前と違うと言うのだ」

「何が変わったのです？」

「わからん。俺は何も変わってなどいないのに」

「そう言われる心当たりはありませんか？」

すると、ラオンの疑いを晴らすように、チェ・ジェウは拳で胸を打って言った。

「俺の友は全員、何も変わっていないと言い切っている」

「でしたら、ウォルヒ殿はなぜそのようなことをおっしゃるのでしょう？」

「それがわからないから困っているのだ。ちょっとしたことで不機嫌になったり、気持ちが冷めたのだと責めてきたり……もう参ったよ」

「もしかして、ウォルヒ殿を怒らせるようなことでもなさったとか？」

「そんなことはない！　断じてない！　変わったのは、むしろウォルヒ殿の方だ」

「ウォルヒ殿が？」

「ああ、そうさ。俺が会いに行っても避けて顔を合わせようとせず、しまいにはしばらく会うのをやめようと言ってきた。偶然見かけても、声をかけないで欲しいそうだ。あんなことを言う人だとは思わなかったよ」

ラオンは少し考えて、

「その、会うのをやめようと言われたのは、中秋の名月が過ぎてからですか？」

と尋ねた。

「ああ、その翌日だった」

「そうですか……。それで、従事官《チョンサグァン》様はどうなさったのです？」

「どうもこうも、考える時間が欲しいと言われたら仕方がないだろう。会いたくても我慢した。ところが数日前、偶然会った時、今度はどうして会いに来ないのだと怒られた。俺はびっくりして、会うのをやめようと言ったのはそちらではないかと言い返した。そうしたら今度は口をこんなに尖らせて、だからって本当に会いに来ないのか、信じられないとひたすら俺を責めるのだ」

それを聞いて、ラオンは呆れて言った。

「わかりました。そういうことだったのですね」

「近頃は、些細なことで喧嘩をするようになってしまって、俺にはもうお手上げだ。ホン内官、教えてくれ。ウォルヒ殿はどうしてしまったのだ？　何が気に入らない？」

「最近、いつウォルヒ殿と会われましたか？」

「それが、ここ半月ほど会えていないのだ。いつになったら会ってくれるのか、もう頭がおかしくなりそうだ」

「ではその半月の間、従事官《チョンサグァン》様は一度もウォルヒ殿のもとを訪ねていらっしゃらないのですか？」

「会いたくないと言われたら、会いたくても行けないではないか」

「でも、ウォルヒ殿に対する気持ちは、少しも変わっていないのですね？」

「こうして、ここに訪ねてきたのを見ればわかるだろう。いつになったらウォルヒ殿に会えるのか、寝ても冷めてもそればかり考えている。女心のことはホン内官に聞くのが一番だから、すがるような思いでやって来たのだ。頼む。どうしたらウォルヒ殿は機嫌を直してくれるのか、教えてくれ」

チェ・ジェウの話を聞いて、永温《ヨンオン》は静かにラオンの手の平に文字を書き始めた。

――理由など決まっているではないか。この者は、本当にわからなくて聞いているのか？

ラオンは笑ってうなずき、永温《ヨンオン》に耳打ちをした。

「それが、大抵の男はわからないのです」

――そういうものなのか？

「では、試しに」

ラオンは、今度はビョンヨンに話を振った。

「キム兄貴、ウォルヒ殿はなぜ怒っているのだと思いますか？」

ビョンヨンはあごを撫でながらしばらく考えて、

「ウォルヒ殿は少々気分屋なのかもしれないな。意地悪な見方だが、この男の気持ちを試しているようにも見える」

と言った。

「それなら、どうしてウォルヒ殿はしばらく会うのをよそうと言ったのでしょう？」

「大方、気持ちが冷めたといったところではないか」

それを聞いて、チェ・ジェウは頭を抱えた。

「やはり、そうだったのか……。俺は、もう終わりだ！」

そんな男二人の反応を見て、ラオンと永温《ヨンオン》は同時に吹き出してしまった。

「人がつらい思いをしているというのに、何がおかしい？　ウォルヒ殿は一体、どうしてしまったのだ？　まさか、もう俺とのことを終わりにしたいということなのか？　俺が嫌いになったのか、そうなのか？」

「違います」

みるみる追いつめられていくチェ・ジェウを見て、ラオンは慌てて首を振った。

「ウォルヒ殿は従事官《チョンサグァン》様を嫌いになったのではありません。むしろ、好きなのです」

「好き？」

「ええ」

「だったら、どうして会いたくないなどと言うのだ？」

「ウォルヒ殿はきっと、不安なのでしょう」

「不安？　何が不安だと言うのだ？」

「従事官《チョンサグァン》様が変わってしまわれたからです」

「だから、俺は変わっていないと言っているではないか。断じて、ウォルヒ殿を想う心は微塵も変わっていない」

「ですが、行動は明らかに変わりました。少し前まで、ウォルヒ殿が嫌がるのもお構いなしに追いかけていたではありませんか」

「ホン内官が言ったではないか。女人が嫌だと言う時は、本当に嫌がっているのだと」

「それとこれとは話が別です。ウォルヒ殿は、本当はお月見に行きたかったのです。しかし、余所行きの服がないので、泣く泣く断らざるを得なかったのでしょう。ウォルヒ殿はきっと、お月見に間に合うように従事官《チョンサグァン》様に内緒で服を新調していたはずです」

「どうして余所行きの服なんて」

「それくらい、従事官《チョンサグァン》様と一緒にお月見に行けるのを楽しみにしていたということです。従事官《チョンサグァン》様に誘われた時、ウォルヒ殿は内心、とてもうれしかったのだと思います。だからこそ、とびきり可愛くして行きたかったのではないでしょうか」

「それなら、俺を拒む理由などないではないか」

「口では拒んでいても、内心は違うということです。今度、聞いてみてください。ウォルヒ殿は間違いなく、その日のために服を作っていたはずです。夜なべをして、出来上がった服に袖を通して胸を弾ませたことでしょう。その装いで従事官様《チヨンサグァン》とお月見に出かける姿を想像して、夜も眠れないほどわくわくしていたはずです。でも、従事官様《チヨンサグァン》はその後、お月見に行こうとウォルヒ殿を誘いましたか？　きっとなさらなかったでしょう」

「嫌だと断られて、言えるか」

「額面通りに受け取ってどうするのです。そのうえ、半月も会いにも行かず、ろくに口を利いてもいらっしゃらない」

チェ・ジェウはいきり立った。

「ウォルヒ殿が会いに来るなと言ったからだ！」

「自分の気持ちをわかって欲しいという表れです。会いに来て欲しくなかったのではなく、むしろその逆で、ほんとうは時間を見つけては会いに行って、ウォルヒ殿を安心させてあげるべきだったのです」

「知らん、知らん！　そんな小難しい女心などわかるものか！　これなら学問をする方がよっぽどましだ」

うなだれるチェ・ジェウに、ラオンはさらに言った。

「喧嘩をした時は、どうなさっていますか？　喧嘩のあと、ウォルヒ殿に好きだと言ってあげていますか？」

「そんなこと、俺が言えるわけないだろう」

「言っていないのですか?」

「できるものか。そもそも、好きでなければこんなに悩むわけがないではないか。好きでもない女を、昼も夜も追いかけ続ける男などいるものか」

頭を抱え、つらそうに顔を歪めるチェ・ジェウに、ラオンは言った。

「その気持ちがあるのなら、ちゃんと言葉にして伝えてあげてください。大切に思っていると、何度でも言ってあげてください。時には道端に咲く野花も添えて」

「花なんて次の日には枯れてしまうではないか。そんなもの、クソの肥やしにもならんぞ。無駄だ、無駄だ」

「女というものは、そういう些細なことに胸を打たれ、愛情を感じるものなのです」

「花くらい、俺だってとっくに贈ったさ」

「ですから、それを何度でも、いつまでも繰り返すのです。前にやったではなく、これからも日々、続けるのです」

「そんなことをしてどうなると言うのだ」

「感じてもらうのです。女は折に触れて自分が愛されていることを確かめたい生き物なのですから」

「知らん! そんなもの、一度言えば十分だ。どうしてしつこく確かめる必要がある? 疑り深い病にでもかかったのか? 俺にどうしろと言うのだ」

「男の人には面倒かもしれません。しかし、もう一度言いますが、女人は些細なことに相手の思いやりを感じ、愛されていると実感するものです」

後ろでそれを聞いていたビョンヨンは小さくうなずき、ラオンの手首にかかる腕飾りを見つめた。ひと通り話し終えると、チェ・ジェウはいくらか気持ちが落ち着いたようで、

「わかった。やってみるよ」

と、礼を言い、部屋を出ていこうとした。

「ホン内官様、ホン内官様！」

すると、ちょうどそこへウォルヒがやって来て、二人は鉢合わせになった。チェ・ジェウは狼狽したが、ウォルヒはぷいと顔を背けてしまった。ラオンはすかさず声をかけた。

「ウォルヒ殿、いいところへ来てくださいました」

「お邪魔のようですので、私はまた改めてまいります」

そう言って出ていこうとするウォルヒを、ラオンは立ちすくむチェ・ジェウに代わって慌てて引き留めた。

「今行ってしまったら、後悔することになるかもしれませんよ」

ウォルヒはしばらく迷う素振りを見せていたが、ラオンに従うことにした。


皆が見守る中、チェ・ジェウと医女《イニョ》ウォルヒの話し合いが始まった。

「この方はいつもこうなのです。言っても無駄です。金輪際、一切、口を利きたくありません」

ウォルヒの剣幕に、チェ・ジェウは言われた通り口をつぐんでしまった。口を利きたくないと言われて、素直に従ってどうする！　ラオンは堪らず、チェ・ジェウに耳打ちした。

「ここで機嫌を取って」

すると、チェ・ジェウは言われた通り、ウォルヒの機嫌を取り始めた。

「ウ、ウォルヒ殿、そうカリカリせずに俺の話を……」

「話したくないと言ったでしょう！」

「そ、そうだったな」

チェ・ジェウはまた黙り込んでしまい、ラオンは呆れを通り越して笑いが出てしまった。これでは喧嘩になるのも無理はない。ラオンが尻をつつくと、チェ・ジェウはもじもじしながら言った。

「ウォルヒ殿、俺が悪かったよ」

「何が悪かったのです？」

「何がって、だから、ほら……」

謝ったものの、自分のどこが悪かったのか見当がつかず、チェ・ジェウは苦しそうに頭を掻いた。

「それ見たことですか！　何が悪いか、全然わかっていらっしゃらないのね」

「そうではない。俺が悪いのだ。どこが悪いかと言うと……」

額に脂汗を浮かべて考え込むチェ・ジェウと、その鈍さがじれったいウォルヒ。二人の様子をじっと見守り、永温《ヨンオン》は突然、大きな声を出して笑い始めた。皆の視線が、一斉に注がれた。

「永温翁主《ヨンオンオンジュ》様が、笑っていらっしゃる」

こんなに笑う永温《ヨンオン》を見るのは初めてで、ラオンはまじまじと永温《ヨンオン》の顔を見た。言葉を話さない永《ヨン》温《オン》は、人前で笑うことも、声を発することもない。永温《ヨンオン》の笑い声を聞いたのは、もしかしたら自分たちしかいないかもしれなかった。

「よ、永温《ヨンオン》……」

だが、一番驚いていたのは母であるパク淑儀《スギ》だった。いつからそこにいたのか、パク淑儀《スギ》は庭に立ち尽くし、目を丸くして部屋の中を見ていた。

「淑儀《スギ》様！」

皆は慌てて頭を下げたが、パク淑儀《スギ》には見えていなかった。その目に映っているのは永温《ヨンオン》が笑う姿だけだ。

ただならぬ様子を察し、チェ・ジェウとウォルヒはそっと資善堂《チャソンダン》を出た。ビョンヨンもいつの間にか姿を消している。資善堂《チャソンダン》には、ラオンと永温《ヨンオン》、それにパク淑儀《スギ》だけが残った。

「時々、ここへ来ていると聞いて、もしやと思い寄ってみたら……本当にここにいたのね」

パク淑儀《スギ》は胸が張り裂けそうになり、堪らず永温《ヨンオン》に駆け寄って娘の頭を撫でた。

「帰ろう」

だが、永温《ヨンオン》はうつむいたまま嫌がった。

「翁主《オンジュ》様、何がそれほどお嫌なのですか？　淑儀《スギ》様がどんな思いで翁主《オンジュ》様を捜していらしたか。わたくしも、心配でたまりませんでした」

すると、パク淑儀《スギ》の後ろから今度は才尚宮《サングン》が言った。

「さあ、まいりましょう。淑儀《スギ》様は甚《いた》く驚かれて、早くお休みいただきませんと」

「もうよい」

「ですが……」

パク淑儀《スギ》は手で才尚宮《サングン》を黙らせ、静かに永温《ヨンオン》を抱きしめた。思い切り抱きしめたら折れてしまいそうな小さい娘が、自ら身を隠さなければならないほど怖がっているものが何か、淑儀《スギ》にはわかっていた。我が子を抱く淑儀《スギ》の目元は湿っていた。

「永温《ヨンオン》、私の宝物……母はどうしたらよいのだ？」

永温《ヨンオン》は淑儀《スギ》の手を取り、

——今夜はここにいとうございます。

と、指で書いた。

「ここに？」

「なりません！」

才尚宮《サングン》は血相を変えて言った。

「このようなところで翁主《オンジュ》様が夜を明かすなど、認めるわけにはまいりません。淑儀《スギ》様、絶対にお許しになってはなりません」

永温《ヨンオン》は淑儀《スギ》の手の平に一文字一文字、刻むように文字を書いた。

——母上、私はここが気に入りました。ここでなら、怖い夢を見なくて済みそうです。

「本当に？　本当にそう思うの？」

淑儀《スギ》が優しく問うと、永温《ヨンオン》はうなずいた。母親の自分といるより、資善堂《チャソンダン》の方がいいと言うのかと胸が痛んだが、パク淑儀《スギ》は少し迷って、結局、許すことにした。才尚宮《サングン》が後ろから猛反対していたが、パク淑儀《スギ》はそんな彼女を部屋から出してラオンに言った。

「今晩だけ、ここで寝かせてあげてくれるか。ここなら、怖い夢を見なくて済むそうだ」

「誠心誠意、翁主《オンジュ》様をお守りいたします」

「この子を、頼みましたよ」

淑儀《スギ》はラオンと永温《ヨンオン》の顔をしばらく見比べ、やがて後ろ髪を引かれながら集福軒《チッポッコン》へと戻っていった。目には涙を浮かべていたが、それを見た者は誰もいなかった。


遠くからミミズクの鳴き声が聞こえている。永温《ヨンオン》の乳母は表に控えていたが、やがて船を漕ぎ始め、とうとう壁にもたれて低いいびきをかき始めた。夜もだいぶ更けた時刻、ラオンは永温《ヨンオン》に言った。

「翁主《オンジュ》様、今夜はゆっくりお休みください。むさ苦しいところですが、寝心地はそれほど悪くないと思います」

永温《ヨンオン》はうれしそうに笑い、布団の中に潜り込んだ。ラオンは永温《ヨンオン》の枕元に座った。

「わたくしはこちらに控えております」

――一緒に寝よう。

「とんでもないことでございます。わたくしのような者が翁主《オンジュ》様と一緒になど」

すると、永温《ヨンオン》は首を振り、しがみつくようにラオンの腕をつかんだ。

――ホン内官が一緒に寝てくれたら、怖い夢を見ない気がする。

永温《ヨンオン》の姿は愛おしく、ラオンは胸が痛んだ。

――我慢しなくていいと言ってくれたではないか。お願いだ。私と一緒に寝ておくれ。

ふと、永温《ヨンオン》の顔に妹のダニの姿が重なった。ダニもよくこうして駄々をこねたものだ。お姉ちゃんと一緒に寝るの、お姉ちゃんと話しながら寝たいのと。

法度に背くことになるが……。

表を見ると、乳母はすっかり寝入っていた。

「それでは、恐れながら、翁主《オンジュ》様が眠るまで添い寝をさせていただきます」

永温《ヨンオン》は瞳を明らめ、うれしそうに笑って横にずれた。ぬくぬくした布団に二人包まる姿は、年の離れた姉妹のようにも見える。永温《ヨンオン》は丸い瞳を輝かせて天井を見ている。ラオンは永温《ヨンオン》の肩を撫でて言った。

「眠れないのですか?」

永温《ヨンオン》はうなずいた。

「もう遅いですから、早く寝ませんと」

――………。

「子守唄を歌いましょうか？」
永温《ヨンオン》はうなずいて、そっと目を閉じた。耳元に、優しい歌声が鳴り始めた。

そよそよ　そよぐ風よ
かわいいこの子の枕元に優しく吹いて
自由にどこへでも
眠るこの子を お空の花畑に連れていって

そよそよ　そよぐ風よ
愛しい人に優しく吹いて
ぽつんと赤い帆　夕焼け道　独り旅行く吾子に
どうか健やかに　悲しまないでと伝えておくれ

そよそよ　空の庭を漂う風よ
かわいいこの子が寝てる　夢見てる
そよそよ　風の通り道　雲の合間をすり抜けて
愛しい子　時々私を困らせて　楽しそうに笑ってる

そよそよ　そよぐ風
明日はまた別のところへ
かわいいこの子に優しく吹いて
愛しい人に優しく吹いて

暗闇の中、ビョンヨンは静かに立ち上がった。子守唄はずいぶん前に聞こえなくなった。永温《ヨンオン》を寝かしつけているうちにラオンも寝入ってしまったのだろう。静かな部屋の中に、安らかな寝息だけが響いている。

足音を立てないよう梁《はり》に上ろうとして、ビョンヨンははたと立ち止まった。白い月明りに溶け込んで、ラオンの寝顔はこの世のものとは思えないほど美しかった。その寝顔を見ていると、夢を見ているのではないかとさえ思えてくる。手を伸ばせば消えてしまう、泡沫のような――。

不意に胸が苦しくなった。好きなら何度でも言ってあげてください。大切に思っているのなら、その気持ちを何度でも伝えてくださいと言ったラオンの声が耳元に響いた。

ビョンヨンは枕元に片膝をつき、ラオンの額にそっと唇を寄せた。星屑色の蝶が羽を下ろすように優しく、丸い額に目に見えない印をつける。その印は、そのままビョンヨンの心に刻まれた。

好きだ。お前が好きだ。大好きだ。

言葉にできない思いを胸に秘めたまま立ち上がろうとして、ふと黒く潤んだ瞳と目が合った。永《ヨン》温《オン》は眠っていなかった。ビョンヨンは人差し指を立て、自分の唇に寄せた。

秘密ですよ。

うなずく永温《ヨンオン》にビョンヨンは優しく微笑み、暗い梁《はり》の上に戻った。

十七　後悔するなら、奪ってから

「それはまことか？　まこと、世子《セジャ》様に聞いてくれたのだな？」

ソヤンは身を乗り出した。ソヤンと机を挟んで向かいに座り、ラオンはうなずいた。

「正真正銘、世子《セジャ》様のお好きなものばかりです」

日課が始まる前、ラオンは朝一番にソヤンのもとを訪ね、世子《セジャ》への質問がびっしり書かれた帳面をソヤンに返した。ソヤンはそれを受け取ると、一枚一枚、うれしそうにめくっていたが、最後の一枚に至ると急に顔色を変えた。

「どういうことだ？　最後の問いへの答えがない。世子《セジャ》様が今一番なさりたいことは、聞いていないのか？」

ソヤンが問い質《ただ》すと、ラオンは気まずそうに笑いながら、

「それが、世子《セジャ》様が何もおっしゃらなかったものですから」

代わりに行動で示されましたが、という言葉を飲み込んだ。

昨日、世子《セジャ》様に壁に押し当てられ、何度もくちづけをされたが、きっかけはその最後の質問だった。あえて言うなら、温室の花の世子《セジャ》様が今一番したいことは、くちづけ。それも、自分と同じ男との濃厚な……だが、このことは墓場まで持っていかなければと、ラオンは改めて心に決めてうつ

むいた。

「そうか。まあ、女っ気がなければそれも仕方あるまい。いいわ。退屈な毎日を、このソヤンが変えて差し上げてよ」

昨日の出来事など知る由《よし》もなく、ソヤンは不敵な笑みを浮かべて恋の炎をめらめらと燃やし、表に控える侍女たちに急いで出かける支度をするよう命じた。侍女たちが世子《セジャ》の好きな色の服を着せ、世子《セジャ》好みの化粧をして朝鮮の女たちのように長い髪を編む間、ソヤンは少女のようにはしゃいでいた。その姿は同じ女から見ても愛らしく、ラオンは胸が痛んだ。

最初からわかっていた。今、世子《セジャ》様から向けられている関心も、優しさも、一時の気の迷いに過ぎないと。そんなことわかっていたはずなのに、こうして好きな男を振り向かせるため一生懸命になっている女の姿を見ていると、これまでの何もかもが虚しく思えてくる。

いっそ知らなければよかった。世子《セジャ》様の唇の感触も、情熱的な吐息も、いっそ触れずにいたなら、女の本能が芽吹くことも、疼くこともなかっただろう。胸が苦しいけれど、世子《セジャ》様との恋など許されるものではない。ましてや、こんな私が夢に見るのも図々しい……。

ラオンは力なく指先で唇を撫でた。だが、すぐに我に帰り、慌てて手を下ろした。

しっかりして、私。目を覚まして。私は一介の宦官で、三年経てばここを出ていく身。わざわざ未練を作るようなことをしてどうする。そんなことをすれば別れがつらくなるだけだ。私はホン・ラオン。男として生き、ここを出ていくまでは宦官として生きなければならない。

だが、そう自分に言い聞かせるほど、男でも女でもない宦官と、女であって女ではない我が身が重なって、余計に悲しくなった。

「どう？　似合うかしら」

支度を終えると、ソヤンはくるりと回って見せた。ふんわりと広がる裳《チマ》が可憐に揺れている。

「とてもお綺麗です」

ラオンは努めて明るく答えた。本心だった。自分とは比べものにならないほど眩しくて、見ているのがつらくなるほど、ソヤンは美しい。

ラオンはまじないように胸の中で自分の名前を唱えた。思い煩うことなく楽しく生きるようにというこの名に相応しい人生を送ろう。どうしようもないことで、いたずらに心を痛めるなんてもったいない。

ソヤンはつんと澄ますと、

「では、まいるぞ」

と言った。

「どこへ行かれるのです？」

「世子《セジャ》様のところに決まっているではないか。身支度は完璧、あとは世子《セジャ》様の気を引くだけだ」

自信をまとうソヤンの後ろを、ラオンは静かに従った。そして、ふと気づいたように顔を上げた。

「ソヤン姫様」

「何だ？」

「その、髪に挿していらっしゃるのはもしや……」

「そう、世子《セジャ》様が一番好きな秋の菊だ。見つけるのにずいぶん苦労した」

ソヤンはそう言って、高らかに笑った。

ラオンは天を仰いだ。世子《セジャ》様好みの女になろうと、ソヤン姫様は柄にもなく花まで挿している。一人の女人をここまで夢中にさせた世子《セジャ》様。この責任をどう取るおつもりなのだろう。


その頃、重熙堂《チュンヒダン》にはいつにも増して重々しい空気が流れていた。息を吸う音さえ聞こえない張りつめた緊張感の中、旲《ヨン》は眉間にしわを寄せ、山積みの書状の一つひとつに目を通していた。本当なら王に届くはずのなかった、宦官や大臣衆に握り潰された都合の悪い上書だ。

「やはりそうか」

そのほとんどが外戚や安東金氏《アンドンキムシ》一族の横暴を暴き、彼らの利益を阻む訴えだった。

「許してはおけない」

旲《ヨン》は憤った。

「今、上書を検閲しているのは誰だ?」

「吏曹判書《イジョパンソ》イ・ヒガプ殿と、大殿《テジョン》のユン尚膳《サンソン》でございます」

「両人を直ちに東宮殿《トングンジョン》に呼んでくれ」

「かしこまりました」

チェ内官はそう返したが、いつもとは違い、すぐに動こうとしなかった。昊《ヨン》は不審に思い、顔を上げて尋ねた。

「どうかしたのか？」

「恐れながら、府院君《プウォングン》様のお屋敷で宴が設けられるそうでございます」

「宴だと？」

「府院君《プウォングン》様の甥に当たるキム・グンギョ様のご子息が一歳を迎えられたそうで、世子《セジャ》様にもご臨席賜りたいとのことでございます」

「僕に、その祝いの席に行けというのか？」

昊《ヨン》は目を吊り上げた。

「親戚一同が集まり、一族の結束を高めるのも悪くはないとおっしゃいまして……」

「一族の結束とは、通りすがりの野良犬が笑うわ」

昊《ヨン》は再び上書に顔を戻し、

「絹でも送ってやれ」

と、吐き捨てるように言った。

「……かしこまりました」

チェ内官は一礼し、後退りを始め、今ここを出れば、吏曹判書《イジョパンソ》とユン尚膳《サンソン》を東宮殿《トングンジョン》に連れて戻らなければならない。しばらくは世子《セジャ》様の怒号が続くだろう。ただでさえ良好とは言い難い外戚との関係は、これでさらに冷え込むことになる。聡明な世子《セジャ》様は、そこまで見越した上で担当の二人を叱責するつもりなのだ。

ここまで来たら、計画が翻ることはまずない。変更も、取り消しもせず、すべて予定通りに進めるおつもりなのだ。それも、寸分のずれもない緻密なやり方で。世子様《セジャ》はそういう方だ。熟考した末の計画を変えたことは今までただの一度もなかった。

「待て、考えが変わった」

チェ内官は耳を疑った。

「吏曹判書《イジョパンソ》とユン尚膳《サンソン》には、夕方遅くに重熙堂《チュンヒダン》に来るように伝えてくれ」

「恐れながら、何かお考えがおありなのでしょうか？」

「一つ、用事を思い出したのだ」

「かしこまりました」

チェ内官はもう一度、一礼した。自分のような下の者には計り知れない深い考えがおありなのだろう。きっと、想像もつかないような壮大な計画を思いつかれたに違いない。

チェ内官は若き君主に畏怖の念を抱きながら、昊《ヨン》の部屋を出た。

一人になると、昊《ヨン》は窓の外を見て小さくつぶやいた。

「もうすぐあいつが来る頃だ。外戚連中に邪魔をされたくない」

昊《ヨン》が言いつけを変えた理由がラオンであろうとは、チェ内官は夢にも思っていない。

両肩に朝日を浴びながら、昊《ヨン》は重熙堂《チュンヒダン》の前庭を行きつ戻りつしていた。しばらく中で待っていたが、待ち切れず外に出てきたところだった。頭上には一転の曇りもない、染みるほど青い空が広がっている。

「遅いな、何をやっているのだ」

昊《ヨン》はそんな空を仰いでつぶやき、ラオンが入って来るであろう重熙堂《チュンヒダン》の中門に目を向けた。それからどれほど経っただろうか。昊《ヨン》の瞳に、にわかに生気が蘇った。

「ラオンだ！」

薄緑色の官服を着たラオンが中門から現れると、昊《ヨン》は途端に顔をほころばせた。ところが、昊《ヨン》を見るなり、ラオンは怪訝そうな顔をした。

「どうしてこちらに？　もしかして、迎えにきてくださったのですか？」

「寝言は寝て言うものだ」

「そうですよね、そんなはずありませんよね。では、温室にいらっしゃるはずの世子《セジャ》様が、ここで何をしていらっしゃるのです？」

「風が気持ちよさそうだったので、気晴らしに出てきたのだ」

「風でございますか？」

ラオンは辺りを見回した。

「吹いていませんが」

「つい今しがたまで吹いていたのだ」

「そう……ですか」

「疑っているのか？」

「いえ、別に」

「それなら、どうしてそんな顔をしている？」

旲《ヨン》がラオンをからかおうとしたその時、ラオンがくぐってきた中門からソヤンが現れた。旲《ヨン》は不審に思い、ラオンに耳打ちした。

「あの方は？」

「ソヤン姫様でございます」

「なぜ朝からここに？」

旲《ヨン》はソヤンに警戒の眼差しを向けたままラオンに確かめた。ソヤンの方はというと、とても歓迎しているようには見えない旲《ヨン》の態度にもめげもせず、笑顔で話しかけてきた。

「東宮殿《トングンジョン》の茶の味は実に奥が深いとうかがってまいりました。わたくしにもいただけまして？」


旲《ヨン》と話す間、ソヤンは終始上機嫌だった。笑い声が絶えず、ラオンは複雑な思いで二人の傍《かたわ》らに控えていた。

ところが、ふと気になって盗み見た昊《ヨン》の顔は、ソヤンとは対照的なまでに冷たく、氷の壁を張っているように見えた。先ほどとはまるで違う昊《ヨン》の姿に戸惑いを覚えたが、ラオンはすぐに思い出した。

今ではよく冗談を言って笑うようになったのですっかり忘れていたが、世子《セジャ》様はもともと無感情の冷血漢と皆に恐れられていた。もしかして、あの笑顔は自分にだけ向けられているのだろうか。そう思うと胸が躍った。

その時、茶をすする昊《ヨン》と目が合った。湯呑みからわずかに見える昊《ヨン》のあごと唇。ほんのわずかな間だったが、昊《ヨン》はラオンに微笑んだ。

それは一瞬の出来事だったが、ソヤンは見逃さなかった。ソヤンは二人の顔を代わる代わる見て、気に入らなそうに言った。

「いつまでそこにいるつもりだ?」

「はい?」

「世子《セジャ》様と折り入って話がある。席を外してくれるか」

「……かしこまりました」

ラオンが部屋を出ていこうとすると、昊《ヨン》はそれを引き留めるようにソヤンに言った。

「いては都合の悪いことでも?」

「わたくし、世子《セジャ》様に大事なお話がありますの。しばらく二人きりにしていただきとうございます」

「…………」

「何をしている？　出ていけと言うのが聞こえないのか？」

ソヤンに睨まれ、ラオンは追われるようにして部屋を出た。外は風がずいぶん冷たくなっていた。

「もうこんなに寒くなっていたんだ」

ラオンは両手で自分の肩を抱いた。

だがその直後、慌ただしい足音を立ててソヤンが部屋を飛び出してきたので、ラオンは居住まいを正した。二人きりで話したいことがあると言っていたが、もう終わったのだろうか。二人で散歩にでも出かけるのかなと思ったが、ソヤンは一人でラオンの前を走り去った。

「ソヤン姫様！」

呼び止めると、ソヤンは一瞬立ち止まり、ラオンに振り向いた。だが、その目が赤くなっていて、ラオンは言葉が出なかった。自信家で気の強いソヤン姫様が泣いている？　まさか。

「お前は……」

「はい、ソヤン姫様」

ソヤンはなぜかラオンを睨み、感情を堪えるように唇を噛んで言った。

「今日はもうよい。ついて来るな」

強い口調とは裏腹に、ソヤンの声には湿り気があった。一体、何があったのか、ラオンは慌てて旲《ヨン》のもとへ駆け戻った。

よほどのことがあったに違いないと思って中に入ってみると、旲《ヨン》は先ほどと変わらない様子で茶をすすっていた。

「今、ソヤン姫様が出ていかれましたが、何かあったのですか？」

「いや、何も」

「ソヤン姫様は泣いておられました」

「何でもない。気にするな。それより」

昊《ヨン》はラオンを見つめた。

「座れ」

「はい？」

「今日の茶は格別にうまい。こういううまい茶は、お前と飲むのが一番だ」


「ああ、疲れた……」

忙しい一日を終え、ラオンは今日もくたくたになって資善堂《チャソンダン》に向かっていた。ソヤンが去ったあと、ラオンは昊《ヨン》と二人、静かに茶を飲んでいたが、すぐにまたいつもの戯れが始まった。主君と格闘をするのも宦官の仕事のうちなのだろうか。おかげで一日の終わりに疲れ切ってしまった。

そんなことを考えながら歩いていると、ふと誰かに見られているような気がした。視線のする方に振り向くと、ラオンより年下と思しき小宦たちが後ろからついて来ていた。

「何かご用ですか？」

ラオンが声をかけると、小宦たちは感激してわっと声を漏らし、一気に駆け寄ってきた。

「ホン内官様でいらっしゃいますね？」

「様、というほどの者ではありませんが、私がホン内官です」

「これ、読みました。大変な感銘を受けました。私もいつか、ホン内官様のような宦官になります。誰よりも尊敬しています！」

小宦は目を輝かせ、本のようなものを見せてきた。

「私はこのご本を、一生の指針にいたします」

初めて見る顔に、初めて見る本。ラオンは何が何だかわからず戸惑っていたが、小宦たちはそれだけ言って、興奮で頬を赤らめどこかへ行ってしまった。その後ろ姿をぼんやり見送って、あの本と自分と何の関係があるのだろうと首を傾げていると、今度は後ろから肩を叩かれた。振り向くと、ト・ギが満面の笑みを浮かべていた。

「ト内官様！」

「ホン内官、礼を言うよ。持つべきはホン内官のような頼りになる友だ。俺がいつも感謝していること、忘れないでくれよ」

ト・ギの言い方には、やけに親しみが込められている。

「お待ちください、ト内官様。一体、何のことですか？」

ラオンは聞いたが、ト・ギは返事もせずに行ってしまった。顔も知らない小宦たちに話しかけられ、そのうえト・ギにまで感謝されて、ラオンは狐につままれたような気分だった。だがふと、ト

・ギの腰元に先ほどの小宦たちと同じ本のようなものが提げられていたのを思い出した。みんな同じ本を持って、自分だけ知らされていない試験でもあるのだろうか。
「でも、試験ならどうしてあれほど喜んでいたのだろう？」

「きっと、あの人たちもホン内官のことが好きなのでしょうね。私には負けますが」

不意に、背後から声がして振り向くと、すぐ後ろにユンソンが立っていた。

「礼曹参議《イエジョチャミ》様」

驚くラオンに、ユンソンはいつもの穏やかな微笑みで返した。

「いつからいらしたのです？」

「ずっといましたが、気づきませんでした？」

そう言って、ユンソンはラオンに顔を近づけ、低くはっきりとした声で言った。

「いつ、聞かせてくれますか？」

「何をです？」

「ホン内官の答えです。心の準備はできていますから、あとはホン内官次第です」

ラオンは神妙な面持ちになった。最初は冗談だと思っていたが、こう何度も言ってこられると、さすがに冗談で片付けるのは無理そうだ。相手が本気である以上、こちらも真剣に答えなければ。

「先日もお話しした通り、私には好きな人がいます」

「その人とは、もしかして、世子《セジャ》様のことですか？」

目の前の景色が崩れるようだった。特別な感情などない。抱いてもいないし、許されないことだと自分に言い聞かせてきた。だが、ユンソンに言われた瞬間、自分の中にごまかし切れない思いがあることに気づいてしまった。

頬を赤くして明らかに動揺するラオンを見て、ユンソンは確信を持った。

「やはりそうだったのですね。少し安心しました」

「安心とは、どういう意味ですか？」

「私の入り込む余地があるということです」

ラオンは首を振った。

「違います。私が世子《セジャ》様をお慕いするなど、あるはずがありません。仮にそうだったとしても、礼《イエ》曹参議《ジョチャミ》様が入り込む余地はありません」

ラオンははっきりと言ったが、ユンソンは自信を滲ませた。

「ホン内官は、きっと私の気持ちを受け入れることになります」

「このようなこと、いつまでお続けになるおつもりですか？」

「ホン内官が私の気持ちに応えてくれるまでです」

ユンソンが本気で言っていることがわかり、ラオンはどきりとなった。この顔をされるたび、いつも身動きが取れなくなる。誰かに魅力を感じた時に胸が縮むあの感じとは違う。体中に楔が巻きついて、じわじわと捕らわれていくような、ある種の恐怖を感じるのだ。いつからか、ユンソンの真剣な告白は大きな岩のようにラオンの胸を重く押し潰していた。

「いつか、私の祖父が言っていました。欲しいものは何でも手に入れればいい。でももしそれが手に入らなければ、いっそ壊してしまえ。未練を残さなくて済むように」

ユンソンは淡々とそう言った。壊すというのは、私のことだろうか。ラオンはぞっとした。

「だが、それが本当に欲しいものであれば、いつまでも思いを断ち切れず死ぬまで後悔し続けるほどのものであれば、どんな手を使っても手に入れろとも」

ユンソンはラオンの目をのぞき込んで最後に言った。

「必ず手に入れてみせます。後悔するなら、奪ってからの方がいい」

十八　おかしなこと

——あの娘は翁主《オンジュ》様のせいで死んだのです。

耳元でささやく声。頭の中まで見透かすような瞳。

——あの娘を殺したのは翁主《オンジュ》様です。翁主《オンジュ》様が、あの娘を殺したのです。

違う、私じゃない。私は何もしていない。何もしていない！

「違う、違う！」

永温《ヨンオン》は叫びながら目を覚ました。全身が汗でびっしょり濡れている。表にいた乳母と女官たちが慌てて部屋の中に入ってきた。

「翁主《オンジュ》様、どうなさいました？　怖い夢でもご覧になりましたか？」

「…………」

「もう大丈夫ですよ。わたくしがそばにおります」

乳母の尚宮《サングン》に宥《なだ》められ、永温《ヨンオン》は徐々に落ち着きを取り戻した。

——もう大丈夫だ。

永温《ヨンオン》はやつれた顔で乳母に伝えた。

「では、もう少し眠りましょう」

乳母は横になるよう勧めたが、永温《ヨンオン》は首を振った。

——気晴らしに、少し歩きたい。

「夜明け前ですので、まだ風が冷とうございます。もう少しお休みになって、明るくなってからまいりましょう。わたくしがお供いたします」

乳母は嫌がる永温《ヨンオン》を無理やり寝かしつけた。やがて朝になり、乳母の尚宮《サングン》は永温《ヨンオン》を起こそうと外から声をかけた。

「永温翁主《ヨンオンオンジュ》様、ご起床の時刻でございます。朝食のご用意をいたします」

だが、返事はなかった。仕方なく中をのぞくと、布団の中に永温《ヨンオン》の姿はなく、窓が開け放たれていた。乳母は血相を変えて窓の外に身を乗り出した。

「翁主《オンジュ》様、永温翁主《ヨンオンオンジュ》様！」

乳母の叫び声は、朝を迎えたばかりの宮中に虚しくこだました。

◉

その日、砭愚榭《ピョムサ》はいつにも増して平穏な朝を迎えていた。旲《ヨン》はぶ厚い絹の敷物の上に横になって本を読んでいた。ふと顔を上げると、ラオンは甲斐甲斐しく動き回っていた。その視線に気がついて、ラオンは立ち止まり旲《ヨン》に言った。

「何か必要なものでもございますか？」

昊《ヨン》は答える代わりに首を振った。

「もう読んでしまわれたのなら、すぐに新しいご本をお持ちいたしますが」

「いや、いい」

「では、お茶をお持ちしましょうか？」

「まだ残っている」

昊《ヨン》が机の上の湯呑みをあごで指すと、ラオンは駆け寄って両手で湯呑みを包んだ。

「冷めているではありませんか。茶は適温で飲んでこそと、よく祖父が申しておりました。少しお待ちください。すぐに温かい湯をお持ちして淹れ直します」

ラオンが急いで立ち上がろうとするのを、昊《ヨン》は手をつかんで引き留めた。その拍子にラオンは尻餅をつく形になり、思い切り顔をしかめた。

「何かあったのだな？」

「お放しください」

「少し座ったらどうだ？」

「せっかくですが、仕事がありますので」

「お前がしなくてもいいことだ」

「わたくしがしてもいいことです」

「ならば、ほかの者を呼べばいい。お前は僕のそばに座っていろ」

「お断りいたします」

ラオンが断ると、昊《ヨン》の目が少しきつくなった。

「何だと？　なぜだ？」

「そばにいたら……また変なことをなさるおつもりなのですね」

「変なこと？」

「急に抱きしめてきたり、くちづけをしたり……」

それを聞いて昊《ヨン》は片方の眉を吊り上げた。ラオンはその表情にはっとなり、唇をぎゅっと閉じて膝歩きで昊《ヨン》から離れようとした。昊《ヨン》がこういう顔をする時は、決まってあらぬ方向へ流れてしまう。

ラオンはさらに強く下唇を噛み、今度こそ絶対に思い通りにさせないと意思表示をして見せた。だが、昊《ヨン》は構わずラオンに迫った。最近は毎日のようにこの繰り返しだ。今日こそはそうさせまいとラオンは昊《ヨン》を睨んだ。

だが、そんな決意も、昊《ヨン》に見つめられるともろくも揺らいでしまった。いくら拒んでも、昊《ヨン》の深い瞳に吸い込まれそうになる。ラオンは堪らず顔を背けたが、その姿に昊《ヨン》は笑みがこぼれ、さらにラオンに近づいた。ラオンも同じくらい下がったが、自分を見つめる昊《ヨン》の眼差しに体が震えた。その震えはこれから起きることへの恐れか、それともときめきか、自分でもわからなかった。

再び昊《ヨン》が近づいてきて、いよいよ体温を感じられる距離になった。ラオンはできる限り後ろに下がった。今できる最大限の抵抗だったが、背中から壁の冷たさが伝わると、抗う気持ちは失せてしまった。観念したように目を閉じると、昊《ヨン》の吐息が頬をくすぐった。

ところが一向に何も起こらず、ラオンはしばらくして目を開けた。すると、昊《ヨン》はラオンの後ろの本棚から一冊の本を手に取り、何事もなかったようにラオンから離れた。

「何を……なさっているのです？」

いつものあれは？

「お前こそ何をしているのだ？」

「何をって……」

「そんなところにいないで、ここに座れ」

昊《ヨン》はラオンに手招きした。

「変なこと、なさらないのですか？」

「しない」

お前が嫌なら、しない。

「本当になさらないのですね？」

「世子《セジャ》がうそをつくのを見たことがあるか？」

「信じてよいのですね？」

「ああ。だから、お前の方こそ変なことを考えていないで、早くここに座れ」

「約束ですよ」

ラオンは警戒しながら昊《ヨン》のそばに座った。変なことをするつもりがないと聞いてほっとする一方で、なぜだか寂しい気がした。ラオンが浮かない顔をしていると、昊《ヨン》は本をめくる手を止めて言った。

「どうした？　何か気に入らないことでもあったのか？」

「別に、何でもありません」

ラオンは肩透かしを食らったような気がして、それを紛らわせるように手の平を揉んだ。

「残念か？」

「はい……え、はい？」

思わず顔を上げると、目の前に昊《ヨン》の顔が迫っていた。見る者の心を一瞬で奪ってしまう端正な顔立ち。ラオンは乾いた声で言った。

「残念になど思っていません。そんなこと、少しも……」

「うそをつけ」

昊《ヨン》は微笑んだ。感情を素直に表わすラオンが愛おしかった。だから欲しくてたまらなくなるのだろう。

「考えが変わった」

昊《ヨン》はおもむろにラオンに近づいた。

「いけません。変なことはしないと約束したはずです」

ラオンは両手で昊《ヨン》を押し返した。

「世子《セジャ》に乱暴を働くつもりか？」

昊《ヨン》はわざと神妙な顔をしてラオンを困らせた。だが、両目にははっきりといたずらっ気が浮かんでいる。

「乱暴ではありません」

「なら何だ？　僕の肩を押すこの手を、どう説明するつもりだ？」

「押しているのではなく、支えているのです」

「支えている？」

「世子《セジャ》様のお体が、一介の宦官の体の上に倒れ込もうとしているのですから、支えて差し上げるのは当然です」

「一介の宦官ではない」

「また僕の友だ何だとおっしゃるのですか？」

友と言う言葉はもう聞き飽きた。前にもキム兄貴とこうしてじゃれ合っていたが、今度もそう言ってごまかすつもりなのだろうか。温室の花の世子《セジャ》様にとって、取っ組み合いをしたくなる相手は、誰でも友になるのだろうかとラオンは思った。

「また突拍子もないことを考えているようだな」

「いいえ、わたくしは何も」

「何がいいえだ。顔に書いてあるぞ」

「とにかく！　いくら友でも、これ以上はなりません」

「友でもだめか……ならば友でなければいいのだな？」

「どういう意味ですか？」

「こういうことをしてもいい人だ」

旲《ヨン》はラオンにほんの一瞬、唇を重ねた。

「ま、また！　いけないと申し上げたではありませんか！」

ラオンはきっぱりと言ったが、その声は震えていた。

「嫌か？」

「い、いいわけがありません」

「嫌とは言わないのだな」

旲《ヨン》の吐息が、満ち潮のようにラオンに向かってきた。熱く、甘い吐息に頭が朦朧として、旲《ヨン》を押さえていた手から力が抜けていく。目に映る世界がたちまち桃色に変わり、仙境に足を踏み入れたような感覚が体を巡り始める。

だが、ふと、誰かに見られている気がして再び手に力を込めた。勘違いかと思ったが、旲《ヨン》も気づいたようで、慌てて周囲を見渡した。やがて二人は同時に砭愚榭《ピョムサ》の入口の方を見た。わずかにできた隙間から、好奇心に輝く丸い瞳がのぞいていた。愛らしく整った顔立ちの少女。

「翁主《オンジュ》様！」

「永温《ヨンオン》！」


静寂が流れる中、旲《ヨン》は決まり悪そうに咳払いをして、向かいに座る永温《ヨンオン》を見た。永温《ヨンオン》は行儀よく座っているが、ラオンは真っ赤な顔をして外に出てしまった。障子に映るラオンの黒い影を見ながら、昊《ヨン》は永温《ヨンオン》にどう話を切り出すべきか、具合をうかがっていた。

「永温《ヨンオン》。先ほどのあれだが……お前が考えるようなことではないからな」

――？

「お前が考えるような、その……そういうことはしていないということだ」

子どもに対して、これ以上どう説明すればいいのかわからなかった。宦官姿のラオンとくちづけをするところを永温《ヨンオン》に見られてしまった。いっそラオンは女だと言おうかとも思ったが、そんなことは重要ではなかった。問題は、世子《セジャ》としての面目が立たないということだ。

だが、永温《ヨンオン》は詮索することもなく、黙って昊《ヨン》の手を取った。

――わかっております。

昊《ヨン》は驚いて永温《ヨンオン》の瞳を見つめた。

――私も、知っております。

「何だ、そうだったのか」

昊《ヨン》の口元に笑みが広がった。子どもながらに物事をよく見抜く子で、自分が関心を持った相手のことは殊《こと》に注意深く見る子だった。だからラオンがほかの宦官とは違うことにも気づいたのだろう。昊《ヨン》はほっとする一方で、もし気づいたのが永温《ヨンオン》でなくほかの人だったらと思うと恐ろしくもあった。

「ところで、朝早くから何か用か？」

――………。

「構わない。言ってみろ」

——世子《セジャ》様にお願いがあってまいりました。

「お願い？」

——今日一日だけ、ホン内官をお借りしたいのです。

「ホン内官を？」

——母と一緒に、府院君《プウォングン》様のお祝いに招かれました。

「府院君《プウォングン》様の？」

旲《ヨン》はわずかに顔色を変えた。母方の祖父、府院君金祖淳《プウォングンキムジョスン》がパク淑儀《スギ》とその娘永温《ヨンオン》を祝いの席に招くのは初めてのことだった。

——王宮を出るのは初めてで、怖いのです。ホン内官がいてくれたら安心です。

「そうか。ならばホン内官に聞いてみよう」

旲《ヨン》は戸の向こうに控えるラオンに聞いた。

「永温《ヨンオン》が府院君《プウォングン》様の屋敷に一緒に行って欲しいそうだ。お前がいると安心らしい。どうだ、行ってくれるか？」

するとラオンは少し戸を開けて笑顔をのぞかせた。

「喜んでお引き受けいたします。ほかのどなたでもない、永温翁主《ヨンオンオンジュ》様たってのお言い付けですから」

「だそうだ」

それを聞いて、永温《ヨンオン》はうれしそうに笑った。

「ご安心ください、翁主《オンジュ》様。わたくしが翁主《オンジュ》様のおそばについております」

永温《ヨンオン》はラオンに近づいて手を取った。

――ホン内官に、もう一つお願いがある。

「何でございますか?」

――ホン内官のほかに、もう一人、ついて来て欲しい人がいるのだ。

「もう一人、とおっしゃいますと?」

一体、誰だろう?


永温《ヨンオン》を乗せた駕籠《かご》が昌徳宮《チャンドックン》の正門、敦化門《トンファムン》を出た。ラオンは駕籠《かご》に寄り添うように歩きながら尋ねた。

「永温翁主様《ヨンオンオンジュ》、中はいかがですか?」

すると、永温《ヨンオン》は窓を開けうなずいて見せた。

ラオンは振り向いて、後ろのビョンヨンに言った。

「キム兄貴、今日はありがとうございます」

ビョンヨンは笠を目深に被り、永温《ヨンオン》の行列に加わっていた。

一行が府院君《プウォングン》の屋敷に着いたのは、ちょうど昼頃だった。パク淑儀《スギ》の言い付けで門前で永温《ヨンオン》が来るのを待っていた才尚宮《サングン》は、一行を見るなり一目散に駆け寄った。

「永温翁主《ヨンオンオンジュ》様、こんなに遅れてどうなさったのですか？　早く中へまいりましょう。従姉妹の皆様がお待ちかねです」

――母上は？

「府夫人《プブイン》様と談笑していらっしゃいます。もうすぐ府院君《プウォングン》様もお見えになるそうですので、お急ぎください」

才尚宮《サングン》に促されても、永温《ヨンオン》はなかなか中に入ろうとせず、ラオンは優しくささやいた。

「心配はいりません。わたくしとキム兄貴が、ここで永温翁主《ヨンオンオンジュ》様をお待ちしております。安心して行っていらしてください」

それを聞いて、永温《ヨンオン》はいくらか安心した面持ちで従姉妹らが待つ別席に向かっていった。だが、ラオンは内心、心配でたまらなかった。屋敷の中に入っていく永温《ヨンオン》の後ろ姿から、永温《ヨンオン》の不安が痛いほど伝わってくる。

間もなくして、少女たちの高い笑い声が外まで聞こえてきた。ラオンは耳を澄ませたが、その中に永温《ヨンオン》の声はなかった。

「みんなと一緒に、楽しく過ごせたらいいのだけど」

ラオンが思わず声に出してつぶやくと、そこへ一人の宦官が近づいてきた。

「東宮殿《トングンジョン》のホン何某というのはお前か？」

「はい、そうですが」

「私は大殿《テジョン》のユン内官だ。いいところに来てくれた。人手が足りないのだ。手伝ってくれ」

「申し訳ございません。本日は永温翁主《ヨンオンオンジュ》様のお供を仰せつかっております」

「そう言わずに、少しでいいのだ。すぐに終わる」

永温《ヨンオン》のことを思うと、この場を動くことはできない。ラオンは困ってしまった。

すると、それを察して乳母が言った。

「翁主《オンジュ》様のことなら心配はいらぬ。代わりに私がここにいるから、早く行きなさい」

乳母にそう言われては、これ以上は断りづらい。

「すぐに戻ってまいります」

ラオンは護衛役のビョンヨンを見た。笠を目深に被っていたがビョンヨンはわずかにうなずいた。

心配するな。

お願いします、キム兄貴。

ビョンヨンにあとを託し、ラオンはユン内官に案内されて中門の中に入っていった。

それから間もなくして、少女たちのために設けられた別席で小さな騒ぎが起きた。緊張していた永温《ヨンオン》が水をこぼし、箸を落としてしまったのだ。その場にいた者たちの視線が一斉に注がれ、永温《ヨンオン》は頭が真っ白になってしまった。頼りになるはずの乳母は人前で粗相をしたと叱りつけるばかりで、ビョンヨンが見かねて永温《ヨンオン》に声をかけた。

「翁主様《オンジュ》」

すると、乳母は恐ろしい形相でビョンヨンを睨みつけた。

「身のほどをわきまえぬか！」

乳母はもともと、ラオンとビョンヨンがお供をすることを快く思っていなかった。どこの馬の骨ともわからない二人が突然現れて、永温《ヨンオン》によからぬ影響を与えるのではないかと警戒すらしていた。ラオンは宦官なので気に入らなくてもまだ納得できるが、ビョンヨンに至っては素性もわからぬ相手。世子《セジャ》の息がかかっていなければ、一日限りとはいえ護衛につかせることはなかっただろう。

永温《ヨンオン》は怒った顔をして乳母を押し退け、ビョンヨンを見てうなずいた。話せという意味だ。

ビョンヨンは腰を屈め、永温《ヨンオン》に言った。

「少し、散策でもしませんか？」

本来なら府院君《プウォングン》に挨拶をして席を立つのが礼儀だが、府院君《プウォングン》はもうしばらく、この別席に来そうにない。永温《ヨンオン》はうなずいた。

●

裏庭まで来ると、永温《ヨンオン》の顔からはすっかり不安が消えていた。ビョンヨンは壁にもたれ、永温《ヨンオン》の様子をうかがった。

何がこの子をここまで怖がらせているのか、ビョンヨンも疑問に思っていた。人が大勢いて緊張したのかと思ったが、普段から多くの人に囲まれているので、そういうことには慣れているはずだ。ひどい人見知りなのかもしれないが、俺と会うのも今日で三度目だし、初めて会った日も特段緊張した様子は見られなかった。そんな永温翁主《ヨンオンオンジュ》様が、今日は終始緊張し切っている。府院君《プウォングン》の屋敷に着いてからさらにひどくなった。ということは、永温翁主《ヨンオンオンジュ》様を怯えさせる何かが、府院君《プウォングン》の屋敷にあるということだ。

その時、永温《ヨンオン》がビョンヨンに近づいてきた。顔色がよくなったと思ったのもつかの間、永温《ヨンオン》はまたうつむき加減になり、

——戻ろう。

と、ビョンヨンの手の平に書いた。

「まだ来たばかりです」

ビョンヨンは片膝をつき、永温《ヨンオン》の目をまっすぐに見て言った。

「何があったのです？　どうしてそんなに震えていらっしゃるのですか？」

——怖いのだ。

「何が、怖いのです？」

——私は……私は……。

永温《ヨンオン》は何かを書きかけて、ビョンヨンの後ろに隠れてしまった。見ると、白い礼服を着た初老の男が二人、目の前を通り過ぎていった。その二人の顔を確かめて、永温《ヨンオン》はふうと息が聞こえてくるほどほっとした顔をした。

顔を見て安心したということは、服装を見て怖がっていたのか。ということは、と、ビョンヨンは永温《ヨンオン》に尋ねた。

「もしや、府院君《プウォングン》様が怖いのですか?」

永温《ヨンオン》は途端に青くなった。

「何があったか、お聞かせいただけますか?」

だが、永温《ヨンオン》は硬く口を閉ざし、話すのを拒んだ。ビョンヨンは永温《ヨンオン》の目を見つめ、力強く言った。

「私を信じてください」

永温《ヨンオン》はじっとビョンヨンの目を見返した。たとえ今この場で地面が割れたとしても、空が崩れ落ちてきても、ビョンヨンがいれば何も怖くないように思えた。永温《ヨンオン》は再びビョンヨンの手を取り、指で文字を書き始めた。

――私は、話してはいけないの。

「なぜです?」

――私のせいだから。私が話したせいで、あの子が死んだと言われたから。

三年前。数えで七つの永温《ヨンオン》は、ヒャンアという女官が遊び相手だった。ヒャンアは当時数えで十二歳と年が近く、永温《ヨンオン》にとっては幼馴染も同然の女官だった。朝起きて夜眠るまで、二人はいつも一緒だった。永温《ヨンオン》は心からヒャンアを慕い、実の姉のように思っていた。

そんなある日、パク淑儀《スギ》の部屋で昼寝をしていた永温《ヨンオン》は、ある光景を目撃した。ヒャンアが永温《ヨンオン》の母、パク淑儀《スギ》の枕の中に何かを入れるのを見てしまったのだ。

「何をしているのだ？」

永温《ヨンオン》が寝ているとばかり思っていたヒャンアはひどく狼狽した。

「永温翁主様《ヨンオンオンジュ》！」

「母上の枕の中に、何を入れた？」

「お、お薬でございます」

「薬？」

「はい。このところ、淑儀様《スギ》は寝つきがよくないとおっしゃられたものですから。よく眠れるように、お薬を入れたのでございます」

「その薬を枕に入れたら、よく眠れるのか？」

ヒャンアはにこりと笑った。

「ええ、きっと。私はそう聞いております」

「母上が喜ばれるだろう」

「そうですね。でも、これは秘密でございますよ」

「どうして？」

「淑儀様《スギ》がお知りになったら、効果がなくなってしまうそうなのです。ですから翁主様《オンジュ》、このことは絶対に秘密でございます。いいですね？」

永温《ヨンオン》はうなずき、

「うん、秘密だ」

と言って、二人は指切りをした。

だが、秘密を守るには永温《ヨンオン》はまだ幼く、数日経つと約束したことさえ忘れてしまった。

「ヒャンアが、私の枕の中に薬を？」

「よく眠れるお薬だそうです」

そこまで言って、約束のことを思い出し、永温《ヨンオン》は慌てて手で口を押さえた。

「誰にも言わないと約束したのに」

「どうして？」

「母上は知らないふりをしてください。二人だけの秘密だと、ヒャンアと約束したのです」

パク淑儀《スギ》はうなずいたが、その顔は強張っていた。

それから間もなくして、ヒャンアは監察部《カムチャルブ》の者たちに連れ去られ、永温《ヨンオン》が再びヒャンアを見たのは、それから三日後のことだった。

一人で遊ぶのに飽き、永温《ヨンオン》はヒャンアを呼んで欲しいと駄々をこねた。だが、周りの大人たちはヒャンアは宮中を出て家族のもとへ帰ったと口をそろえた。ヒャンアに身寄りのないことを知っていた永温《ヨンオン》は、すぐに大人たちのうそに気がついた。永温《ヨンオン》は本当のことを言うよう執拗に食い下がったが、誰も本当のことを教えてくれなかった。ところが、その日の夕方、大妃殿《テビジョン》に仕えるチェ尚宮《サングン》が永温《ヨンオン》のもとへやって来て、ヒャンアはまだ宮中におります、私はヒャンアの居場所を知っていますと言った。永温《ヨンオン》はチェ尚宮《サングン》に言われるまま、ヒャンアに会いに行くことにした。

チェ尚宮《サングン》に連れられて訪れたのは、人目につかない暗く陰湿な場所だった。宮中で生まれ育った永温《ヨンオン》も初めて見る場所だった。

「ヒャンアは、ここにいるのか？」

「はい、この中におります」

チェ尚宮《サングン》が指さす方を見ると、障子の向こうに黒い影が動くのが見えた。隙間から中をのぞくと、ヒャンアは太い縄で椅子に縛りつけられていた。いつも綺麗に結っていた髪は乱れ、笑顔が可愛かった顔は傷だらけで、ところどころに火傷の痕ができていた。白い服は赤く染まり、床には血溜まりができている。指の節々に焼き鏝を当てられ、十二歳の少女は永温《ヨンオン》に気づくなり、声を振り絞って命乞いをした。

「永温翁主様《ヨンオンオンジュ》、助けてください。どうか……翁主様《オンジュ》……」

だが、その命乞いも長くは続かず、ヒャンアは目に涙を溜めたままこと切れた。言葉を失い凍りつく永温《ヨンオン》に、初老の男が近づいてきた。赤い官服を着て、仮面を被ったような笑顔を浮かべているが、その目は笑っていない。府院君金祖淳《プウォングンキムジョスン》だった。

「ヒャンアは死にました、翁主様《オンジュ》」

「ヒヤ、ヒャンア……」

震える永温《ヨンオン》の耳元で、府院君《プウォングン》はささやいた。

「あの娘を殺したのは、あなた様でいらっしゃいます」

「私が……？」

府院君《プウォングン》はにこりと笑って言った。

「翁主《オンジュ》様が淑儀《スギ》様に告げ口をしたからです。あの子が淑儀《スギ》様の枕に妙な薬を仕込んだと」

「そんな、たったそれだけのことで？」

「言葉というのは、時に人を殺める凶器にもなります。翁主《オンジュ》様ほど身分の高い方のお言葉となれば、なおさらです」

「私は、私は……ヒャンアを殺そうなんて思っていませんでした。何かの間違いです。私は、こんなこと、望んでなどおりません」

「ええ、お優しい永温翁主《ヨンオンオンジュ》様は、ヒャンアが死ぬことを望んだわけではなかったでしょう。しかし、翁主《オンジュ》様が軽率なことをなさったせいで、ヒャンアは死にました」

「助けてください。ヒャンアを助けてください。お願いです、今すぐ助けて！」

「死んだ者は二度と生き返りません。黄泉の国から連れ戻すことはできないのです」

府院《プウォングン》君は人差し指を立て、自分の口の上に添えた。

「翁主《オンジュ》様があの娘を殺したのです。これ以上人を殺したくなければ、これからは口にお気をつけくださいませ。いいですね、翁主《オンジュ》様」

――ヒャンアは私のせいで死んだの。私が母上に言わなければ、私が話さなければ、こんなことにはならなかった。だから、ヒャンアを殺したのは……殺したのは……。

ビョンヨンの手の平で、永温《ヨンオン》の指先が激しく震え出した。

その日を境に、永温《ヨンオン》は口を利かなくなった。幼心に、もう二度と話してはならない、自分が話せば誰かが死んでしまうという恐怖と罪の意識を抱いてしまったのだろう。ビョンヨンは静かに首を振った。

「永温翁主《ヨンオンオンジュ》様のせいではありません。翁主《オンジュ》様のせいで死んだのではありません」

――でも、あの方はそう言った。ヒャンアは私のせいで死んだのだと。私が余計なことを言ったから、ヒャンアは死ななければならなかったのだと。

永温《ヨンオン》は先ほどよりもさらに震えていた。

――王宮に帰りたい。

「かしこまりました。でもその前に、ホン内官を捜しましょう」

すぐに終わると言っていたがラオンはまだ戻っていない。ビョンヨンの顔つきが険しくなった。

「まだ先でございますか？　このお部屋で合っていますか？」

ずいぶん長くかかるものだと思い、ラオンはユン内官に確かめた。屋敷の裏手にある離れに来てから、すでに七回も敷居を跨いでいる。縦に長い部屋は、すべての戸が取り払われていたが、どこまで続いているのか、部屋の奥はまだ見えてこない。

「どこまで行くのです？　もうすぐですか？」

ラオンがもう一度尋ねたその時、背後で大きな音を立ててすべての戸が閉められた。同時に前の戸が開いて、白い礼服に程子冠《チョンジャグァン》を被った老人の姿が見えた。その老人は、絵を描いているのか、机に向かって筆を走らせていた。

十九　そんな世の中なら

「やっと会えたな」

府院君金祖淳《プウォングンキムジョスン》は筆を置き、ラオンに微笑んだ。まるで仮面を被ったような笑顔だと思いながら、ラオンは頭を下げた。どうやら頼みというのは府院君《プウォングン》のことだったらしい。ラオンは緊張で手が震えてきた。

「座りなさい」

府院君《プウォングン》は短くそう言って、あごで指図をした。ラオンは戸惑いながら隅の方に座った。

「使い道がないと思っていたが、子どもなりに役に立ったようだ」

「何のことでございますか？」

「永温翁主《ヨンオンオンジュ》のお供で来たそうだな」

「はい、さようでございます」

「あの子を呼べば、お前も来るのではないかと賭けてみたが、まさか本当に来るとは思わなかった。私がこの時をどれほど待ちわびていたか、お前にはわかるまい」

永温《ヨンオン》と淑儀《スギ》親子を招いたのは、自分をおびき寄せるためだったということだろうか。ラオンは不審に思った。

世の中を俯瞰するような鋭い眼差し。顔は笑っているが、目の奥が笑っていない府院君金祖淳《ブウォングンキムジョスン》の笑顔には、見覚えがあった。いつも微笑んでいるが、本心では何を考えているのかわからない、礼曹参議《イエジョチャミ》キム・ユンソンの笑顔にそっくりだった。だが、府院君《ブウォングン》はユンソン以上に分厚い仮面を被っているようで、ラオンは背筋が寒くなった。

府院君《ブウォングン》は再び筆を走らせ、それ以上は何も発さなかった。何の絵だろうとのぞいて見ると、白い紙の上には鯉が描かれていた。鯉の絵は部屋の至るところに飾られていて、どれも大きく生気に満ちあふれている。よほど鯉が好きなのだろうと思ったが、よく見ると、どの絵にも違和感があった。

「鯉の目がないのが気になるのか？」

「い、いえ、そのようなことは」

内心に気づかれたようで一度は慌てて否定したが、すぐに言い直した。

「はい、気になります」

「時を待っているのだ」

「目を入れる時でございますか？」

「物事には時というものがある。私は鯉の体を描くことはできても、目を入れる時をまだ得ていない」

禅問答のような府院君《ブウォングン》のつぶやきには、妙な余韻があった。とても気持ちが悪くて、胸が握り潰されていくような感じがした。

「なぜわたくしをお呼びになったのか、うかがってもよろしいですか」

すると、府院君《プウォングン》は筆を動かしながら答えた。

「この目で見てみたかったのだ。あの者の子がどう育っているのか」

「あの者の子……？」

唐突にそう言われ、ラオンは怖くなった。

「お前は、運命を信じるか？」

画仙紙の上を休まず滑る筆先。波を描いているのかと思ったが、よく見ると府院君《プウォングン》は鯉の鱗を細かく埋めていた。

「生まれ持った宿命とでも言うべきか。ある者にとっては、生まれ落ちた時から進むべき道が決められている。その決められた道を歩むことを、運命と呼ぶ」

「何がおっしゃりたいのか、わたくしの頭では理解ができません。遠回しなお話はなさらず、単刀直入におっしゃってください」

「思ったより骨がありそうだな」

府院君《プウォングン》はラオンを一瞥し、一瞬止めた筆を再び動かした。

「鯉を描き続けてもう数年になるが、一度も満足のいく鯉を描けたことがない。体から描くと目が決まらず、目を先に描くと今度は体との調和が崩れる。どうしたものか、実に悩ましい」

「時が来ていないということですか？」

「その通りだ。私の絵の腕が上がらないのも、鯉の目と体の調和がうまく取れないのも、つまりは今はその時ではない、ということなのだろう。最近は腕も上がってきているから、何とか描き上げるつもりでいるのだが、お前はどう思う？　私に、鯉の絵を描き上げられると思うか？」

話が質問からどんどん遠ざかっていく。腹の読めない府院君《プウォングン》の言い回しに、ラオンは気分が悪くなった。すると、府院君《プウォングン》の乾いた声が、再びラオンの耳元に響いた。

「自分の父親について聞いたことはあるか？」

「恐れながら、父については何も知りません。急な病で他界したとだけ聞いております」

「お前の父は病で亡くなったのではない」

ラオンは鳥肌が立った。ずっと聞いてみたかった。なぜあちこちを転々と逃げ回らなければならないのか。父のことを聞くたびに、なぜ母はつらそうな顔をして何も答えてくれなかったのか。なぜ男として生きなければならないのか。振り返れば、これまでの人生は、わからないことだらけだった。

この人はその理由を知っている。この人に聞けば、知りたかったことをすべて教えてもらえる気がする。好奇心が湧かないと言えばうそになるが、一方では怖くもあった。何か、知ってはいけない事実を突きつけられるような怖さと、自分の父親のことを知りたい、知っておくべきだという相反する気持ちがぶつかって、ラオンは眩暈《めまい》がした。

そんなラオンの胸中を楽しむように、府院君《プウォングン》は不気味な笑みを浮かべた。やっと絵を完成させる時が来た。その時の到来を、この子が告げるだろう。もうひと押しだ。もうひと押しでこの子は落ちる。

その時、急に外が騒がしくなった。

「何事だ？」

府院君《プウォングン》は外に向かって声を荒げた。すると、部屋の外に控える影が腰を屈めて答えた。

「何者かが忍び込みました」

「私の屋敷と知っての狼藉か」

「笠を被っていて顔を見られませんでした」

「祝いの最中だというのに、何の用だ」

「人を捜していると申しております」

そこに、ラオンが口を挟んだ。

「その方が捜しているのは、ホン・ラオンではありませんか？」

返事がないのを見ると、そういうことらしい。笠を被って私を捜すような人は、この世にただ一人、あの方しかいない。

ラオンは席を立った。

「府院君《プウォングン》様、わたくしはこれで失礼いたします。騒ぎを起こしている方は、わたくしを捜しているようです」

すると、府院君《プウォングン》は抑揚のない声で言った。

「お前の父親に関する話だ。知りたいと思わないのか？」

その声は、今この機会を逃せば永遠に知ることはないと脅しているようだった。だが、ラオンは自分でも驚くほど迷うことなく答えた。

「今のわたくしには、わたくしを捜している方のもとへ戻る方が大事です」

ラオンが一礼して部屋を出ていこうとすると、府院君《プウォングン》は力任せに机に筆を叩きつけた。

「私の許しも得ずにこの部屋を出ると言うのか？」

ラオンは立ち止まり、府院君《プウォングン》に振り向いた。府院君《プウォングン》は笑っていたが、その顔はぞっとするほど残忍で、目に見えない剣先が首に向けられているようだった。外はまだ騒がしく、その音は徐々に大きくなってすぐ近くまで来ていた。府院君《プウォングン》は、ついには怒鳴り声を上げた。

「何をしている！　ねずみ一匹ろくに片付けられないのか！」

その時、戸が大きく開いて部屋の中に男たちが雪崩れ込んできた。騒ぎはうそのようにぴたりとやみ、皆が静まり返る中、笠を被ったビョンヨンが現れた。

「キム兄貴！」

ラオンはほっとして、思わずビョンヨンを呼んだ。ビョンヨンは何も言わずにうなずいた。

「主の断りもなく部屋に入るとは、無礼にもほどがあるぞ」

府院君《プウォングン》は憎々しい表情で声を荒げた。

「これは失礼を」

ビョンヨンはラオンの手をつかみ、部屋を出ていこうとした。その時、一瞬、笠の下の顔が見え、府院君《プウォングン》は再び笑顔になった。

「誰かと思いきや、逆賊キム・イクスンの孫ではないか」

府院君《プウォングン》は次の獲物を見つけたような目で、ビョンヨンとラオンの顔を見比べて言った。

「ここで一緒になるとは考えてもみなかった。やはり血は争えないものだのう」

ビョンヨンは一瞬、カッとなったが、何も言い返さなかった。無言でラオンと共に部屋を出ていこうとするビョンヨンに、府院君《プウォングン》はさらに言った。

「世子《セジャ》様とは手を切ったのか？」

「どういう意味だ？」

「その者の手を握っているから聞いているのだ。世子《セジャ》様とは、完全に決別したのか？」

「答える義理はない」

「ほう。あの祖父にこの孫ありだ。お前の祖父もそうだった。こちらに頭を下げておきながら、忠誠は違うところに誓っていた。お前は自分の祖父と同じ道を歩むのか？」

府院君《プウォングン》は笑った。

「何が言いたい？」

ビョンヨンは府院君《プウォングン》に向き直ったが、その顔からは血の気が引いていた。目元に痙攣が起き、ラオンの手を握る手に無意識に力が入った。

「キム兄貴？」

ラオンは心配になり、ビョンヨンの顔を下からのぞき込んだ。こんなに青ざめた顔をして、府《プ》院君《ウォングン》様は一体、何を言っているのだろう？

その視線に気がついて、ビョンヨンは我に返った。

「心配するな。俺は大丈夫だ。行こう」

ビョンヨンはラオンを安心させるようそう言って、府院君《プウォングン》の部屋を出た。だが、外ではすでに府院君《プウォングン》の家来が何重にも取り囲んでいた。

「これはまた手厚いお出迎えだな」

ざっと見ても二十を超えている。ビョンヨンは顔を曇らせた。頭数だけなら何のことはないが、この男たちはよく鍛えられている。ラオンを守りながらでは手こずりそうだ。

「キム兄貴、また私のせいで……」

自分を責めるラオンの耳に、府院君《プウォングン》の高笑いが聞こえてきた。

「このめでたい日にケチをつけたくはない。その宦官を置いて静かに去れ。そうすれば、今日のことは目をつぶろう」

だが、ビョンヨンはラオンの手を離そうとしなかった。

「それはできない。いや、断る」

「ほう、気概だけは祖父とは違うようだ」

府院君《プウォングン》が目で合図を送ると、二人を取り囲む男たちは一斉に剣を抜いた。

「キム兄貴……」

ラオンは青くなった。

「行ってください。私は府院君《プウォングン》様のお話をうかがってから帰ります」

「そんなこと、俺ができると思うか」

「ですが」

「あの男がどういう人間か、お前はわかっていない。俺から離れるなよ」

「キム兄貴」

これは脅しでないことはラオンにもわかっていた。だからこそ、自分のせいでビョンヨンを危ない目に遭わせたくなかった。だが、ビョンヨンは頑として手を離そうとしない。

「世話が焼けるやつだ。お前を置いて行けるわけがないだろう。お前は黙って、俺の手をしっかり握っていろ」

「キム兄貴……」

ラオンは鋭く光る刃に身震いした。ビョンヨンにもしものことがあったら、自分のせいで怪我でもさせてしまったらと思うと、怖くてたまらなかった。

ビョンヨンはラオンの手をさらに強く握った。その手が、俺を信じろ、俺が守ってやると伝えているようで、ラオンは自分も強くならなければと心を決めた。キム兄貴がいれば、何も怖くない。

ビョンヨンの手に導かれ、ラオンは一歩、また一歩前に進んだ。動くたびに、二人に向けられた剣も迫ってくる。

ビョンヨンはラオンの盾になりながら、決して男たちから目を離さなかった。対峙する男たちの目には殺気がこもっている。もはやこちらも剣を抜くしかなさそうだと覚悟を決めた。

「世子《セジャ》様のお成り！」

その時、世子《セジャ》の訪れを告げる声がした。府院君《プウォングン》が素早く目配せすると、男たちは一斉に剣を下げて道を開け、深々と頭を下げた。

男たちが下がってできた道の奥から、チェ内官の案内を受け昊《ヨン》が現れた。

「どこに行ったかと思ったら、ここにいたのか」

昊《ヨン》は周りの様子など見えていないような口ぶりで言った。ビョンヨンが頭を下げて昊《ヨン》に言った。

「世子《セジャ》様が、何用でございますか？」

「お前がラオンと永温《ヨンオン》の供を任されたと聞いて、様子を見にきたのだ」

ふと、ビョンヨンとラオンが手をつないでいるのに気がついて、昊《ヨン》は一瞬不快そうな表情を浮かべたが、それをごまかすように咳払いをして、二人の間に割って入った。笠に隠れたビョンヨンの口元に、呆れたような笑みが浮かんだ。

府院君《プウォングン》は昊《ヨン》に席を譲って言った。

「世子《セジャ》様はお越しになれないとうかがっておりましたが」

「突然、現れて驚かせたかったのです。ご迷惑でしたか？」

「とんでもないことでございます」

「ところで……」

昊《ヨン》は部屋の外の男たちに目をやった。

「祝いの席と聞いていましたが、ずいぶんと殺伐とした雰囲気ですね」

「下がれ」

府院君《プウォングン》が言うと、男たちは蜘蛛の子を散らすようにその場からいなくなった。昊《ヨン》はビョンヨンとラオンに言った。

「お前たちも行け。来る途中に見かけたが、永温《ヨンオン》の帰り支度が済んだようだ。あまり待たせないでくれ」

「御意」

ビョンヨンは一礼し、ラオンの手を引いて部屋を出ていった。

「手は離せよ」

昊《ヨン》は思わず独りごちた。


昊《ヨン》と府院君《プウォングン》の前に、それぞれ茶と菓子が用意された。昊《ヨン》はその茶をひと口すすって言った。

「鯉の絵ですか」

「年寄りの暇潰しゆえ、世子《セジャ》様にお見せできるものではありません。世子《セジャ》様の絵の評判は聞き及んでいます。一つ、この祖父のために描いていただけませんか」

「お恥ずかしゅうございます。うわさ好きの者たちが大袈裟に言っているのでしょう。とてもお話にならない程度です」

昊《ヨン》は府院君《プウォングン》の申し出をやんわり断り、再び絵に視線を戻した。右の壁の真ん中に、一番大きな鯉の絵が飾られている。その絵を見ながら、昊《ヨン》は言った。

「誰かが申しておりました。鯉は時に、龍を象徴するとか」

「ほう、そんな話があるのですか？」

「龍は、王の象徴です」

ほんの一瞬、府院君《プウォングン》の顔が強張ったが、すぐに笑い声を上げた。

「鯉は泥水の中に生きるもの、天に昇る龍に喩《たと》えられるわけがありません。どうせうんちくが好きな者たちが、こじつけで言ったのでしょう」

「そう思います。もう少しましな喩《たと》えがあるでしょうに、水の中でしか生きられない鯉と、雲を友として天に泳ぐ龍とでは、とても比べものになりません」

昊《ヨン》が何を言わんとしているのか、府院君《プウォングン》にはすぐに察しがついた。だが、他愛ない冗談として通した。

「まったくです」

そんな祖父に、昊《ヨン》は最後にひと言、釘を刺した。

「万物には、それぞれに与えられた分というものがあります。むやみに水を出た鯉は、いくばくもなく息絶えるでしょう」

縁側の下、踏み石の上にそろえて置かれた履物に足を入れようとした時、昊《ヨン》の前を長い影が遮った。

「もうお帰りですか？」

昊《ヨン》が顔を上げると、ユンソンはにこやかに頭を下げた。

「何度お願いに上がっても、親族の集まりには決していらっしゃらない世子様《セジャ》がお見えになったと、皆大騒ぎしております」

「そうか」

昊《ヨン》が庭に下りると、ユンソンはその傍《かたわ》らを歩きながら尋ねた。

「理由をうかがってもよろしいですか？」

「理由？」

「どんな心境の変化があったのか、とても気になります」

「お前こそ、なぜそのようなことを聞く？」

「ホン内官のためですか？」

昊《ヨン》は立ち止まり、ユンソンに振り向いた。

「何だと？」

「急にお見えになったのは、ホン内官のためかとうかがったのです。ホン内官がここにいると知って、お越しになられたのではありませんか？」

「だったら何だ？」

ユンソンは満面に笑みを浮かべた。

「ならば、身を引いてください」

途端に昊《ヨン》の顔色が変わった。

「今、何と言った？」

世子《セジャ》が凄むと、ユンソンはさらに大きく笑った。

「ホン内官のことを、諦めていただきたいのです」

「貴様」

「世子《セジャ》様はホン内官がどういう人か、ご存じなのですか？」

「知っている」

「あの人のすべてを知っていると言い切れますか？」

「もちろんだ」

「それなら、私が申し上げるまでもありません。世子《セジャ》様は絶対に、あの人を幸せにしてあげることはできません。世子《セジャ》様とあの人は、決して結ばれない運命なのです」

「………」

「叶わぬ夢など、見るものではありませんよ」

「何が言いたい？」

「私は、ホン内官が好きです」

昊《ヨン》は激しく動揺した。この男は、ラオンが女であることを知っている。いつから知っているのだ？　どうして気づいた？　いや、この際そんなことはどうでもいい。重要なのは、ユンソンの気持ちだ。

「私なら、世子《セジャ》様では叶えられない夢を叶えてあげられます。私なら、それができるのです」

「お前にはできて、僕にはできない」

「そうです」

そのひと言は昊《ヨン》の怒りに触れた。

「お前の夢などに興味はない。それ以上に、お前が何を望もうと僕の知ったことではない。だが、僕の大事な人を相手に夢を見ることは許さん。僕の大事な人と共に実現できる夢など、お前にはない。身の程をわきまえろ」

「世の中が許さなくても、ですか？」

「どういう意味だ？」

「あなた様は世子《セジャ》です」

「それが何だ？」

「世子《セジャ》様のいらっしゃる世界に、あの人は入れません。入れてもらえないでしょう。無理やり迎え入れたところで、傷つくのはあの人です。あの人を守りたいなら、今ここで、身を引いてください。これ以上、先に進めば、あの人を悲しませることになるくらい、わかるではありませんか」

すると、昊《ヨン》は恐ろしいほど冷たく、そしてゆっくりと、一言一言刻むように言った。

「そんな世界なら、僕が許さない。僕の大事な人を……ホン・ラオンを傷つけるような世界など、僕がこの手で壊してやる」

僕は本気だ、ラオン。お前を傷つけるような世の中なら、この手で跡形もなく消し去ってやる。そして新しい世を作る。お前が幸せに暮らせる世を。この国に暮らす人々が、心のままに誰かを愛し、共に暮らせる時代を、僕の手で作ってみせる。たとえそのせいですべてを失うことになったとしても、ラオン、お前だけは失いたくない。お前だけは、絶対に。

二十　匂い袋

冬を間近に迎え、照りつける日差しもだいぶ冷たくなってきた。昊《ヨン》は王宮を一望できる楼閣に佇み、冷たい風に吹かれながら、いつもと変わらない宮中の景色を眺めていた。

人生は平凡な日々の積み重ねだと言うが、今ならその意味がわかる。幸せは特別ではないそんな日々の中にある。それを教えてくれたのは、ほかならぬラオンだ。

昊《ヨン》はラオンがいそうなところを見回した。府院君《プウォングン》金祖淳《キムジョスン》の屋敷でユンソンの告白を聞かされてから、胸の中が晴れない。

キム・ユンソン。あの男はラオンの正体を知っていた。だが、あの男が知っているのはそれだけではない気がする。世子《セジャ》様とラオンは決して結ばれない運命なのだと言われた時、最初は身分の違いを言っているのかと思った。だが、あの目はほかに何かを隠している目だった。

その時ふと、陽に照らされたラオンの笑顔が見えた気がした。見ているだけで胸が切なくなるほどかけがえのない存在。守りたい、何もかも知りたいという思いがあふれてしまう。

ラオンが打ち明けてくれるのを待とうと思ったが、それでは遅いのかもしれない。ユンソンが知っていて自分が知らない事実があるのなら、そしてそれが、僕とラオンが結ばれてはいけない理由なのだとしたら、一刻も早く突き止めるべきではないのか？

そこへ、チェ内官がやって来た。

「世子様《セジャ》」

「何だ？」

「前判内侍府事《パンネシブサ》パク・トゥヨン様より知らせが届きました」

「そうか、ついに決心してくれたか！」

「それが……」

一瞬明るんだ昊《ヨン》の顔が、再び暗くなった。

「今度も、だめだったのか？」

「もう少しお時間をいただければ、必ずご意向に沿えるようにするとおっしゃったそうです」

「その時間がないのだ、時間が」

昊《ヨン》は少し考えて、ユルを呼んだ。

「ユル」

すると、世子翊衛司《セジャイギサ》ハン・ユルが音もなく昊《ヨン》のもとに現れた。

「お前が行って、話を聞いてきてくれ。出立《しゅったつ》は明日、夜が明け次第だ」

「御意にございます」

「誰にも気づかれるなよ」

「しかと心得ました」

再びユルが姿を消すと、昊《ヨン》はチェ内官に言った。

「あれを用意してくれ。ここを発《た》つ前に、寄っておきたいところがある」

「よいしょっと！」

赤い漆塗りの家具に囲まれ、ラオンは自分の体より重い手文庫を持ち上げようと手に力を込めた。宦官たちは今、宮中の冬支度で大忙しだった。昨日は大妃殿《テビジョン》の什器を総入れ替えして、今日は中宮《チュングン》殿《ジョン》の模様替えだ。ラオンら小宦たちには絶対に仕事をさせるなというソン内官の言い付けのおかげで、本当は仕事を割り振られていないのだが、じっとしているとろくなことを考えないので、ラオンは進んで仕事に加わった。

府院君《プウォングン》の屋敷でのことがあって早三日、ラオンは複雑な心境で過ごしていた。

『自分の父親について聞いたことはあるか？』

『お前の父は病で亡くなったのではない』

府院君金祖淳《プウォングンキムジョスン》の声が、真夏の夜の蚊のように耳元で鳴り続けている。あの日から、口を利こうとしないビョンヨンのことも気がかりだった。理由を聞いても何も答えてくれなかった。府院君《プウォングン》はなぜ自分や父のことを知っているのか、ビョンヨンとはどういう関係なのか。考えていると脳みそが沸騰しそうで、ラオンは一層忙しく手を動かした。そうでもしていないと、頭がどうにかなりそうだった。だが、手文庫は重くてなかなか持ち上がらない。

「考え事か？」

「世子様《セジャ》！」

思いがけず昊《ヨン》が現れたので、ラオンは手の力が抜けてしまった。

茫然とこちらを見るラオンに、昊《ヨン》はもう一度聞いた。

「何を考えていたのだ？」

「何でもありません」

一度はそう言ったが、昊《ヨン》がじっと見つめると、ラオンは躊躇いながら答えた。

「府院君《プウォングン》様のお屋敷に行った日から、キム兄貴が口を利いてくださらないのです」

「ビョンヨンが？」

「はい」

「心配か？」

「当然です」

「きっと大丈夫だ。案ずることはない」

「そうおっしゃられても……」

あの日、府院君《プウォングン》と交わした会話はただの挨拶程度のものではなかった。できれば昊《ヨン》に相談したかったが、軽々しく口に出すのは憚られ、ラオンはその先を言うことができなかった。

ラオンが何か思いつめているのがわかり、昊《ヨン》はラオンを包むように額を優しく撫でた。そうしているうちに、波立っていたラオンの気持ちも不思議と落ち着いてきた。その時を待って、昊《ヨン》は言った。

「この小さい頭の中で何をそんなに考えているのだ？　余計な心配などしていないで、出かけるぞ」

「今からですか？」

「ああ」

「しかし、まだ仕事が残っています。今日中にここにある物をすべて中宮殿《チュングンジョン》に運んで、それから掃除もしませんと」

「何を言うのだ、ホン内官」

突然、ト・ギが現れて口を挟み、昊《ヨン》に頭を下げた。そして昊《ヨン》の顔色をうかがいながら、声を潜めてラオンに言った。

「世子《セジャ》様のご命令だ。ここは俺に任せて、早く行け」

「ですが」

「ホン内官の仕事は俺の仕事だ。心配しないで、世子《セジャ》様のお供をするといい」

ト・ギは躊躇うラオンの背中をそっと押した。それを見て、昊《ヨン》はうれしそうに微笑んだ。

「心強い同僚がいてよかったな、ラオン。そなた、名を何と言う？」

「ト・ギと申します」

「ト・ギ、ト・ギか。覚えておくぞ」

「ありがたき幸せにございます！」

ト・ギは膝に鼻先がつくほど深々と頭を下げた。

「聞いたろう？　ト内官もこう言ってくれているのだから、あとは任せて、お前は僕について来い」

「そうだ、ホン内官。それと、これを忘れるな。お前は俺たちの希望の星だ」

ト・ギは片目をつぶり、腰元の本を揺らして見せた。

「それでは……」

昊《ヨン》とト・ギに促され、ラオンは仕方なく昊《ヨン》について出かけることにした。中宮殿《チュングンジョン》を出る間際、ラオンはふとト・ギに振り向いた。

一体、何の本だろう？


ラオンは急いで着替えを済ませ金虎門《クモムン》へ向かった。着いてみると、門の外ではすでにお忍び姿の昊《ヨン》が待っていて、ラオンを見るなり露骨にがっかりした表情を浮かべた。

「どうかなさいましたか？」

「いや、何も」

昊《ヨン》はそう言ったが、内心ではラオンが男の出《い》で立ちをしているのが気に入らなかった。だが、正直に言うのは憚《はばか》られ、昊《ヨン》はむすっとして大きな包みをラオンに押し渡した。

「何です？」

「見ればわかるだろう、荷物だ」

「どうしてわたくしにくださるのですか？」

先に歩き出した昊《ヨン》のあとを追いかけてラオンは聞いた。

「それじゃ何か？　世子《セジャ》の僕に持てと言うのか？」

「いえ、そういうことでしたらお持ちします」

「中身を見てみろ」

「荷物の中身でございますか？」

「世子《セジャ》である僕に開けろと言うのか？」

「そうおっしゃられましても……人目のある場所では、むやみに開けられません」

「口数の多いやつだ。中身など解いてみればわかるではないか」

「かしこまりました」

ラオンは少しむっとして荷物を解き始めた。包みを開くと、中には菫の花の刺繍が入った髪結いの紐と、淡い色の裳《チマ》、上衣《チョゴリ》、それから――。

「この間、お前が選んだ物を改めて用意させたのだが、間違いないか？」

ラオンは涙が込み上げてきて、すぐに返事をすることができなかった。大きな荷物の中身は、先日、昊《ヨン》が用意してくれた褒美の品と同じ物だった。家に届ける途中、かどわかされた時になくしてしまい、悔やんでも悔やみ切れなかったのだが、昊《ヨン》の思いもしない計らいに、ラオンは涙がこぼれた。

「どうして、ここまでよくしてくださるのです……」

手の甲で涙を拭うラオンに、昊《ヨン》は意地悪そうに笑って言った。

「お前を捕まえるためだ」

「はい？」

ラオンがきょとんとした顔をすると、言った本人も気恥ずかしくなったのか、昊《ヨン》は咳払いをしてラオンの手を取った。

「行くぞ」

「どちらへ？」

「それを届けに行くのだ」

「え？」

「お前が持っていてもろくなことにはならないだろうから、今度は間違いがないように、直接届けに行くのだ」

「わたくしの家に行くとおっしゃるのですか？」

「当然だ。お前が家族のために選んだものなのだから」

「それはそうですが……」

「明日、少し遠くに行く用ができてな。忍びだが、お前も連れて行くつもりだ。遠路の旅はつらい。だからその前に、褒美を取らすのだ」

「とても大変な任務になりそうですね」

「ああ、お前が思うよりずっとつらい道程になる」

「何をしに行くのか、うかがってもよろしいですか？」

「ある人を説得しに行くのだ」

「説得をしに？」

「そうだ」

「ある人とは、どなたのことですか？」

「大切な人だよ」

「大切な……？」

「僕にとっては、かけがえのないね」

昊《ヨン》があまりに躊躇いなくそう言うので、ラオンは言葉が出なかった。


家に近づくほど、ラオンの歩みも自ずと速くなった。普段離れて暮らしている母と妹に、一刻も早く会いたかった。

はやる思いを抑えてやっと家に着いてみると、そこにいるはずの二人の姿はなかった。呆然と立ち尽くすラオンに、隣に住む老婆が話しかけてきた。

「三、四ヵ月前から、雲従街《ウンジョンガ》のク爺さんの店に働きに出ているよ」

母チェ氏がク爺さんの煙草屋で働いていることは聞いていたが、妹のダニまで一緒というのは初めて聞く話だ。それも、毎日だと言う。

「最近はダニちゃんも家のことを手伝えるようになってね。もともと手先の器用な娘だから……」

婆さんの話が終わらないうちに、ラオンは雲従街《ウンジョンガ》に向かって走り出した。

一目散にク爺さんの店に走り、ラオンは息を切らしながら大きな声で妹を呼んだ。

「ダニ！」

すると、店先に座っていたダニが振り向いた。

「お姉……お兄ちゃん！」

ダニは慌てて言い直し、ラオンに抱きついた。

「どうしたの？　どうしてここにいるの？　もう家に帰って来られるの？」

「ううん、ちょっとだけ顔を見に来たの。母さんは？」

「北村《プクチョン》のユン様のお宅でお祝いがあって、今、手伝いに行ってる。もうすぐ帰るはずよ」

「ここで働いているんじゃないの？」

「時々は今日みたいに手伝いに行っているの」

「そう。ダニはどう？　体はいいの？」

「もう元気いっぱい。一日中家の中にいてもやることがないから、二、三ヵ月前からこの店で店番をしたり、匂い袋を作って売ったりしているの」

ラオンは店先に並ぶ匂い袋を見た。

「ただの趣味かと思っていたけど、まさか売り物にするなんてね」

「結構評判なのよ。買いにきてくれる人が増えたから、本格的に売ることにしたの」

「でも、今日はあまり売れていないみたいね」

店の中には客が一人もいない。すると、ダニは目を微笑ませて軽く事情を話してくれた。

「最初はそうでもなかったのよ。お店に入り切らないくらいお客さんが来てくれて。でも、向かいの店で私の匂い袋と同じ物をたくさん作って安く売り出したものだから、お客さんがあっちに流れてしまったの」

「そうだったの」

妹の力になりたかったが、今すぐ何かしてあげられるわけもなく、ラオンは申し訳なさそうにダニの頭を撫でた。

「私なら大丈夫。それよりお兄ちゃん、この方は？」

ダニは旲《ヨン》を見て言った。

「ああ、この方は……この方は……」

「もしかして、あの方？」

「あの方って？」

「ほら、お兄ちゃんが話してくれたじゃない。宮中にいる二人のお友達の、お一人？」

「兄さんが、僕の話をしたのか？」

「はい」

旲《ヨン》に話しかけられ、ダニは恥ずかしそうに笑った。

「何と言っていたのだ？」

ラオンはすかさずダニに目配せをして黙らせ、旲《ヨン》に言った。

「聞いてどうなさるのです？　それより、これをお飲みください。ああ、喉が渇いた」

ラオンはダニが用意したシッケを喉を鳴らして飲み始めた。

すると、ダニは急いで昊《ヨン》の分も用意した。

「何のご用意もできなくて、すみません」

「これで十分だ。ちょうど喉が渇いていたところだ。ありがたくいただくよ」

昊《ヨン》はダニが用意したシッケをひと息に飲み干した。宮中では一度もなかったことだ。これといった特徴のない、ただのシッケだったが、昊《ヨン》はとても喜んでくれ、隣でその様子を見ていたラオンは、静かに頭を下げた。

快くお飲みくださって、ありがとうございます。

うまいものを、美味しくいただいただけだ。

見つめ合い、視線を交わす二人をよそに、ダニは店の外に向かって声をかけた。

「あの、もしよろしければ中へどうぞ。シッケはまだありますから」

昊《ヨン》とラオンが同時に振り向くと、いつの間にそこにいたのか、道を挟んだ向こうからビョンヨンがこちらを見ていた。

「キム兄貴！」

ラオンは立ち上がり、ビョンヨンを店の中に招いた。

「いついらしたのです？　入って来てくだされればよかったのに」

「あの時の方ですね？」

「…………」

「前に家の近くでお会いした、あの時は詩を書いていらっしゃいましたね」

ダニは聞いたが、ビョンヨンは何も答えなかった。

「家にいらしたことがあったのですか？」

ラオンは驚きつつ、自分の家を思い浮かべた。だが、どう考えても、あの家に詩的情緒を呼び起こすようなところはない。すると突然、ダニが笑い出した。わけがわからず、三人はきょとんとなった。

「すみません。以前、兄が言っていたことを思い出してしまって」

「そうだ、それを聞きたかったのだ。兄さんは何と言っていた？」

ダニは赤くなり、慌てて手で口を閉じてラオンの顔色をうかがった。

「構わないさ。僕たちは気の置けない仲間だ」

ラオンが自分のことを何と言っていたのか、どうしても聞きたくて、旲《ヨン》はラオンを押さえてダニを急かした。

「兄は……」

ダニは躊躇いがちに言った。

「とてもいい友達ができたと、うれしそうに話していました」

「いい友か。ほかには？　ほかに何か言っていなかったか？」

「兄が言うには、お一人は恐ろしいほど美男子で、もうお一人は身震いがするほど見目麗しい方と

「……」

そこへ、また別の声が入ってきた。

「その恐ろしいほどの美男子というのは、この方ですか？　それとも、こちらの笠を被った方ですか？」

「礼曹参議様《イエジョチャミ》！」

思いがけずユンソンが現れたので、ラオンは目を見張った。ク爺さんの煙草屋で皆が鉢合わせになるとは、夢にも思わなかった。

二十一　真の勝者

　ユンソンの突然の登場に、場の雰囲気は一変した。笑い声は鎮まり、昊《ヨン》もビョンヨンも露骨に顔色を曇らせた。重い沈黙が流れる中、店の中に入ってきたユンソンに昊《ヨン》は言った。

「何の用だ？」

「そう言う世子《セジャ》……従兄弟こそ、どうしてここにいらっしゃるのです？　それに、蘭皐《ナンゴ》まで一緒とは思いませんでした」

　ユンソンが従兄弟と言い直したので、ラオンはほっと胸を撫で下ろした。おかげでダニを驚かさずに済んだ。

　ユンソンはにこやかに昊《ヨン》とビョンヨンを見たが、昊《ヨン》は冷ややかに返した。

「家族に会いに来たのだ」

「何ですか、それは？」

「大事な人を守るということは、その人の家族も守るということだ」

　ユンソンは笑った。

「従兄弟がそれほど愛情深い方だったとは、知りませんでした」

　ユンソンが笑っても、昊《ヨン》は表情を崩さなかった。

「大事に思う人だからだ。身内とは名ばかりの者たちとは違う」

険悪な雰囲気に堪え切れず、ラオンが口を挟んだ。

「礼曹参議様《イェジョチャミ》、ここへは何のご用ですか？」

「街を歩いている時に、偶然この店のうわさを耳にしましてね。匂い袋が評判と聞いて来てみたのです。しかしまさか、ここでホン内官に会うとは思いませんでした。偶然が重なると運命になるそうですが、ホン内官とは本当に縁があるようです」

偶然と言うにはあまりにでき過ぎていて釈然としなかったが、笑顔でそう言うユンソンを問い質すわけにもいかず、ラオンは苦笑いした。だが、旲《ヨン》はそうはいかなかった。

「白々しい話はその辺にして、早く目当ての匂い袋を買って帰るといい」

「そんな寂しいことをおっしゃらないでください。偶然とはいえ、せっかくホン内官に会えたのですから、もう少しいさせてもらいます」

「仕事が忙しいのではないか？」

「従兄弟ほどではありませんよ」

旲《ヨン》は黙り、ユンソンは笑みを湛えたまま手を後ろに組んで匂い袋を選び始めた。そしてふとダニに言った。

「全部でいくらです？」

「全部とおっしゃいますと？」

ダニは大きな目をぱちくりさせて聞いた。

「ここにあるものを全部ください」

ユンソンはダニを見てにこりと笑い、袖の中から財布を取り出した。ところが、ダニは急に怒ったような顔になった。

「お気持ちはうれしいですが、お売りすることはできません」

ユンソンは手を止めて聞き返した。

「売らない？」

「はい、お売りできません」

「この匂い袋は、売り物ではないのですか？　なぜ売れないのです？」

「理由のない厚意ほど危ないものはないと、祖父がよく言っていましたから。ですから、ありがたいお言葉ですが、ご遠慮いたします」

ユンソンはわずかに顔を引きつらせた。ラオンの妹だけあって、まだ幼いがしっかりした女人だと思った。

「これは失礼なことをしました。実は、私はホン内官と親しくなりたいと思っているのですが、なかなかうまくいかず、少しでも心を開いてくれればと思ったのです。私に力を貸してもらえませんか？」

ダニはラオンを見て、さらに炅《ヨン》とビョンヨンも見て言った。

「そういうことなら、なおさらお売りすることはできません。祖父はよく言っていました。目的のある厚意はなおさら危険だと」

「ダニ」

あまりにきっぱり断るので、ラオンは妹を窘めたが、昊《ヨン》はそんなラオンの手を握って言った。

「本当にいいお祖父様を持ったものだ。一度、ぜひお会いしたいくらいだ」

ビョンヨンまで昊《ヨン》に同調して大袈裟にうなずいた。

「二人とも、おやめください」

ラオンは呆れ、昊《ヨン》とビョンヨンを軽く睨んだ。

「いいのです、ホン内官。私が軽率でした」

ユンソンはそう言うと、今度はダニに言った。

「そんなつもりはなかったのですが、申し訳ないことをしました。気を悪くさせてしまったのなら、謝ります」

「私の方こそ、ごめんなさい。でも、兄の気持ちもあることですから、私には何もして差し上げられません。お許しください」

「気持ちはよくわかります。しかし、どうしたものでしょう。私はダニさんともお近づきになりたいのですが」

ダニは半ば呆れて言った。

「これだけ言っても、まだお買いになるおつもりですか？」

「こう見えて、私は諦めが悪いのです。一度決めたらやり遂げないと、気が済まない性分でして」

「何とおっしゃられても、お客様にはお売りできません」

「では、こうしてはどうでしょう」

「………？」

「お詫びも兼ねて、私が匂い袋を売るのです」

「何にお使いになるのです？」

「私が買い取るという意味ではありません。この匂い袋を必要とする人に、私が売るのです」

ラオンは思わず口を挟んだ。

「お待ちください。それでは、礼曹参議様《イエジョチャミ》がここで商売をなさるということですか？」

ユンソンは何がおかしいと言わんばかりにうなずいて見せた。

「それはなりません。高貴な両班《ヤンバン》の方が、このような商売などなさるものではないと心得ます」

「してはいけない決まりなどないでしょう。それに、ここで商いをするということではなく、今日だけお手伝いをするだけです」

「たとえ一日でも、いけないものはいけません。それに、礼曹参議様《イエジョチャミ》がお売りになったところで、誰が買ってくれ……」

すると、聞き慣れない艶のある女人の声が聞こえてきた。

「これ、売り物ですよね？」

女の客は目に笑みを含み、手に取った匂い袋をユンソンに見せた。こういう時の扱いには慣れているようで、ユンソンはにこやかに客の相手をし始めた。

「もちろんです。何になさいますか？」

「私はこれにします」

「お目が高い。この黄色い蝶の刺繍は、麗らかな春を待つ女人の心をよく表している。しかしこちらの紫陽花の刺繍も清楚で、お嬢さんによくお似合いですよ」

「あら、じゃあ、それも一つ」

ラオンは呆気に取られ、客とユンソンのやり取りを傍観するしかなかった。ユンソンはあっという間に匂い袋を二つも売り上げたが、それはまだ序の口だった。

「すみません、私にも選んでいただけますか？」

「私も、どれがいいか、自分では選べなくて」

ユンソンの周りには一人、二人と女人たちが群がり始め、あれよあれよという間に行列ができてしまった。ラオンら四人が口をあんぐりさせていると、長い行列の先にいた女人が笠を被ったビョンヨンに近づいた。

「もしよければ、私に似合う匂い袋を選んでいただけませんか？」

ビョンヨンは黙って女人を見て、ユンソンとダニ、そしてラオンの顔を見た。店の中にしばらく沈黙が流れ、先に気がついたラオンが止めに入った。

「すみませんが、この方は店の方では……」

だが、ビョンヨンは無言で撫子の花の刺繍が入った匂い袋を手に取った。

「私に似合います？」

「ああ」

ビョンヨンが不愛想にそう返すと、女人は暗がりに浮かぶ白い夕顔のように瞳を輝かせた。すると、その声につられて通りの女人たちが競うようにビョンヨンの前に群がった。

「これください！」

「私もそっちにするわ！」

そのうち、ユンソンの前に並んでいた女人たちの中から、ビョンヨンに乗り換える者まで出てきた。彼女たちは本当はビョンヨン目当てに店に入ってきたのだが、武骨で近寄りがたい雰囲気に、遠巻きに近づく機会をうかがっていたのだった。

「キム兄貴、礼曹参議《イエジョチャミ》様！　ああ、もう！」

ラオンは慌てて傍観する昊《ヨン》の腕を引っ張った。

「早くお二人を止めてください」

「これで役に立つなら、僕も」

そう言うと、昊《ヨン》までユンソンとビョンヨンに並んでしまった。


ラオンは諦めて三人の様子を見守ることにした。

店の左側で客の相手をするユンソンは、柔らかい微笑みと甘い声、痒いところに手が届く物腰の柔らかい対応で女人たちをさばいている。ざっと十人は並んでいるが、女人たちは皆、終始にこやかだ。

　店の右側にいるビョンヨンは、進んで女人たちをもてなそうとするユンソンとは異なり、にこりともせず、甘い声で女人たちを惹きつけることもない。ただ女人たちが選ぶ匂い袋を見て、首を振ったり、うなずいたりするばかりだ。時折、選べないでいる女人に無言で一つ差し出すだけなのだが、ビョンヨンの前には十五人もの女人が並んでいる。ラオンは内心で舌を巻きつつ、最後に二人の間に座る昊《ヨン》を見た。ちょうど淡い夕日が昊《ヨン》の白い肌を茜色に照らしていて、天上の太子はきっとこういう神秘的な姿をしているのだろうと思えた。

　初めのうちは本人もその自覚があったようで、表情には自信が滲んでいた。見る者を恍惚とさせる見目麗しい昊《ヨン》の周りには、あっという間に行列が……と言いたいところだが、まだ誰も寄ってこようとしない。ユンソンはもちろん、不愛想なビョンヨンにさえ女人たちは列を作っている。両隣でてきぱきと匂い袋を売りさばいていく二人を横目に、昊《ヨン》は次第に自信を失い、焦り始めた。自分の面子が丸潰れになるだけでなく、自分はラオンとその妹のために何の役にも立てないのかという敗北感が湧いてくる。

　すると、そんな昊《ヨン》のもとへ軽やかな足音が近づいてきた。

「匂い袋を一つ、くださいな」

　やっと客が来てくれたかと昊《ヨン》が顔を上げたその目に、ラオンの顔が飛び込んできた。染みるほど鮮やかな笑顔に、昊《ヨン》は一瞬で救われた気がした。暗かった顔に、明るい笑みが広がっていく。たとえ百人が並んでも、この一人には敵うまい。

ダニの匂い袋はあっという間に完売となった。あとからうわさを聞きつけてやって来た女人たちは、皆、残念そうに引き返していった。

「ありがとうございました」

ダニは三人の男たちに頭を下げ、礼を言った。

「お役に立てましたか?」

ユンソンが言うと、ダニは大きな笑顔を作った。

「はい、とても助かりました」

「あなたに好かれたいという私の思いは、届いたでしょうか」

「このくらいは」

ダニが親指と人差し指を近づけて見せると、ユンソンは吹き出した。

「それだけですか? もっと頑張らないといけませんね」

ダニは笑いながら、何気なくビョンヨンと昦《ヨン》を見た。特にビョンヨンが気になった。最近よく見かける人だと思った。あまり笑わない、頼もしい背中をしたビョンヨンを、ダニはどこか他人には思えなかった。三人の中で、一番身近に感じられる。

それからもう一人、ラオンと談笑している昦《ヨン》という男。昦《ヨン》といる時のラオンは、これまで見たことのないほどうれしそうにしている。ラオンはいつもにこにこしているが、昊《ヨン》の隣で見せる笑顔は、ほかの人に見せるそれとはどこか違うとダニは思った。

「それはそうと、どうして僕には一人も来てくれなかったのだろう」

思いがけず昊《ヨン》が言ったので、ダニは思わず笑ってしまった。

あの人、何て美形なの？

あら、ほんとだ。あれほど綺麗な男を見るのは初めてよ。

でも、美しすぎて近づけないわ。

わかる。私も恐れ多くて目も合わせられないもの。

聞こえてくる女人たちのささやきに、ダニはそう思うのも無理はないと思った。客の女人たちの気持ちが手に取るようにわかったからだ。

初めて昊《ヨン》を見た時は、それこそ息が止まるかと思った。挨拶はおろか、視界に入ることさえ許さないような威厳と気品が高い壁となって、うかつに近づけないと思った。男三人の突拍子もない競争に昊《ヨン》が負けたのはそのせいだった。

でも、真の勝者はこの方のようだけど……。

昊《ヨン》と顔を見合わせて笑うラオンを見ていると、妹の自分まで幸せな気持ちになってくる。この人なら、姉を幸せにできるかもしれない。妹として私もひと肌脱がなきゃとダニは思った。

「せっかく来たのに、お母上に会えなくて残念だったな」

両班《ヤンバン》の家に手伝いをしに行ったという母は、結局、遅くなっても帰ってこなかった。そういうことはよくあるとダニは言ったが、何も今日でなくてもと、ラオンは残念でならなかった。それに、今日は聞きたい話もあった。寂しい思いはあったが、言っても仕方がないので、ラオンは明るく答えた。

「いいえ、大丈夫です。また会いに来られますから」

「そうだな、今日だけではないしな。旅から戻ったら三日ほど暇をやるから、家に帰ってお母上と妹とゆっくり過ごすといい」

「いいのですか？」

ラオンは瞳を輝かせ、昊《ヨン》にぴたりとくっついて昊《ヨン》の顔を見つめた。

「もちろんだ」

「ありがとうございます」

「僕が考えても、僕はいいことをしていると思う。それで、お前は僕に何をしてくれる？」

昊《ヨン》はラオンに顔を近づけた。ラオンはとっさに身をかわし、足早に宮中に入ってしまった。

「これ、待たないか」

逃げるように王宮の中へ入っていくラオンの後ろ姿に、昊《ヨン》は微笑んだ。

「もう一人はどうしているか」

振り向くと、今来た道はすでに暗くなっていた。店を出たあと、ビョンヨンはその足で何日か咸《ハム》鏡《ギョン》道《ド》に行ってくるとだけ言って行ってしまった。何かあったに違いない。

見上げると、満点の星空が広がっていた。

「遠出にはいい天気だ、ビョンヨン。だが、あまり長居をするなよ」

旲《ヨン》は遠路を行く友に語りかけるように夜空につぶやいた。友の心の旅が長引かないよう、これ以上、孤独が深まらないようにと願いながら。


「この夜更けに?」

資善堂《チャソンダン》に向かう途中、ラオンはチャン内官に呼び止められ、その足で太平館《テピョングァン》に走った。到着してみると、出立《しゅったつ》の支度を終えた清の一行がソヤンを待っていた。最後に大妃殿《テビジョン》と中宮殿《チュングンジョン》に挨拶を済ませ、今夜のうちに朝鮮を発《た》つという。突然の知らせに、ラオンをはじめ多くの者が困惑していた。

このままここに居つくのではないかとさえ思っていたが、そのソヤンが突然清に帰ることにしたのには、何か理由があるのだろうか。

「本当にお帰りになるのですか?」

「そのようです」

「また急なお話ですね」

「詳しいことはわかりませんが、ここ数日、太平館《テピョングァン》から一歩も外に出られなかったソヤン姫様が、急に故国へお帰りになるのを決めたところを見ると」

「見ると？」

「悲しいことがあったのかもしれません。例えば、心に傷を負ったとか」

「心に傷を……」

ふと、重熙堂《チュンヒダン》で見たソヤンの姿が思い出された。

あの時、ソヤン姫様は確かに目に涙を浮かべていた。世子《セジャ》様と何かあったのだろうか。

すると、にわかに辺りが騒がしくなった。大妃殿《テビジョン》と中宮殿《チュングンジョン》への挨拶を済ませ、ソヤンが戻ってきたのだ。ソヤンはいつも通り自信に満ちあふれ、実に堂々とした表情で、上から見下ろすように集まった宦官や女官たちを見渡した。そしてラオンを見つけると、まっすぐ近づいて耳元でささやいた。

「頑張るのだぞ」

出し抜けにそう言われ、ラオンは呆然とソヤンの顔を見返した。

「何のことでございますか？」

「一つ、秘密を教えてやろう」

「秘密？」

「わらわは……」

ソヤンは言葉を濁し、ラオンの耳にさらに顔を寄せた。

「お前が女であることを知っている」

ラオンは目を見張った。これまでのことが走馬灯のように脳裏を駆け巡った。ソヤン姫様は気づいていていながら、知らないふりをしていたのか？

だが、ソヤンの衝撃の話はそれだけに留まらなかった。

「それに、このことはあの方もご存じだ」

「あの方？」

まさか、あの方のことを言っているのか？

「一体、何をおっしゃっているのか……」

ラオンが白を切ると、ソヤンはそれ以上は何も言わず、駕籠《かご》の中の人となった。ラオンは東宮《トングン》殿《ジョン》のある方を見つめた。

温室の花の世子《セジャ》様が、知っていた……？

二十二　世子《セジャ》様は知っていた

「あの方もご存じだった……」

資善堂《チャソンダン》に向かう間も、ラオンは取り憑かれたようにソヤンから言われた言葉を繰り返した。恐れていたことが現実になってしまった。温室の花の世子《セジャ》様に知られた以上、当然、お咎めを受けるだろう。宦官になったことはもちろんだが、それ以上に正体を偽って宮中に入ったことが罪に問われるはずだ。死罪はまず免れない。待ち受ける現実を想像するだけで、ラオンは背筋が凍った。

逃げよう。母さんとダニを連れて、誰も知らない遠いところへ行こう。

だが、そう思っても、旲《ヨン》の顔が目の前にちらついて決心がつかない。

あの方もご存じだった……。

いつから気づいていたのだろう。ソヤン姫様が言ったのか、それとも、前から知っていたのか。

これまでの旲《ヨン》との出来事が脳裏を駆け巡る。あの優しい眼差しも、僕のものになれという言葉も、交わしたくちづけも……甘い吐息を漏らし、きつく私を抱きしめたのも、女と知っていて？

気がつくと、ラオンは資善堂《チャソンダン》まで来ていた。灯りは消えている。

「キム兄貴？」

中に入り、ラオンは真っ先にビョンヨンの姿を捜した。だが、梁《はり》の上にビョンヨンの姿はなかった。一人でいたくない時に限って一人になってしまう。世話が焼けるやつだと言って冷たく背を向けるビョンヨンの姿さえ今は恋しく思えるというのに。

火を灯すと、黄色く明るくなった床の上に一通の手紙が置かれていた。ビョンヨンの書き置きかと思い開いてみると、先ほど清に発《た》ったソヤンからのものだった。

ホン内官は見よ
ソヤンだ。

さぞ驚いているであろう。わらわも、まさかこのような文《ふみ》を書くことになろうとは、思ってもみなかった。そして、これほど早く清に帰ることになろうとも。

ただ、帰る前に、こうなったのは、お前が大きく関わっていることを知らせたい。

私のせいで清に帰ることになったと、わざわざ文《ふみ》にして知らせたかったのだろうか。


わらわにとって、男は二通りしかいなかった。

わらわに落ちる男と、これから落ちる男。ほかには存在しなかった。

だから世子《セジャ》様も、そのうちわらわに惚れ込むに決まっている。

いつかこのソヤンの魅力に気づき、捕らわれ、恋に落ちると信じて疑わなかった。

ここまで自分に自信が持てるなんてすごい。でも、これほど自信をお持ちの方が、どうして諦めてしまわれたのだろう。

だからこそ、お前が女であることに気づいても、知らないふりをしていた。
恋敵であれ、人の弱みを利用するようなことはしたくなかったからだ。
それでも一度だけ、そんな気持ちが揺れたことがあった。
覚えているか？　東宮殿《トングンジョン》であの方と茶を飲んだ日のことを。
あの日、あの方はわらわにおっしゃった。
好きな女《ひと》がいると。そして、その相手はお前だと。

あの時、ソヤン姫様が飛び出してきたのはそのせいだったのか。温室の花の世子《セジャ》様は、あの時すでに私が女であることをご存じだったのだ。そのうえで、ソヤン姫様に私のことを好きだと言った。でも、そんなこと、とても信じられない。

聞いた時は、あり得ないと思った。

ソヤン姫様もそう思ったんだ。つらいけど、温室の花の世子《セジャ》様はソヤン姫様を断る口実に私を使ったのだろう。前にも同じようなことがあった。初めて女人の姿をして温室の花の世子《セジャ》様と会った時も、私を大切な人だとソヤン姫様に紹介した。あとで聞いたら、あれは自分の民として大切に思っているという意味で言ったのであって、それ以外の意味はないとはっきり言っていた。だから今度も、きっとそうに違いない。

体のいい言い訳だと思った。
百歩譲ってそういう気持ちを抱いていたとしても、一時の気の迷いに違いない。
だって、宦官と偽る得体の知れない女を、世子《セジャ》様ほどの方が好きになるはずがない。
このソヤンを差し置いて、そんなことは絶対にあり得ない。

ソヤン姫様は、ずいぶん前から私が女であることを知っていたのだろう。よくよく考えれば、温室の花の世子《セジャ》様のように女人の顔を見分けられない方でない限り、服装が違うだけで私に気づかないはずがないもの。

だが今日、わらわは見てしまった。
お忍びに行かれる世子《セジャ》様と、隣にいるホン内官、お前の姿を。
認めるしかなかった。世の中には、わらわに落ちない男がいるのだと。
そして、お前と世子《セジャ》様の間に、わらわが入り込む余地がないことも。
だから帰ることにした。ほかの女に気のある男など、わらわには必要ない。

頭がぼうっとしてくる。

　追伸
　お前のようにみすぼらしい女が、どうしてあの方の目に留まったのか、
　不思議でならない。まあ、せいぜい頑張りなさい。

みすぼらしい、か……。応援されているのか、けなされているのか。

ラオンはふと笑みを浮かべたが、すぐに真顔に戻った。この手紙で喜んでいる場合ではない。これではっきりした。温室の花の世子《セジャ》様は、私の正体をとうにご存じだったのだ。私はこれから、どうしたらいいのだろう。


府院君金祖淳《プウォングンキムジョスン》の広い屋敷に、黒い影が下り立った。部屋の障子紙には府院君《プウォングン》の影が映っている。

「府院君《プウォングン》様」

絵に没頭していた府院君《プウォングン》の耳元に、低い声が聞こえてきた。

「わたくしでございます」

府院君《プウォングン》は相手を見ることもなく言った。

「何だ」

「明日の朝、世子《セジャ》様が密かに遠出をするという知らせが入りました」

「密かに遠出を?」

府院君《プウォングン》は筆を止め、顔を上げて障子紙に映る影を見た。

「まずは世子《セジャ》の手札を知る必要がある。すぐに調べるのだ。ただし、絶対に勘づかれてはならん。よいな?」

「しかと心得ました」

影は一礼し、音も立てずに再び闇に溶けた。府院君《プウォングン》は何事もなかったように再び筆を動かし始めた。密かに交わされた二人のやり取りを見た者は誰もいなかった。ただ一人、ユンソンを除いては。

ユンソンはちょうど府院君金祖淳《プウォングンキムジョスン》に呼ばれて屋敷を訪れたところで闇に消える影を目撃した。その影の行方を目を凝らして追ううちに、ユンソンははっと目を見張った。

「あの者は!」


夜のうちに積もった雪が、朝日を浴びて宝石のように輝いている。今年初めての雪だ。一面、銀世界の中、昮《ヨン》の吐く息も白くなっている。

重熙堂《チュンヒダン》の二階の欄干に手を置いて、昊《ヨン》は指先を打ち下ろしながら首を伸ばした。だが、そんな自分に気がついて、苦笑いを浮かべた。

「馬鹿か、僕は」

いつからか、陽が昇る頃になると、重熙堂《チュンヒダン》の二階に上がり、ラオンの姿を捜すのが習慣になっていた。ラオンが来るのは辰の刻（午前七時から午前九時）だが、もしかしたら今日は早く来るかもしれないと思うとじっとしていられなかった。そのくせ、いざラオンが現れるとつんとしてしまうので、毎朝、こうして待ちわびていることをラオンは知らない。だが、それはどうでもいいことだった。頼まれてしていることではない。好きになれと言われて好きになったのではないように。

だが、辰の下刻（午前九時）を告げる太鼓の音が聞こえても、ラオンは現れなかった。昨日、確かに辰の刻（午前七時から午前九時）に出立《しゅったつ》すると伝えたはずだった。何かあったのではないかと心配している間にも、約束の刻限は刻々と過ぎていく。

それからどれくらい経っただろうか。昊《ヨン》が思いつめた面持ちで雪に覆われた道を見ていると、東《トン》宮殿《グンジョン》の門前で、きょろきょろと周囲の様子をうかがうラオンの姿が見えた。昊《ヨン》はほっとして、欄干に打ち下ろしていた指を止めて一目散に楼閣を駆け下りた。

「遅いではないか！　何をしていたのだ」

ラオンの前になるとやはり冷たい態度を取ってしまった。振り返ったラオンは、毛皮を重ねて当てた薄紫の綿衣を着ていた。驚いて昊《ヨン》を見上げる顔は、冬山を彷徨う白兎のようだ。寒さのせいで熟れたりんごのようになった頬にかじりつきたくなる気持ちを抑え、昊《ヨン》はわざと厳しい表情で言った。

「お忍びで遠出をすると言っただろう。時刻を伝えたはずだが、聞いていなかったのか？」

旲《ヨン》は今、ラオンが着ている綿衣をチェ内官に届けさせるついでに、いつもより早めに東宮殿《トングンジョン》に来るよう言付けていた。

「うかがいました」

「では、どうして約束の刻限に来ない？」

「荷造りに手間取ってしまったのです」

「荷造り？」

旲《ヨン》はラオンの背中の荷を見た。ラオンの体ほどあるだろう大きな荷物だ。ここまで背負ってくるのも大変だっただろう。

「その荷物は何だ？」

「遠出をするとおっしゃったので」

「そのまま、宮中を出ていくつもりではないだろうな？」

冗談のようだが、もしかしてという予感がして、旲《ヨン》は確かめるようにラオンに聞いた。ラオンはすぐに首を振り、

「そうではありません」

と言って笑った。周りを照らす太陽のような笑顔に、旲《ヨン》は時が止まったようだった。

「世子《セジャ》様？」

「あ、ああ。何だ?」

「あの、世子様《セジャ》」

ラオンが珍しく話しづらそうにするので、昊《ヨン》は怪訝に思った。

「言いづらい話なのか?」

「いえ、どうということはないのですが、その……」

ラオンは思い切って昊《ヨン》に確かめることにした。

ところがそこへ世子翊衛司《セジャイギサ》ハン・ユルが現れ昊《ヨン》に頭を下げた。

「世子様《セジャ》」

「出立《しゅったつ》の準備が整いました」

「すぐに行く」

昊《ヨン》はユルにそう言って、ラオンに向き直った。

「話せ」

「いえ、大したことではありません。まいりましょう」

ラオンは自分の体ほどある大きな荷物を背負い、よたよたと小さな子どものような足取りでユルのあとに続いた。

いつもは生意気なくらいはっきりものを言うラオンが珍しく口ごもるので、昊《ヨン》は心配になった。だが、ふと、もしかしてという考えが浮かび、表情を明るくした。

もしかしたら、ラオンは秘密を打ち明けようとしたのかもしれない。なぜあそこまで硬く口を閉ざすのか理由はわからないが、自分から話す気になってくれたのなら、もう少し待ってみよう。ラオンが自分から話してくれるまで、こちらから無理に心をこじ開けるようなことはすまい。

旲《ヨン》はラオンを追いかけて、荷物をつかんだ。

「僕が持とう」

「いえ、大丈夫です」

「予定より出立《しゅったつ》が遅くなった。急ぐぞ」

旲《ヨン》はラオンの手をつかんで宮殿の外へと足を急がせた。初冬の朝日が降り注ぐ中、小走りで旲《ヨン》のあとを追いながら、ラオンはつぶやいた。

「まだ秋だと思っていたら、もう雪が降ってる。冬はどこか寂しい感じがして、嫌いです」

それを聞いて旲《ヨン》が振り向くと、ちょうどこちらを向いたラオンの顔が陽に照らされ、その眩さに思わず顔を背けた。そして、心から思った。寂しくてもいい。お前がいてくれれば、どんな冬でも構うものか。

後ろから小走りでついて来るラオンの足音が聞える。その足音まで可愛くて、旲《ヨン》はラオンに背を向けたまま微笑んだ。


秘密を知られてしまったというのに、世子様《セジャ》を見ると幸福感が押し寄せてきて、顔がにやけてしまう。頭の中で、しっかりして、喜んでいる場合じゃないという声が聞こえているのに。

昊《ヨン》に手を引かれて王宮を出たラオンは、雲従街《ウンジョンガ》にある白塔に向かっていた。ひと晩中、このまま逃げてしまおうか、誰にも言わずに消えてしまおうかと悩んでいたが、朝になると自ずと東宮《トングン》殿《ジョン》に足が向かっていた。どんな顔で世子《セジャ》様に会えばいいのか、怖くなかったと言えばうそになる。それでも、約束の場所にいる世子《セジャ》様を見たら、そんな不安は一瞬で吹き飛んで、気づけば笑ってばかりいた。

温室の花の世子《セジャ》様は私が女であることを知っている。

その言葉は呪文のように心を締めつけたが、知っていながらなぜ今まで何も言わなかったのか、疑問でもある。なぜ、知らないふりをしていたのだろう。もしかして、私が友だから？

考えれば考えるほどわからなくなり、ラオンは気を取り直してせめて行き先だけでも聞いておこうと昊《ヨン》に話しかけた。

「世子《セジャ》様、今、どこへ向かっているのですか？」

「言っただろう。僕にとってかけがえのない、大切な人を説得しに行くのだ」

「その大切な方というのは、女人ですか？」

思わず本音が出てしまい、ラオンは慌てて手で口を押さえた。昊《ヨン》はそんなラオンを横目に見て、意地悪そうに笑って言った。

「気になるか？」

「だ、だって、誰を説得するのか知っておかないと、作戦を練れないではありませんか」

「それだけか？」

「はい、それだけです」

「本当に、それだけか？」

「ほかに何があるのです？」

ラオンがむきになって否定すると、昊《ヨン》は笑い出した。

「冗談だよ。だが、そうむきになられると、ますます怪しいな」

「むきになどなっておりません」

「そうかな？」

「ええ」

「それなら、余計に教えたくないな」

「はい？」

「相手が女か男かは、行けばわかる」

「教えてくださらないのですか？　友としてお聞きしても？」

昊《ヨン》はラオンに振り返り、にやけた顔をして言った。

「そう焦らなくても、じきにわかることだ」

それからしばらく歩き続け、白い塔のあるところまで来ると、

「ここで待っていてくれ」

昊《ヨン》はそう言ってラオンと離れ、塔の下にいる男たちと共にどこかへ行ってしまった。その後ろ姿

を見ていると、不意に不安が湧いてきた。いつも優しい世子《セジャ》様が、今は別人に見える。もしかしたら、いつか私も、ほかの人たちのように世子《セジャ》様に冷たくされる日が来るのかもしれない。そう思うと、白塔の向こうに見え隠れする昊《ヨン》の後ろ姿が遠く感じられて怖くなった。それに、最近は温室の花の世子《セジャ》様の都合に振り回されてばかりいるような気がする。

「こら！」

その時、突然大きな声がして、額に鈍い痛みが走った。

「誰が腰を伸ばせと教えた！」

ラオンはとっさに額を押さえて声を張った。

「何をなさるのです！」

だが、勢いよく振り向いた目に飛び込んできた老人の顔を見ると、今度は目を見張った。

「あなた様は！」

驚くラオンに、パク・トゥヨンは目を細めて笑った。

「どうしてこちらに？」

「そういうお前こそ、ここで何をしているのだ？　いやそれより、まだ宦官の基本姿勢も身についておらんのか」

「藪から棒に何をおっしゃるのです？」

「姿勢、落、視線、落、歩き方、落！　呆れて言葉が出んわ。何一つ上達しておらんではないか」

「そうですか？　私なりに頑張っているつもりなのですが」

ラオンは苦笑いを浮かべた。

「頑張ってその程度か？　まあいい。仕事の方はどうだ？」

「最近は東宮殿《トングンジョン》で世子様《セジャ》のお世話をしております」

「そうか！」

パク・トゥヨンは先ほどよりもさらに目を細め、頬まで紅潮させてささやいた。

「では、最近も世子様《セジャ》と一緒に薬菓《ヤックァ》を食べているのか？」

「薬菓《ヤックァ》でございますか？」

何のことかわからずにラオンが目をしばたかせると、パク・トゥヨンはラオンの肩を労うように叩いて言った。

「すべてわかっておる。お前と世子様《セジャ》が……」

すると、誰かがいきなりパク・トゥヨンの口を手でふさいだ。

「パクよ、何を偉そうに無駄口を叩いているのだ」

パク・トゥヨンは勢いよくその手を振り払い、ぺ、ぺ、と吐いて言った。

「この爺！　久しぶりに会ったそばから何をする！」

「お前が余計なことを言おうとするからだ」

「余計なこととは何だ！」

「では、余計なことではないと言うのか？」

「これは私の口だ！　私が言いたいことを言って何が悪い」

「奇遇だな。私も私の手でしたいことをしたまでだ。そうカリカリするな」

「何だと？」

「何だ、久しぶりにやろうと言うのか？」

「二人ともおやめください」

言い合いを始めた二人に挟まれ、ラオンはとっさに止めに入ったが、老人同士の喧嘩はその後も昊《ヨン》が戻ってくるまで続いた。


昊《ヨン》はパク・マンチュンという男と共に戻ってきた。白雲会《ペグネ》の一員だ。先ほど白塔の下にいた者たちは皆、白雲会《ペグネ》の面々だった。

「ハン尚膳《サンソン》も来ていたのか」

予定になかったことで、パク・トゥヨンは慌てて頭を下げた。

「漢陽《ハニャン》での用事が終わったと聞いたので、声をかけたのでございます。ところで、こちらの方はどなたで？」

パク・トゥヨンはパク・マンチュンを見て尋ねた。

「白雲会《ペグネ》の者だ。会主《フェジュ》に代わって同行することになった」

「パク・マンチュンと申します。以降、お見知りおきを。パクとお呼びください」

パク・マンチュンは笑顔で挨拶をした。

「私はパク・トゥヨンだ。こちらは前の尚膳《サンソン》ハン・サンイク。しかし……」

パク・トゥヨンは困ったように昊《ヨン》に目線を送った。

「どうした？」

「パク殿が一緒とは知らず、馬を四頭しかご用意しておりません」

ここには今、昊《ヨン》とラオン、それにパク・トゥヨンとハン・サンイク、パク・マンチュンの五人で、馬が一頭足りなくなる。

「今からご用意するとなると、しばらくかかると思われます」

すると、ハン・サンイクが言った。

「パクよ、かくなる上は私とお前が相乗りするほかあるまい」

「ふん！　そんなことできるか」

まだ気持ちが収まらないのか、パク・トゥヨンはぷいと顔を背けてしまった。

「根に持つとは情けない」

ハン・サンイクは鼻で笑った。

「私がいてはご迷惑でしたね」

パク・マンチュンは苦笑いを浮かべて頭を掻いた。すると、ラオンが言った。

「私の馬にお乗りください。私は馬に乗れないので、どうしようかと思っていたところでした」

「では、そなたはどうするのだ？」

「歩きます」

「歩いていくには遠すぎる」

「ご心配には及びません。わたくしはこの中で一番若い上に、鉄より丈夫な脚もあります」

そう言って、ラオンは片足を上げて見せた。

「笑わせるな。最近は葦みたいに痩せ細った脚も鉄より丈夫だと言うのか？」

旲《ヨン》は馬に跨り、馬上から手を差し出した。

「ほら」

「はい？」

「もたもたしていては日が暮れてしまうぞ。僕と一緒に乗ろう。急げ」

「い、いいえ、私は結構です。一生懸命ついて行きますから、どうぞお先に」

ところが、旲《ヨン》は拒むラオンの腰元をさらうように抱きかかえ、自分の前に座らせて馬を走らせてしまった。旲《ヨン》が馬を繰るたびに、旲《ヨン》の腕がラオンの肘に当たった。旲《ヨン》の心臓の音や息遣いが、背中や耳元から伝わってくる。

「落ちないように、しっかりつかまるのだぞ」

低く、抗いようのない声。旲《ヨン》の腕の中で、ラオンは無言でうなずいた。

冷たい風を裂いて、白く覆われた景色は急流のように通り過ぎていく。だが、ラオンは何も感じなかった。何も聞こえず、何も見えない。ただ旲《ヨン》の吐息が、激しく鼓動を刻む心臓の音が、世界のすべてだった。

二十三　トントントン。トントン。トントン。

銀色に染まる森の中を、昊《ヨン》とラオンを乗せた馬が軽快な足音を響かせて駆け抜けていく。美しい雪山の景色は、昊《ヨン》の目に映ることはなかった。その目に映るのはラオンばかりだが、当のラオンは下を向いたまま身を強張らせている。

「ラオン、ホン・ラオン」

「は、はい」

昊《ヨン》に呼ばれても、ラオンは返事をするのが精一杯で、振り向いて昊《ヨン》の顔を見ることなどとてもできなかった。昊《ヨン》の吐息がかかるたびに全身が痺れたようになり、爪先がくすぐったくなる。

小さな体をさらに小さく丸めているのを不憫に思いつつも、昊《ヨン》はいっそもっと小さくして懐に入れてしまいたいという思いに駆られた。馬の背が揺れるたび、手綱を引く手が触れるたびに、ラオンは火に触れたような驚きようで、その姿をいつまでも見ていたくなり、わざと前屈みになって耳元に息を吹きかけたりしていた。だが、このままでは疲れてしまいそうで、昊《ヨン》はラオンの肩を軽く叩いた。

「もっと肩の力を抜いて。そんなに緊張していては、馬にも伝わってしまうぞ」

「き、緊張などしておりません」

「減らず口め」

強がっていても緊張を隠せずにいるラオンを見て、旲《ヨン》は笑いながらふとあることを思い出した。

「そういえば、パク・トゥヨンとは知り合いなのか？」

「あ……そのことですが……」

ラオンが言いかけた時、パク・トゥヨンが旲《ヨン》に馬を近づけて口を挟んだ。

「わたくしめが温情をかけ、この者を宮中に推したのでございます」

世子《セジャ》様がお気に召されたと知り、わたくしが手を回したのでございます。

パク・トゥヨンは暗に自分の手柄を伝えた。礼の一つでも言われるかと思ったが、旲《ヨン》はパク・トゥヨンには目もくれず、ラオンばかり気にかけている。

すると、ラオンはパク・トゥヨンに反論するように言った。

「温情と言うより、お金に騙され、大したものではないはずの証文にたぶらかされて、王宮に入れられてしまったのです」

それを聞いて、パク・トゥヨンは妙な咳払いをして、静かに後ろに下がっていった。

「金に騙され、証文にたぶらかされた？」

「そんなところです」

ラオンは身をすくめて、それ以上は言わなかった。

すると、旲《ヨン》はようやくパク・トゥヨンに顔を向けて言った。

「そなたがこの者を推したと言ったな？」

「さようでございます」

「この者が宦官になれるよう、施術をしたのもそなたか？」

「それは閹工《オムゴン》チェ・チョンスがいたしました」

「閹工《オムゴン》チェ・チョンス？」

「はい。朝鮮随一の腕を持つ切り師にございます。チェ・チョンスでなければ、この者のように成長した者を宦官にすることはできません」

「そうか」

昊《ヨン》はラオンの白いうなじを見つめた。パク・トゥヨンさえ気づいていない。女人であることを隠して、どうやって宮中に入れたのか、ますます不思議に思う一方で、ラオンが一人不安を抱えてきたことがうかがえて、胸が痛んだ。

女人として生きられなくなった理由はもちろんだが、それ以上に気になるのはラオンがこれまで歩んできた人生だ。女人の身でありながら男として生きるのは並大抵の苦労ではなかったはず。それはあえて聞くまでもない。ただもうこれ以上、一人で苦しんで欲しくない。

昊《ヨン》は小さく身を縮ませるラオンをそっと胸に引き寄せた。

だが、昊《ヨン》が近づけば近づくほど、ラオンは身をすくめて避けようとしてしまう。昊《ヨン》はラオンに回した手にさらに力を込めた。

「道程は長い。少し僕に寄りかかるといい。そんなに力んでいては、身がもたないぞ」

もっと僕に頼ってくれ。僕の腕の中にいる時は、不安に思うことも、震える必要もない。お前は、僕が守るべき人だ。どんな不幸も悲しみも、僕が盾になって全部跳ね返してやる。だから僕を信じて、もう心を開いてくれないか。そして、つらいことはすべて僕に任せて、お前は心向くまま、自由に羽ばたいてくれ。

「ですが……」

ラオンは周りの目が気になって、なかなか気を緩めることができない。幸か不幸か、パク・トゥヨンとハン・サンイクは言い争いを続けていて、パク・マンチュンは物見遊山の旅人のように景色に見入っている。

「何もしないから、安心しろ。皆の目があるというのに、何を案ずることがある？　長くは貸してやれない。今のうちに、僕に寄りかかれ」

旲《ヨン》はラオンの小さな頭を自分の胸に抱き寄せた。

「下を向いてばかりいては、せっかくの景色を見逃すぞ」

「景色でございますか？」

「お前に見せてやりたくて、あえて遠回りをしているのに、うつむいてばかりいられては台無しだ」

振り向いたラオンの目に、旲《ヨン》の笑顔と雪化粧をした冬山が映った。

「やっとこちらを向いてくれたな」

旲《ヨン》はラオンの額に、こつんと自分の額をぶつけた。

たったそれだけのことで、ラオンは温かいものが込み上げてくるのを感じた。旲《ヨン》の優しさのせいなのか、包み込むような笑顔のせいなのかはわからない。ただ、雪景色はこんなにも美しく輝いているというのに、ラオンの瞳には旲《ヨン》の笑顔しか見えなかった。

「パクよ、お前、どう思う?」

ハン・サンイクは、パク・トゥヨンのそばに馬を寄せて聞いた。

「ハンよ、そういうお前はどうなのだ」

「世子《セジャ》様はあの子を殊《こと》のほか可愛がっておられるご様子。やはり私の目に狂いはなかった」

「同感だ。世子《セジャ》様に心を許せる拠り所ができたのをこの目で確かめることができた。これで心置きなく引退できそうだ」

「だが、パクよ。そう喜んでばかりもいられないのではないか?」

「どういう意味だ?」

「心配にならないのかと聞いているのだ。世子《セジャ》様が直々にお出ましになったのに、これで手ぶらで帰ることになっては恰好がつかん」

「案ずるな。手筈は整えてある。あとは我々が行って話をつけるだけだ」

「本当にそう思っているのか? あの頑固爺を説得するのは並大抵のことではないぞ」

「十回打って折れぬ木はないと言うではないか。あと一回だ。あと一回で、確実に折れる。だからハンよ、お前は私を信じてついて来い」

「その言葉、信じてよいのだな?」

「疑り深いやつだ。私を信じろ」

パク・トゥヨンは自信満々の顔でうなずいた。


ところが、目の前でぴしゃりと門を閉められ、パク・トゥヨンの自信はいとも容易《たやす》く折られてしまった。

「何をする! 開けないか! ここを開けなさい!」

パク・トゥヨンは焦るあまり声を荒げ、何度も門を蹴った。その甲斐あってか、しばらくするとわずかに門が開いて、先ほど荒々しく門を閉めた若い下人が顔をのぞかせた。

「初めから大人しく開ければいいものを」

パク・トゥヨンは昊《ヨン》に振り向いてにこりと笑い、再び前を向いて下人に言った。

「何をしている? もっと大きく開けないと入れないではないか。こちらに御座《おわ》す方をどなたと……」

ところが、若い下人はパク・トゥヨンの話が終わらないうちに塩を撒いて、再び門を閉めてしまった。何が起こったのかわからず、パク・トゥヨンはしばらく呆然としていたが、やがて顔を真っ赤にして憤慨した。

「この無礼者！　私を誰だと思っているのだ！　パク・トゥヨンだぞ！　朝鮮一の宦官と崇められたパク・トゥヨンとは私のことだ！　貴様、宦官だからと見くびっておるのだな？　ええい、許してはおけぬ！」

「パクよ、よさないか。世子《セジャ》様の御前であるぞ」

ハン・サンイクが宥めると、パク・トゥヨンは慌てて居住まいを正した。

「お見苦しいところをお見せいたしました。申し訳ございません、世子《セジャ》様」

「思ったより難航しそうだな」

「今しばらくお待ちいただければ、きっとよい知らせをお届けいたします。どうか今しばらくのご猶予を」

「その話は半年も前から聞いている」

「いいえ、その時とは事情が異なります。本当に、話は決まったも同然でございます」

「僕には、まだ本人に会えてもいないように思えるが」

「十回打って折れぬ木はないと申します。今や傾きかけた木、あとは倒れるのを待つだけでございます」

「それは斧があればの話だ」

「と、おっしゃいますと？」

「僕には素手で木を打っているように見えてならない。然るべき道具がなければ、何度打っても木を倒すことなどできないぞ」

パク・トゥヨンは苦笑いを浮かべ、その気まずさを若い下人に向けた。

「まったく、門番の教育がなっておりませんな」

旲《ヨン》はじろりとパク・トゥヨンを一瞥し、やれやれといった表情で顔を背けた。

「そう気を落とすことはない。世子様《セジャ》はわかってくださるさ」

ハン・サンイクはパク・トゥヨンの背中に手を当てて慰めた。

「今度こそ、願いを叶えて差し上げられると思ったのだ」

パク・トゥヨンは力なくそう言って、ふと何か思いついたように顔を上げた。

「そうだ、あの者に責任を取らせよう」

「あの者とは？」

「打ち続けて倒れない木はないなどと言って、我々をそそのかしたあの男だ」

ハン・サンイクは呆れて言葉も出なかった。ラオンはそんな二人に近づいて言った。

「驚きましたね。これほどこっぴどく門前払いをされるのは初めてです。一体、どなたに会いにいらしたのです？」

パク・トゥヨンは傷心冷めやらぬ様子で、ちらとラオンを見て答えた。

「言ったところで、お前にわかるわけがなかろう」

「教えてください。貴人を門前払いするなんて、どんな方なのか気になります」

「世子様《セジャ》が師として迎え入れたいと考えておられる方だ」

「世子様《セジャ》の先生になる方ということですか？」

温室の花の世子《セジャ》様が師と仰ぎたいと思うほどの方なら、さぞ偉い方なのだろうとラオンは思った。

「でも、ここまでにべもなく断られたのですから、諦めた方がよいのではありませんか？」

「我々とて、とっくにそう申し上げておるわ」

「では、世子《セジャ》様は何と？」

パク・トゥヨンは立ちすくむ昊《ヨン》の顔色をうかがって、声を潜めた。

「三顧《さんこ》の礼とおっしゃった」

「三顧《さんこ》の、何です？」

ラオンも声を落とした。

「優れた人材を迎えるためには、こちらも誠意を尽くすべしとのことだ」

「しかし、これでは三顧《さんこ》の礼と言うより、徒労に終わる気がいたします」

「けしからん。世子《セジャ》様を愚弄するつもりか？」

パク・トゥヨンが睨むと、ラオンは苦笑いを浮かべて後退りをした。その時ふと、固く閉ざされた門に目が留まった。表面に野山が彫られた門は珍しい。そこに描かれているのは、文字のようにも、山水画のようにも見える。

ラオンはしばらくその絵を眺め、パク・トゥヨンに尋ねた。

「こちらにお住まいの方は、どなたですか？」

「三眉《サムミ》先生だ」

パク・トゥヨンが答えると、すかさずハ・サンイクが口を挟んだ。

「茶山《タサン》という立派な号があるのに、三眉《サムミ》先生とは何だ、三眉《サムミ》先生とは」

「ふんっ、門前払いをするような相手に、礼儀を守る義理はない」

「子どもでもあるまいし、心の狭いやつだ」

ハン・サンイクは呆れてしまった。

ところが、ラオンは何かに突き動かされるように門を凝視したまま言った。

「今日が何日かご存じですか？」

「そんなことも知らないのか？」

「何日です？」

「師走の九日ではないか」

「師走の九日……」

小さく繰り返し、ラオンはさらに門に近づいて、唐突に叩き始めた。

トントントン。トントン。トン。トントントントントン。

パク・トゥヨンとハン・サンイクは顔を見合わせた。

「何をしているのだ？　ふざけているならよしなさい」

二人は止めたが、ラオンはそれには答えもせず、再び門を叩いた。

トントントン。トントン。トントン。

「よせと言うのが聞こえないのか？　最近の若い者のすることはさっぱりわからん。いくら叩いたところで、開けてもらえるわけがないだろう」

パク・トゥヨンは苛立って、後ろからラオンを押さえようとした。

「待て」

「しかし世子《セジャ》様、この若造に邪魔をされては……」

門前は水を打ったように静まり返り、パク・トゥヨンは我が目を疑った。

「門が開いた」

固く閉ざされていた門が開き、中から若い下人が顔をのぞかせた。パク・トゥヨンには一言も発さなかった下人が、ラオンに尋ねた。

「今、何回叩きましたか？」

「七回です」

「速いのと遅いの、何回ずつ？」

「速く三回、ゆっくり二回、間に二回です」

「お待ちを」

下人は懐から小さな手帳を取り出し、何枚もめくって指で数を数え始めた。

「何をしている？」

パク・トゥヨンをはじめ、そこにいる全員が状況を飲み込めずにいる中、旲《ヨン》だけがあごに手を当ててうなずいていた。これは一種の合言葉、いや、合図と言うべきか？

下人は数を数え終えると再び門を閉めてしまった。

「また閉めおった。大方、妙な叩き方をしたので様子を見にきたのだろう」

息巻くパク・トゥヨンの目の前で、門は大きく開かれた。


「こ、これは?」

パク・トゥヨンは声も出なかった。もう数日はここで粘るしかないと覚悟したが、これには昊《ヨン》も目を見張った。ラオンが何らかの合図を送ったのは間違いない。まさか、最初からここの入り方を知っていたのだろうか?

すると、先ほどの下人がラオンに手招きした。

「ご案内します」

「わかりました。では」

ラオンは昊《ヨン》の顔を見た。

「この方も一緒にお願いします」

下人は少し迷ったが、

「お好きに」

と言って、中に入った。

下人の案内を受け、門の中へ進んでいく二人を見ながら、パク・トゥヨンは口をぽかんと開けて目をこすった。

「ハンよ、私は狐につままれたのか？　何がどうなっているのだ？」

「ふむ」

ハン・サンイクは指で門をなぞった。文字のようにも山水画のようにも見える紋様。ラオンはこれを見て門を開ける方法を思いついたに違いない。だが、いくら目を凝らして見ても、暗号など見当たらない。ラオンがこの妙な紋様から何を読み解いたのか、ますますわからなかった。

すると、少し離れたところから様子をうかがっていたパク・マンチュンが近寄ってきた。

「世子《セジャ》様はどなたにお会いになるのです？」

パク・トゥヨンは目を見張った。

「これは驚いた。何も聞いていないのか？」

パク・マンチュンは軽く肩をすくめた。

「何も言ってくださらなかったものですから」

「ここは三眉《サムミ》先生のご自宅だ」

それを聞いて、パク・マンチュンは驚きを隠せなかった。

「三眉《サムミ》先生とおっしゃいますと、もしや……」

パク・トゥヨンとハン・サンイクは、そろってうなずいた。

「さよう。あのお方だ」

「そうでしたか。いや、あの方なら世子《セジャ》様が直接お出ましになるのもうなずけます」

パク・マンチュンは胸がいっぱいになった。三眉《サムミ》先生のお力添えがあれば、まさに鬼に金棒だ。

「先生は世子《セジャ》様の手を取ってくださるでしょうか?」

「そのはずだ。ほかの誰でもない、世子《セジャ》様たっての望みなのだからな。命と心得て従うのが臣下たる者の務めだ」

パク・トゥヨンはそう断言したが、パク・マンチュンは渋い顔をした。

「ほかの方ならまだしも、相手が三眉《サムミ》先生となれば……その逆もあり得ましょう」


「お連れしました」

下人は旲《ヨン》とラオンを奥の間に案内し、障子に映る影に向かって告げた。すると、おもむろに部屋の戸が開いて、中から老人が姿を現した。老人の眼光は鋭く、一文字に結んだ口やよく通った鼻筋からは鋼の意志がうかがえて、常人とは思えない貫禄を放っている。この強烈な印象を与える老人こそ、右の眉尻が三つに分かれた三眉《サムミ》先生こと茶山丁若鏞《タサンチョンヤギョン》その人である。

老人は旲《ヨン》を見るなり立ち上がり、無言で頭を下げた。旲《ヨン》も軽く目で会釈をしたが、面を上げた老人が顔を向けたのは旲《ヨン》ではなく、傍《かたわ》らのラオンだった。ラオンもまた、老人から目が離せなかった。

二人はしばらく互いを見つめていたが、やがて老人がゆっくりと口を開いた。

「ラオン」

優しく慈しむようなその声に、ラオンの目にみるみる涙が溜まった。

「……様」

ラオンも何か言ったが、声がつまってうまく言うことができなかった。旲《ヨン》は事情が飲み込めないまま、そんな二人の様子を黙って見ていた。

老人が部屋を出てこようとすると、ラオンは堪らず駆け寄った。

「お祖父様！」

会いたいと願い続けた祖父を、ラオンは声の限りに呼んだ。

二十四　再会

「お祖父様！　お祖父様！」

ラオンの頬を涙が伝った。ラオンはそれを拭って顔を上げ、今度は笑顔で祖父を呼んだ。

「お祖父様」

「ラオン」

ラオンの肩を抱く茶山《タサン》丁若鏞《チョンヤギョン》の手から、ラオンへの深い愛情が伝わってくる。

「達者でいたか?」

「はい。おかげさまで、元気にしています。お祖父様は、お変わりありませんか?」

「この通りぴんぴんしておるわ。相変わらず明るいな、ラオンは」

ラオンはさらに大きく笑った。

「元気に、明るく生きなさいというお祖父様の言い付けを、今も肝に銘じています」

「いい心がけだ」

この子は昔のまま少しも変わっていない。そう思うと、安堵にも似た笑みがこぼれた。笑顔も眼差しも表情も、最後に会ったあの時と少しも変わっていなかった。

老人は古い記憶を辿り始めた。つらいことの方が多かったあの頃のことを思うと、後悔の念に苛まれることもある。だが、濁流に翻弄されていた当時の恥ずべき記憶は、ラオンと出会ったあの日を境に、清く明るくなっていく。もう何年も前のことだが、あの日のことは、今も昨日のことのように覚えている。

あれは冬の、とても寒い日のことだった。ひと晩中吹雪がやまず、顔まで布団にくるまっても、肩から冷気が入り込むほどだった。戸を叩く音がしたのはその時だった。身を抉るような寒さの中、布団から出るのは躊躇われたが、仕方なく外に出てみると、そこには一人の子どもが立っていた。顔も体も真っ黒で、人というより飢えた子犬のような風貌をしていた。何日も食べ物を口にしていないようで、小さな体は骨と皮だけ、その分、大きな両目が際立っていた。年の頃はせいぜい五つか六つ、今にも倒れそうな顔をしてよく万徳山《マンドッサン》の麓まで来られたものだと驚いた。すると、その子は不意に、

「生きたい」

と言った。助けを求めるでもなく、生きたいという言葉を幼い子どもが発するとは思いもしなかった。最後の力を振り絞り、この小さい体で消えゆく命の炎を炊き続けているのかと思うと、胸が潰れた。

自分を裏切った世を儚み、国を憎み、恨んでいたあの頃、丁若鏞《チョンヤギョン》は生きる目的を失っていた。文

離滅裂なこの世の中で、人生の意義を見出せなくなっていた丁若鏞《チョンヤギョン》のもとに現れた幼子は、あるいは天が与えた転機だったのかもしれない。

「お前は、どうすれば生きられる？」

「母と妹が死にそうなのです。家族がいなければ、私は生きられません」

生きたいと言ったのは、そういうことだったのかと理解し、丁若鏞《チョンヤギョン》はその子が生きられるよう、家族を助けに向かった。そして、山奥の暗い洞窟の中に身を丸め動けなくなっていた母親と妹を草庵に連れ帰り、いつ死ぬかもわからない暮らしで名前もないというその子に、思い煩うことなく楽しく生きるようにという願いを込めて『ラオン』と名付け、この世の素晴らしさを一つひとつ教えていった。

ラオンを育てている間は楽しかった。だが、ラオンが初めて訪ねてきたあの夜から五年が過ぎたある日、そんな穏やかな日々は突然、終わりを告げた。

ラオンが九つになったあの年、ラオンたち家族との暮らしが当たり前になっていたあの日、思わぬ形でラオンの素性を知るようになった。見知らぬ男たちが、突然ラオンたち親子を訪ねてきて、ラオンの父が誰か、なぜ冬の雪山で一家が死にかけていたのかを告げられた。実の孫より愛情を注いだラオンは、逆賊洪景来《ホンギョンネ》の娘だった。

丁若鏞《チョンヤギョン》は悲しむことも、憤ることもなかった。ただ、運命とはかくも残酷なものかと乾いた笑いが漏れ出たのを覚えている。一時は彼らを逆賊と、謀反者と糾弾したこともあったが、それはあくまで乱を起こした者たちに対してであり、子どもには何の罪もない。誰の血を引いていようと、父親の姓を受け継いでいようと構わなかった。大事なのは、ラオンが丁若鏞《チョンヤギョン》の人生の一部になり、自分たちの間には血よりも濃い何かが存在しているということだった。

ところが、それから幾日が過ぎたある日、ラオンとその家族は、草庵にやって来たあの夜のように、忽然と姿を消した。最初から存在などしていなかったかのように、跡形もなく丁若鏞《チョンヤギョン》の前から消えてしまった。逆賊の妻子であることを知った丁若鏞《チョンヤギョン》を、ラオンの母チェ氏が恐れたのだろう。あの日から、さらに九年経った。

「突然いなくなって、どこでどう過ごしていたのだ?」

丁若鏞《チョンヤギョン》はぶっきら棒な口調で言ったが、その声にはどこか湿り気があった。

「ごめんなさい、お祖父様。でも、お祖父様こそ、いつこちらにいらしたのです? 前のお宅へうかがったら、引っ越されたあとだったものですから」

「もうずいぶん経った。お前が訪ねてきた時のために、隣近所にここのことを伝えておいたのだが、聞いていないのか?」

「どこか遠くへ行かれたとだけうかがいました」

「そうか、そうだったか」

「でも、またお会いできて、本当にうれしいです」

赤い鼻先を手の甲でこすり、ラオンは昔と同じ顔で笑った。

「笑うな、情が移るではないか。どうせまた黙って行ってしまうのだろう、薄情者め」

事情があるにせよ、一言も告げずにいなくなられたことを思うと、丁若鏞《チョンヤギョン》は大人げなくも拗ねた気持ちになった。だが、久しぶりにラオンを見るその目には喜びがあふれていた。長く離れていたとは思えないほど、互いの気持ちが手に取るように感じられる。泣きながら抱き合って喜びを分かち合うような感動的な再会ではなかったが、二人にはそれで十分だった。

「お祖父様……」

ラオンは喉の奥がつまって、その先を言うことができなかった。丁若鏞《チョンヤギョン》の変わらぬ愛情が伝わり、涙が込み上げてくる。それをごまかすように、ラオンはふてくされた丁若鏞《チョンヤギョン》の腕に抱きついて、甘えるように笑った。

「笑うなと言うのに」

「だって、仕方ないじゃありませんか。笑いが出てしまうのですから。お祖父様から教わったのですよ。この世で一番愚かなのは、自分の気持ちを隠すことだって」

「うそを申すな」

「本当です。うそではありません」

「それを覚えているやつが、黙って出ていったのか?」

「ごめんなさい。あの時はそうするしかなかったのです。母が慌てて決めたことだったので……」

九年前、何も告げずに丁若鏞《チョンヤギョン》のもとを去らなければならなかった理由を、ラオンは聞かされていなかった。

「母さんは元気か？　妹のダニはどうしている？」

丁若鏞《チョンヤギョン》はラオンの目を見て尋ねた。

「おかげさまで、みんな元気にしています」

「それを聞けてよかった。もし元気にしていなければ、大目玉を食らわせているところだ」

「私はお祖父様の孫娘ですよ。家族を不幸にさせるわけがないではありませんか」

ラオンは得意気にあごを突き上げた。

「口達者なやつだ」

丁若鏞《チョンヤギョン》は心から孫娘の無事を喜んだ。

「それはそうと、お祖父様はいつ康津《カンジン》からお引越しをなさったのです？」

「春にお前たちが出ていって、その年の秋頃、流刑が解かれたのを機に移ったのだ」

「それは何よりです。こっそりお訪ねした時にいらっしゃらなかったので、実は心配しておりました」

「そうだったのか」

ラオンが自分を案じていたと聞いて、丁若鏞《チョンヤギョン》は細めていた目をさらに細い逆さの三日月の形にした。そしてふと、旲《ヨン》がいることを思い出して真顔に戻り、ラオンの耳元に顔を近づけて言った。

「ところで、どうしてあのような方と一緒にいるのだ？」

「あのような方？」

ラオンが丁若鏞《チョンヤギョン》の視線を追って振り向くと、旲《ヨン》が神妙な面持ちで佇んでいた。ラオンはやはりひそひそと丁若鏞《チョンヤギョン》に耳打ちした。

「温室の花の世子《セジャ》様のことですか?」

「温室の花の世子《セジャ》様?」

「はい。蝶よ花よと温室で育てられた感じがぷんぷんするので、そうお呼びしているのです」

「そのようなあだ名を付けられて、あの方は何も言わないのか?」

「はい」

「家族まで罪に問い、侮辱罪に処されることもなく?」

丁若鏞《チョンヤギョン》の顔には、よく今日まで無事でいられたものだという驚きがありありと表れていた。

「ちょっと冷たくて優しさに欠けるところはありますが、あだ名を付けられたくらいでお怒りになるほど心の狭い方ではありません」

聞こえないように気を遣ったつもりだったが、振り向くと旲《ヨン》は額に青筋を浮かべて片方の眉をわずかに引きつらせ、しっかり聞こえているぞと無言で凄んでいた。

何という地獄耳!

ラオンは怒られるのではと緊張して目をしばたかせた。すると、旲《ヨン》は気怠そうに胸の前で腕を組み、怒っていないという表情をした。ここで腹を立てては心の狭い男という烙印を押されてしまいそうだ。

そんな二人のやり取りを見て、丁若鏞《チョンヤギョン》はラオンの手を引いて部屋の奥へ連れていった。

「これでは世間知らずの赤ん坊ではないか。一体どうしたらよいのだ」

「どうなさったのです、お祖父様？」

「冗談を言うなら、相手を選びなさい」

「大丈夫ですよ、ああ見えて心の広い方ですから」

「それならよいが、それより、どうしてあの方とお前が一緒にいるのだ？」

「だって、友ですから」

「友？」

「はい。温室の花の世子《セジャ》様は、私たちは友だとおっしゃっています。もちろん、ほかの人たちには内緒ですが」

「では、表向きはどういう関係なのだ？」

「表向きは……」

ラオンが口ごもるのを、丁若鏞《チョンヤギョン》は急かした。

「早く言わないか。お前とあの方は、どういう関係なのだ？」

「君主と臣下の関係というか」

「君主と臣下？　お前まさか、宮廷の女官にでもなったと言うのか？」

思わず声を張ってしまい、丁若鏞《チョンヤギョン》は慌てて自分の手で口をふさいだ。ラオンは照れたように笑って言った。

「もっと秘密の関係に近いかもしれません」

「だから、その秘密の関係というのはどういう関係なのだ？　早く答えないか」

「実は……」

「実は？」

ラオンは腹をくくり、正直に話すことにした。

「私、宦官になりました」

「そうか、そうだったか。お前が宦官になったとはなぁ」

丁若鏞《チョンヤギョン》はようやく事情を飲み込んだ。世子《セジャ》と宦官なら、確かに君主と臣下の間柄と言えよう。それにしても、ラオンが王宮の宦官になっていたとは……。不意に、丁若鏞《チョンヤギョン》は目を丸くした。

「何？　今、何と言った？　お前は何になったのだ？」

「宦官です」

丁若鏞《チョンヤギョン》は目をしばたかせ、もう一度聞き直した。

「その宦官というのは、私が知っているあの宦官のことか？」

「多分……」

「宮中で、王室の方々の手足となって支える、あの宦官のことか？　髭の生えない、女人のような風貌をした、半分男の、あの宦官のことか？」

ラオンは、ははは、と笑った。

「つまり、下の……モノをばっさり切り落とした、あの宦官のことか？」

「はい、その宦官です」

「お前が、あの宦官になったというのか？」

丁若鏞《チョンヤギョン》は絶句した。小さい頃から変わったところがあり、よく突拍子もないことをする子どもではあったが、まさか宦官になっていたとは夢にも思わなかった。女人が宦官になったということを、どう受け止めたらよいかわからず、いっそ冗談だろうと思いたかったが、ラオンの表情を見る限りそうではないらしい。

「信じられませんよね」

「女が宦官になったのだ。お前なら容易に信じられるか？」

「それもそうですね。私だっていまだに信じられませんから」

ラオンはわかる、わかるとうなずいた。


「よくもそのような大それたことを考えたものだ」

宦官になった経緯を聞いて、丁若鏞《チョンヤギョン》はパク・トゥヨンへの怒りを募らせた。

「まだ誰にも気づかれておらんのか？」

ラオンはちらと旲《ヨン》を見て、小さく首を振った。

「それが、どうやら世子《セジャ》様は気づいていらっしゃるようなのです」

「なんということだ」

丁若鏞《チョンヤギョン》は苦悩の表情を浮かべた。

「確かに、あの聡明な方の目をごまかすことはできまい」

「でもお祖父様、世子《セジャ》様はどうして知らないふりをしてくださるのでしょう」

丁若鏞《チョンヤギョン》は焦点を絞るように目を細め、宙を見つめて言った。

「何か理由があるのだろう」

「お祖父様、ここまで来たら正直にお話しした方がいいでしょうか。怒られるなら早い方がいいと言いますし、毎日が薄氷の上を歩いているような気分です」

「早まるでない。先に殴られる者が一番痛い思いをするのだ」

「でも……」

「お前はこの祖父の話を聞いていなかったのか？　殴られる時は、相手の元気がなくなってきた頃を見計らって殴られろと何度言えばわかる？　殴られる側にも要領がいるのだ、要領が。それを心得ていれば、拳骨を受けてもわずかな痛みで済む。外で待っていなさい。この祖父が、あの方の意中を探ってみよう」

「どうなさるのです？」

「私を信じなさい。この祖父が、拳骨を一回でも減らしてやるから」

「そこまでしていただかなくても……」

「馬鹿者！　この祖父を信じろと言うに！」

こういう時のお祖父様が一番怖い。

ラオンは嫌な予感がしてならなかった。


冷水が心地よい音を立てて湯呑みに注がれていく。

丁若鏞《チョンヤギョン》は向かいに座る昊《ヨン》に透き通った黄色い茶を差し出した。

「このたび新たに手に入れた茶でございます。とてもいい味がします。どうぞ、お召し上がりください」

昊《ヨン》は無言でその茶を口に含んだ。たったひと口茶をすすっただけなのだが、その所作には高雅な品が漂い、丁若鏞《チョンヤギョン》はさすがは次期君王だと感心した。

「混じりけのない、澄んだ味がいたします」

物静かに茶の味を評する昊《ヨン》の声は茶よりも芳しく、丁若鏞《チョンヤギョン》はその様子を味わうように見ていた。

「私を訪ねてこられた理由《わけ》をうかがえますか？」

「先生のお力が必要なのです」

「隠居の身となった私に、もはや世子《セジャ》様を支える力など残っておりません」

「新しい国を作りたいのです」

丁若鏞《チョンヤギョン》ははたと顔を上げ、昊《ヨン》の目を見つめた。まっすぐで迷いのない目は、何事にも屈しない強さを宿している。亡くなった先代の王にそっくりだと思った。

丁若鏞《チョンヤギョン》はやるせない心境になり、再び旲《ヨン》から目を逸らした。戻るには失ったものや奪われたものが多すぎる。

「新しい国。歴代の王たちもそうおっしゃいました。しかし、所詮は見果てぬ夢でございました」

永遠に叶うことのない夢なのかもしれません。

「だからこそ、僕の手で成し遂げたいのです」

旲《ヨン》の言葉は本物だった。丁若鏞《チョンヤギョン》は顔色を変えることなく、押し黙ったまま茶をすすり、窓の外に目をやった。遠く、自ら新たに作った小さな寺小屋の子らにまじって、ラオンが遊んでいた。

「時々、後悔することがあります」

「何をですか？」

「あの子に、ラオンという名を付けたことです」

「………」

「どんなに険しい人生も、思い煩うことなく楽しく生きていって欲しいという願いを込めて名付けました。しかし、そのせいで、あの子は泣けなくなってしまったのではないかと、時々胸が痛むのです。涙を奪い、どんな時も逞しく生きることを課してしまったのではないかと」

丁若鏞《チョンヤギョン》は旲《ヨン》に顔を向けた。

「あの子を、どう思っていらっしゃいますか？」

「大切に思っています。先生とラオンは、どのようなご関係なのですか？ ラオンは、お祖父様と呼んでいましたが」

「そういう縁でございます。私はあの子に教わりました。血は水よりも濃いと言いますが、その血より強い絆が、この世にはあるようです」

「どのようにして出会ったのか、聞いてもいいですか？」

「康津《カンジン》にいた頃、寒さに震えていたあの子を助けたのが始まりでした。それからしばらく、あの子が康津《カンジン》を出るまで祖父の役をしていたのでございます」

それを聞いて、旲《ヨン》は人差し指を突き立てた。

「ラオンはよくこうして、『祖父はよく言っていました』と言うのです。生意気にと思うことはありますが、なかなか的を射たことを言うので、いつか祖父という方にお会いしたいと思っていました。ラオンは立派な師を持ったものです」

丁若鏞《チョンヤギョン》は笑った。

「そんなことを言っていましたか。とても賢い子で、いろいろと教える楽しみがありました」

すると、旲《ヨン》は窓の向こうではしゃぐラオンに目を留めたまま言った。

「わかります」

それに、ラオンに感じる愛おしさも。

その眼差しに、丁若鏞《チョンヤギョン》はおや、という顔をした。

「世子《セジャ》様は、あの子のことをご存じなのですか？」

「秘密のことなら、とうに知っています」

人が知らない秘密を自分は知っている。だが、それだけではまだ足りないと旲《ヨン》は思う。もっともっと、この世の誰よりもラオンのことを知りたい。ラオン自身よりもずっと。

そんな思いが強くなるにつれ、柄にもなくやきもちを焼き、執着する自分に驚いてもいる。

今、ラオンを見守る昊《ヨン》の瞳は、純真な思いに満ちていた。

そんな昊《ヨン》と窓の外のラオンを交互に見て、丁若鏞《チョンヤギョン》は目を輝かせた。運命の歯車が、思わぬ方へ動き始めているのを感じた。

「では、もう一つ、うかがってもよろしいですか？」

丁若鏞《チョンヤギョン》はそんな素振りを見せることなく、話を続けた。

「どうぞ」

「世子《セジャ》様が思い描く国とは、どんな国ですか？」

「人が人らしく暮らせる国です」

「人が人らしく」

「王が王らしくある国。臣下が臣下らしくあり、人が人を追いつめ、苦しめることのない世です。泣きたい時は泣き、笑いたい時に笑える、女人が男のふりをして生きなくてもいい時代を、この手で作りたいと思っています」

昊《ヨン》の思いは、丁若鏞《チョンヤギョン》の胸を激しく揺さぶった。

人が人らしく暮らせる国。王が王らしく、臣下が臣下らしく、民が安心して暮らせる太平の世。子どもも大人も老人も、そして女人も、誰もが自分らしく生きられる時代。

この年若い世子《セジャ》に、逆賊の子さえ民として受け入れ守る覚悟があるというのか？

「世子《セジャ》様がどれほど深く大きい国を思い描いていらっしゃるのか、よくわかりました」

丁若鏞《チョンヤギョン》は頭を下げた。

「では、お聞き届けいただけるのですか？　お力を貸していただけるのですか？」

窓の外から、子どもたちの笑い声が聞こえてくる。その中に、ラオンのはしゃぐ声もする。

あの子らが、のびのびと暮らせる世。あの子らが生きていく新しい時代。

丁若鏞《チョンヤギョン》は笑みを浮かべ、顔を上げて言った。

「その前に、お願いがございます」

二十五　部屋は一つ

「ハンよ、世子《セジャ》様が入られてどれくらい経った？」

パク・トゥヨンが聞くと、ハン・サンイクは少し面倒そうに答えた。

「二時《ふたとき》を少し過ぎたところだ」

「そんなに過ぎているのに、なぜ音沙汰一つないのだ？」

「さあな」

すでに日は西に傾き始めている。雲が低く垂れ込めた空を見上げ、パク・トゥヨンは居ても立ってもいられなくなった。

「三眉《サムミ》先生はもしや、世子《セジャ》様のお頼みを断るつもりではあるまいな？」

「そうやすやすと引き受けられる話でもあるまい」

「ふんっ、世子《セジャ》様のお頼みだぞ？　断れるものか」

「仮に王様のお頼みであっても、あの御仁の心を動かすのは容易ではないだろう」

「ハンよ。お前、どちらの味方なのだ」

「誰の味方というのではなく、考えてもみろ。ありもしない罪を着せられ、十八年もの間、流刑に処されたうえに、お家は断絶。だのに今さら力を貸してくれと乞われたところで、お前ならすんなり聞き入れられると思うか？」

「そうは言うが、もとはと言えば天主教を信仰したあの方が悪いのではないか」

「三眉《サムミ》先生が、全羅道《チョルラド》の康津《カンジン》に流刑に処されたのは、辛酉教獄《しんゆうきょうごく》と呼ばれる天主教への弾圧と、それを告発する黄嗣永《ファンサヨン》の帛書《はくしょ》の一件によるところが大きい。それを先生の責任と言えるのか？」

「それはそうだが」

「パクよ、無責任なことを言うべきではないぞ。流罪が十八年にも及んだのは、三眉《サムミ》先生を朝廷から放逐せんとする老論《ノロン》と外戚の思惑が働いてのこと。そんなこと、その辺の野良犬も知っておるわ」

ハン・サンイクの言うことは正鵠《せいこく》を射ていて、パウ・トゥヨンは返す言葉がなかった。だが、ふと何か閃いて、得意気に言った。

「ハンよ、お前さんよく言ってくれたな。お前の言うように三眉《サムミ》先生を追い込んだのは老論《ノロン》と外戚の連中であって、世子《セジャ》様ではない。世子《セジャ》様には何の落ち度もないということだ」

「話の通じんやつだな」

「失敬な！　私が何だと言うのだ」

「世子《セジャ》様のお体に流れる血の半分は、その外戚の連中のものだということを忘れたのか？」

パク・トゥヨンは腹を立てた。

「ハンよ、さっきからいちいち棘があるぞ」

「私は事実を言ったまでだ。ほかに意味などあるものか」

「何があるのです？」

言い合いを始めた二人の耳に、不意にラオンの声が聞こえてきた。二人がほぼ同時に振り向くと、門の向こうからラオンが来るのが見えた。その後ろには昊《ヨン》もいる。二人は我先にと昊《ヨン》のもとへ駆け寄った。

「世子《セジャ》様、いかがでございましたか？」

「三眉《サムミ》先生は何と申されましたか？」

昊《ヨン》は返事をせず、辺りを見て言った。

「パク・マンチュンが見えないが」

「パク殿でしたら、一刻ほど前に急ぎ漢陽《ハニャン》へ戻りました」

「漢陽《ハニャン》に？」

「お母上が危篤という知らせが届いたのでございます」

「それはいけない。何ともなければよいのだが」

「して、世子《セジャ》様、話し合いはいかがでしたか？　三眉《サムミ》先生は何と？」

「今日は宮中に戻れそうにない」

昊《ヨン》は淡々とそう言って馬に跨った。

「ハンよ、どうやらうまくいかなかったようだな」

パク・トゥヨンは肩を落とした。

「だから言ったではないか。今はまだ、機が熟していないのだ」

ひそひそ声で話す二人に、昊《ヨン》は言った。

「ハン尚膳《サンソン》とパク判内侍府事《パンネシブサ》はここに残ってくれ」

「かしこまりました。十回打ってだめなら、百回打ってでも三眉《サムミ》先生という大木を……」

「打たなくていいから、奥へ行って先生の荷造りを手伝ってくれ。大きな決断をなさったのだから、迎えるこちらの準備にも抜かりがあってはならない」

パク・トゥヨンとハン・サンイクは、昊《ヨン》が何を言っているのかわからなかった。

「世子様《セジャ》、それはつまり……」

「引き受けてくださった」

「では、世子様《セジャ》のご要請を？」

「ああ、受けてくれたよ」

パク・トゥヨンはにわかには信じられず、思わず聞き返した。

「本当に、丁若鏞《チョンヤギョン》先生にお力添えをいただけるのですね？」

昊《ヨン》がうなずくと、パク・トゥヨンはようやく実感が湧いて、ハン・サンイクに言った。

「ハンよ、聞いたか？　茶山《タサン》先生がついに承諾なさったそうだ」

「さっきまで三眉《サムミ》先生と言っておいて、調子がいいぞ」

「三眉《サムミ》先生とは失礼な！　こうしてはいられない。先生の気が変わる前に、ハンよ、早く荷造りをしてしまおう」

パク・トゥヨンは大急ぎで門の中に入ろうとして、昊《ヨン》に振り向いた。

「ところで世子様《セジャ》、世子様《セジャ》はどちらへ行かれるのです？」

「先生から最初で最後の頼み事をされたので、今からそれを調達しに行くのだ」

昊《ヨン》が愉快そうに答えると、パク・トゥヨンは目を丸くした。

「茶山《タサン》先生に、何を頼まれたのです？」

すると、ラオンは消え入るような声で答えた。

「それが……桃が欲しいとおっしゃって」

嫌な予感がすると思っていたが、やはり変わっていなかった。自分を信じろと言う時のお祖父様は、決まって突拍子もないことをする。あれから九年も経っているので、まさかと思ったが、お祖父様は温室の花の世子《セジャ》様の頼みを聞く代わりに桃が食べたいと言い出した。今は季節外れの冬だが、もし桃を食べさせてくれたら世子《セジャ》様の願いを聞き入れると。

もちろん冗談で言ったのだろうが、温室の花の世子《セジャ》様は真に受けてしまった。お祖父様もお祖父様だが、それに応じる世子《セジャ》様も世子《セジャ》様だ。

だが、それを聞いたパク・トゥヨンは、目を吊り上げて怒り出した。

「世子《セジャ》様、三眉《サムミ》先生は頭がどうかしてしまわれたようです。冬に桃が食べたいなどと、嫌ならきっぱりと断ればよいものを、言うにこと欠いて桃が食べたいなどと」

これにはハン・サンイクもパク・トゥヨンを味方した。

「その通りでございます。世子《セジャ》様に桃を調達させようとするなど、言語道断でございます。身重の女人ならまだしも、冬に桃ですと？　もう我慢なりません。いえ、これ以上は我慢いたしません！」

パク・トゥヨンとハン・サンイクは鼻息荒く、門の中に入ろうとした。

「茶山《タサン》だか多産だか知らないが、今日という今日はもう許さん。ハンよ、行くぞ」

「望むところだ」

肩を並べて突き進む二人の後ろ姿に、昊《ヨン》は笑いながら低い声で呼んだ。

「ユル」

すると、世子翊衛司《セジャイギサ》ハン・ユルが音もなく現れた。毎度のことながら、気配を発さないユルに、ラオンは驚かされてばかりだ。

「ユル、お前は今からあの者たちの様子を見てきてくれ」

「あの者たちとは、影の者たちのことでございますか？」

出立《しゅったつ》する前、昊《ヨン》は外戚の者たちの目を眩ますため、あらかじめ別のところに影武者を向かわせていた。

「皆、仕事人だけあって追っ手はおりませんでした」

昊《ヨン》はうなずいた。

「だからこそ心配なのだ。この程度でごまかされる相手ではないはず。何か問題があったのではないかと気にかかる」

「しかし、わたくしが行ってしまえば、世子《セジャ》様の護衛を務められなくなります。急ぎ、ほかの翊衛《イギ》司《サ》の者たちを向かわせます」

「僕の護衛なら白雲会《ペグネ》にも頼んである。心配は無用だ」

昊《ヨン》はそう言って、ユルの耳元に顔を近づけてさらに続けた。

「それに、翊衛司《イギサ》だからと信用してよいとも限らない。追っ手を寄こさないのもおかしい。影たちの動きを見張るふりをして、翊衛司《イギサ》の者たちを監視してくれ」

確かに、とユルは思った。昊《ヨン》の言う通り、翊衛司《イギサ》が外戚の者たちに手懐けられているとしたら、一大事だ。

「御意にございます」

ユルはすぐに動いた。

皆がいなくなると、昊《ヨン》は手を後ろに組んで微笑んだ。

「さてと、これで邪魔者が消えた」

おしゃべりなパク・トゥヨンとハン・サンイクはここに残り、ユルは翊衛司《イギサ》の見張りでしばらく戻らない。翊衛司《イギサ》の監視というのは、もちろんただの口実だった。

「やっと二人きりになれたな」

夕暮れ時の空の下、ラオンは手綱を握り、純真な表情をして馬上の昊《ヨン》を見上げた。

「では、我々も出発するとしよう」

「どこへ行かれるのです？」

「隣で聞いていたのではなかったのか？　桃を調達しに行くのだ」

「冬に桃だなんて、本気になさらないでください。あれは祖父なりの冗談なのでしょう。まだお伝えしていませんでしたが、わたくしの祖父は冗談を言って人を困らせるのが好きなのです」

「ここに行けば桃が手に入るとおっしゃっていた。冗談かどうかは、行けばわかるさ」

「暗い山中でもし道に迷ったら、どうなさるおつもりですか？」

「それも悪くなさそうだ」

「そんな」

「お前と一緒なら、道に迷うのも悪くないだろう」

「口は禍《わざわい》のもとです。縁起でもないことをおっしゃらないでください」

「そういうお前こそ、いつまでおしゃべりを続けるつもりだ？　こうしている間に夜になってしまうぞ。どうする？　今すぐ行って桃を手に入れるか、暗い山中で道に迷うか」

「急ぎましょう」

　ラオンは手綱を引こうとした。

「強情なやつだ」

昊《ヨン》は馬上から身を乗り出して、ラオンの腰をさらうように持ち上げて自分の前に座らせた。来る時は緊張し切っていたラオンも、今度は慣れた様子で大人しく昊《ヨン》の前に収まっている。そして、心地よさそうに腕の中でつぶやいた。

　この乗り方、くせになりそう。


「どういうおつもりですか？　今夜は大雪になりそうな空模様ですよ。もしかしたら世子《セジャ》様は、ひと晩、雪山で過ごすことになるかもしれません」

侍童は昊《ヨン》を案じ、丁若鏞《チョンヤギョン》を問い質《ただ》した。

「心配ないだろう。ヘウル旅籠《はたご》に行く道を記した地図を渡してある」

「ヘウル旅籠《はたご》なら、オクソン婆さんの旅籠屋《はたごや》ではありませんか」

侍童は青くなった。

「オクソン婆さんは最近、耄碌《もうろく》して会話もろくにできないともっぱらのうわさです」

「知っておる。時折様子を見にいっている私が、それを知らないはずがあるまい」

才に恵まれた茶山《タサン》丁若鏞《チョンヤギョン》は、医術にも精通していて、この辺に住む者たちの治療も行っていた。このところ、以前にも増して物忘れのひどくなったオクソン婆さんも、常々気にかけている患者の一人だ。

「それをご存じで、どうしてあのような高貴な方を行かせたのです？　オクソン婆さんに嫌な思いをさせられたのは、一人二人ではありません。近くを通る行商の者たちも、婆さんの旅籠屋《はたごや》を避けてわざわざ遠回りをするくらいなのですから」

侍童は責めるように言ったが、丁若鏞《チョンヤギョン》は顔色一つ変えずに言った。

「だからこそ、行ってもらうのだ」

「なぜです？」

「久しぶりに再会した孫娘に約束したからな。どうやっても拳骨を食らわなければならないのなら、少しでも痛くないようにしてやると」

「痛くない拳骨などあるのですか？」

「オクソン婆さんなら、そうしてくれるはずだ」

「どういうことです？」

「苦しい時を共に乗り越えた者の絆ほど強いものはない。そういう相手には、拳骨などできないものだ」


暗い山道に、綿のような牡丹雪が降り注ぎ、昊《ヨン》とラオンの頭や肩にも、雪が積もっている。馬は雪の山中を進むことができず、二人は馬を麓に残して歩いて雪の山道を進んでいた。

ラオンは息を弾ませ、桃のありかを記した手元の地図を確かめながら、腰元まで積もった雪を掻き分けている。

「ここはどこだ？」

「この辺りにあるはずなのですが」

祖父から渡された地図には、確かにこの場所が示されている。だが、辺りを見渡しても桃はおろか、桃の木一本見当たらない。

「道を間違えたのではないか？」

「そんなことはありません」

ラオンがむきになって言い返すと、昊《ヨン》は笑って言った。

「冗談だ。そう怒るな」

「この状況で笑いが出ますか？　道に迷ったのですよ？　それも、この寒い雪の山中で」

お祖父様、これでは桃はあの世で食べることになりそうですと、ラオンは祖父を恨んだ。

「お祖父様の家でひと晩泊まって、明日の朝出発すればよかったですね」

冬山は日暮れと共に一気に冷え込み、足はすでに感覚を失って、手の感覚も弱くなってきている。身を切るような寒さの中で凍えるラオンとは違い、昊《ヨン》はまるで散策でもするように雪の中を進んでいた。

「そうはいかない。ことを起こす前は、人目につくような行動は避けるべきだ」

「冬山で凍え死ぬよりはましです」

口調は強かったが、ラオンは不安でいっぱいだった。このままでは死ぬのは時間の問題に思えた。すると、昊《ヨン》は明るく微笑んで言った。

「幸い、凍え死ぬことはなさそうだぞ」

ラオンが訝しむと、昊《ヨン》はおもむろにどこかを指さした。その指先の指す方を見ると、黄色い灯がぽつんと一つ、灯っていた。暗闇を照らす一つの灯りが、こんなにも人の心をほっとさせるものなのかと、ラオンは喜んだ。

「これで助かりました」

希望の灯りに向かって進むラオンの後ろを、昊《ヨン》は悠々とついて歩いた。

大きく開いた萩の戸の外、『酒』と書かれた小さな灯りを灯した寂れた藁葺の宿。

「この山奥に、どうして旅籠屋《はたごや》なんて」

「行商の者たちが使うのだろう」

「なるほど」

ラオンは中をのぞいて声をかけた。

「すみません、ごめんください」

ところが、何度呼んでも返事はなかった。

「どなたかいらっしゃいませんか？　お留守でしょうか」

誰も出てくる気配はないが、あまりの寒さに耐えられなくなり、ラオンは無礼を承知で灯りのついた部屋の戸を恐る恐る開けてみた。幸い、部屋の中には人がいた。

「誰だい？」

中で布団を敷いていた老婆が、外からの冷たい風に気がついて振り向いた。腰の曲がったその老婆は、ゆっくりとラオンたちの方へ近づいてきた。

「何か用かい？」

「山中で道に迷ってしまいました。この雪ですから、ひと晩、こちらで泊まりたいのです。部屋を二つ、お願いします」

ラオンが頼むと、老婆は歯の抜け落ちた歯茎をむき出しにして笑い、右手の人差し指を立てて言った。

「一つ」

「はい？」

「部屋は一つだよ」

「いえ、二つ、お願いしたいのですが」

「部屋は一つだ」

ラオンと旲《ヨン》は顔を見合わせた。同じ部屋で寝るのは初めてではないが、それは旲《ヨン》に正体を知られていないと思っていた時のことで、今とは事情が違う。

ラオンは焦った。男女七歳にして席を同じゅうせずと昔の人は言っていた。どうしよう、どうしたらいいの、お祖父様！

二十六　もう無理だ

老婆は旲《ヨン》とラオンを狭い部屋に案内した。雪に覆われた人気のない山奥の宿だが、二人が通された部屋はよく片付いていて、まるで客が来るのを知っていたかのように温められていた。おかげでかじかんだ手足に少しずつ感覚が戻り始め、ほっと身がほぐれるようだった。と同時に、心地よい睡魔が襲ってきた。一瞬、気が緩んで寝てしまいそうになったが、ラオンは無理やり瞼をこじ開けた。

「旅籠《はたご》があって助かりましたね。寒さを凌げるだけで御の字です」

東宮殿《トングンジョン》の寝所とは比べものにならないほど狭く粗末な部屋なので、ラオンは旲《ヨン》の顔色が気になった。案の定、旲《ヨン》は眉間にしわを寄せて不満そうにしていた。旲《ヨン》は短く息を吐くと、ラオンに言った。

「そこで何をしている？」

「はい？」

「壁にべったりくっついて、何をしているのかと聞いているのだ」

部屋は狭いが、旲《ヨン》はむしろ満足していた。気に入らないのは部屋ではなく、ラオンの態度だった。壁にぴたりと身を寄せて、膝を立てて亀のように身を丸めている。警戒心を露わにするラオンを見て、旲《ヨン》はやはり気のせいではなかったと思った。

今朝、漢陽《ハニャン》を発《た》つ時から、ラオンがどこか自分に距離を置いているような気がした。肌が触れる距離にいても、二人の間には見えない壁があるようだった。最初は考えすぎかと思った。大事を控え、緊張しているせいだとも思った。

だが、やはりそうではなかった。壁にめり込むようにぴたりとくっついているラオンの姿は、全身で『私はあなたを警戒しています』と言っている。

旲《ヨン》は警戒される理由を考えた。祖父との思わぬ再会で、何らかの気持ちの変化が生じたのだろうか。いや、たとえそうだとしても、ラオンが僕を警戒する理由にはならない。

旲《ヨン》は気を紛らわせようと、戸を開けて服についた雪を払った。吹雪は相変わらずで、すぐに戸を閉めてラオンの様子をうかがうと、ラオンは相変わらず膝に顔を埋め、目だけこちらを向いている。

「ここへ」

旲《ヨン》は手を差し出した。

「何です？」

ラオンは強張った表情で聞き返した。

「肩に雪が乗っている。払ってやるから、こっちへ来い」

「大丈夫です、自分でできます。ほら、この通り綺麗になりました」

あからさまなその態度に、旲《ヨン》は眉間のしわが深くなった。

「いつまでそうしているつもりだ」

「何のことでございますか？」

「そこにそうしていられると、気になって仕方がない。もっと中に来い」

「気にならないようにいたします。息をする音も立てませんから、わたくしのことはいないものと思ってください」

ラオンは両手で自分の口を覆った。体を丸め、口まで隠したその姿は小さな野兎のようで、旲《ヨン》には可愛くてたまらなかった。

「隅にいては寒いだろう。妙なことを考えていないで、早くこっちへ来るのだ」

「ここも十分温かいので、どうぞお気遣いなく。わたくしはここがちょうど……痛い！」

「言うことを聞かないからだ」

額に拳骨をした旲《ヨン》に、ラオンは言った。

「世子《セジャ》様は本当におかしな方です。気づいていらっしゃいますか？　どうして何でもかんでもご自分の思い通りにしようとなさるのです？」

「何でもかんでも気に入らないことばかりするからだ」

「世の中には、自分の思い通りにならないこともあるのです」

「僕にはない。今までも、これからもない」

「この世の中、そんな人が、どこにいるものですか」

「ここにいる。世子《セジャ》にもなると、できないことよりできることの方がはるかに多くなるのだ」

「でしたらわたくしも、生まれ変わったら世子《セジャ》になります」

そして、温室の花の世子《セジャ》様を必ず私の宦官にします。

「それは生まれ変わる時に考えろ。今はとにかく、こっちへ来るのだ。これは命令だ」

昊《ヨン》が睨むと、ラオンは渋々膝歩きで昊《ヨン》のそばへ寄った。

「最近、横暴が過ぎると思いませんか?」

「最近、お前が言うことを聞かなくなったからな」

「自分で言うのも何ですが、わたくしはもともと、人の言うことをよく聞く子でした」

「ではどうして僕の言うことは聞かないのだ?」

「それは、世子《セジャ》様が変な命令ばかりなさるからです」

「僕の命令が変か変でないかは僕が決めることだ。お前ではない」

「そんなの、不公平です」

「世子《セジャ》に向かって不公平などと言うのはこの口か?」

昊《ヨン》は意地悪な表情をして、ラオンの両頬を左右に引っ張った。

「おやめくらはい!　痛いれふ!」

ラオンは両手で抗ったが、ふと何かに気がついて動きを止めた。

「今度は何だ?」

昊《ヨン》もその視線を追って後ろを向くと、部屋の片隅で子犬が丸まっていた。あまりの寒さに、子犬を案じた老婆がこっそり部屋に入れたようだった。

「可愛い」

ラオンは白い綿のような子犬を抱き上げた。

「今度は子犬か」

やっとラオンの警戒が解けたと思ったら、思いもしない邪魔が入った。ラオンは愛おしそうに子犬に笑いかけ、手の平で優しく子犬の背を撫でている。その姿を見ていると、昊《ヨン》は次第に子犬が羨ましくなった。自分も子犬だったら、ラオンに抱きしめてもらえるのに……。

だが、すぐに我に返り邪念を振り払うように頭を振った。

何を考えているのだ。僕は世子《セジャ》だぞ。

一国の世子《セジャ》ともあろう僕が、子犬にやきもちを焼くなんてどうかしている！

昊《ヨン》は冷や水を浴びたような顔をして、自分自身に呆れてしまった。

「母犬の乳を飲ませてもらえないから、部屋に入れてやったんだよ」

いつの間に用意したのか、老婆は雑炊《クッパ》を二つ抱えて部屋に入ってきて、ラオンに抱かれた子犬を見て言った。

「乳を飲ませてもらえないとは、どういうことです？　母犬は、どこか悪いのですか？」

「病気ならまだましさ。母犬と言ってもいろいろだからね。我が子のためなら命がけで守ろうとするのもいれば、こいつの母親みたいに産みっぱなしでどこかへ行っちまう情のないのもいる」

「それじゃ、この子の母犬は、生まれたばかりの子犬を置いてどこかへ行ってしまったのですか？この子は、これからどうなるのです？」

「どうするもこうするも、生まれ持った運命《さだめ》に従って生きるしかないだろう。母犬の乳が飲めなくても育つもんは育ち、そうでないもんは死ぬだけさ」

それを聞いて、ラオンは胸が痛んだ。

「でも、お婆さんと会えたから、この子は命拾いしましたね」

「さあね。命拾いになるかどうかなんて、わからないよ」

「お婆さんが餌をくれるのですから、命は助かるではありませんか」

「犬も人も、ただ食えればいいってもんじゃないだろう？」

「どういう意味です？」

老婆は手で自分の腹と胸を叩いて言った。

「ここが減れば死ぬが、ここが減っても生き物は生きられないってことさ。そばで見守り、世話をしてくれるものがあってこそ子は育つんだ。いくら飯をやったところで、母親の愛情がなければ弱い子になって、不思議とすぐに病気になるのさ」

老婆は溜息を吐いて立ち上がった。

「その小さいのを横に下ろして、冷めないうちにあんたも食べな。雪の中、山道を迷って来たなら腹も減っているだろう」

「はい、もうお腹と背中がくっつきそうです」

笑顔で匙を手に取ったラオンに、老婆が声を潜めて言った。

「小さいお兄さんは、食べ終わったら土間においで」

「土間ですか？」

「来ればわかるさ」

老婆はそう言い残して部屋を出ていった。何の用かは知らないが、この狭い部屋に昊《ヨン》と二人きりでいるよりはいい気がして、ラオンは雑炊《クッパ》をかき込んだ。

「ちょっと、行ってまいります」

「一緒に行こうか？」

「いいえ、すぐそこですから」

背中に昊《ヨン》の視線を感じながら、ラオンは逃げるように土間へ向かった。


土間に入ると、そこには木の丸い槽《おけ》が置かれていた。槽《おけ》の中には湯がたっぷり張られていて、木の香りが溶け込んだ湯気が立ち込めている。

「何を驚いているんだい」

茫然と立ち尽くすラオンに、婆さんが言った。

「山の中を迷っていたなら、手足が冷え切っているだろう。風呂にでも入って温めてやらないと、年を取って困るのはあんただ。冷えは万病のもとだからね。だから薬と思って、ゆっくり入りな」

「お婆さん」

老婆の心遣いはありがたいが、ラオンはすぐに入ることができなかった。戸惑い、佇むラオンに、老婆は言った。

「あたしは八十年生きてきたんだ。これだけ生きていると、人には見えないものが見えることもある」

「そうなのですか？」

ラオンは思わず笑ったが、それを見た老婆は言った。

「どんな事情があるのか知らないが、若いお兄さんが男か女かくらい、すぐに見分けがつくものさ」

ラオンは、はっとなった。

「お、お婆さん……」

「驚いたかい？」

「どうしてわかったのです？」

それもひと目見て。

「言っただろう？　この年になると、人には見えないものが見えるようになる。その代わり、みんなに見えるものが見えなくなることも増えるけどね」

老婆は歯茎をむき出しにして、おかしそうに笑った。

「戸を閉めて行くから、安心して入るといい。古いが着替えも置いておくから」

「とてもありがたいのですが……」

ラオンは、昊《ヨン》のいる部屋の様子が気になった。すると、老婆はすぐに察して言った。

「安心しな。あっちの兄さんは、あたしが捕まえておくよ。あの人も体が冷え切っているだろうから、酒でも一杯呑ませれば、すぐに寝ちまうだろう」

「ありがとうございます！」

ラオンは老婆の心遣いが身に染みた。

温かい湯に身を浸すのはいつぶりだろう。宮中でも風呂は入れるし、宦官用の風呂場も別に用意されている。だが、ほかの者たちと一緒に入るわけにはいかず、毎晩遅くに資善堂《チャソンダン》の土間で烏の行水をするのがやっとだった。

ラオンは雪で濡れた服を脱ぎ、子どものようにはしゃぐ気持ちで湯の中に飛び込んだ。湯の中に入ると、冷え切った手足にたちまち血が巡り始め、立ち込める湯気に肌まで蘇るようだった。張っていた神経も鎮まっていく。指先で湯を掻きながら、ラオンはゆっくりと目を閉じた。湯に浮かぶ乾いた花びらの香りを胸いっぱいに吸い込むと、得も言われぬ幸福感に満たされた。青ざめていた頬は赤味を帯び、額にはじんわりと汗の粒が浮かんだ。身も心もほぐされて、ラオンはつかの間の幸せを噛みしめた。

ところが、その時、土間の戸が開いた。先ほどラオンが入ってきた側とは反対側の戸だ。ちょうど土間の中央に子どもの背丈ほどの萩垣があるので、開けられるまでそこに戸があることさえ気づかなかった。どうして一つの土間に二つも入口があるのか、この萩垣はなぜ置かれているのか、動転するラオンの目に昊《ヨン》の姿が飛び込んできた。続いて、聞き覚えのある台詞が聞こえてきた。

「安心して入るといい。古いが着替えも置いておくから」

ラオンは眩暈《めまい》がした。部屋から出ないように酒を呑ませてくれるんじゃなかったの?

喉元まで出かかった言葉を飲み込んで、ラオンは頭まで湯の中に浸った。だが、すぐに息苦しくなって顔を出した。様子をうかがう限り、旲《ヨン》はすでに服を脱いで湯の中に入っているようだった。

考えたら合点がいかないことばかりだった。行商の人たちがひと休みをしに立ち寄る程度の安宿に風呂が用意されているはずがない。それだけでもおかしいのに、ここには浴槽が二つも置かれている。儒教の教えが厳しいこの国で、男女が同じ風呂に入るなど考えられないことだ。

それに、よくよく考えてみれば、女人のための風呂をわざわざ用意する宿など聞いたことがない。つまりここは、あのお婆さんが作った風呂場ということになる。あっちの兄さんは、あたしが捕まえておくよと言ったお婆さんの声が耳元でこだましている。

萩垣の向こうから、浴槽の湯が波打つ音が聞こえてきた。

ラオンはすでに茹蛸のように真っ赤になっている。すぐにも老婆に問い質《ただ》したかったが、隣に旲《ヨン》がいる今は大きく息を吸うのもままならない。とにかくここを出るのが先だ。

ラオンは音を立てないよう、ゆっくりと着替えの服に手を伸ばした。緊張で口の中がからからに乾いている。呼吸を長くして、こういう時ほど落ち着いて、慌てないでと、嫌な焦りを抑えて何とか服を着ようとするも、濡れた体ではなかなか袖を通せない。

旲《ヨン》のいる方を凝視しながらやっと服を羽織ることができたが、濡れたまま無理やり着たので服は体に貼りついて、体の凹凸が露わになっている。それでも裸よりはましだと思うことにして、ラオンは急いで風呂場を出ようとした。ここを出たら、一目散に部屋に駆け込もう。ラオンはゆっくりと浴槽から足を下ろした。

「ラオン」

だが、唐突に呼び止められて、ラオンは悲鳴を上げて浴槽の中にしゃがみ込んだ。その頭上に、長い影が伸びてきた。いつの間に風呂から出たのか、旲《ヨン》は着替えまで済ませて萩垣を越え、ラオンの方へ来ていた。ぼんやりと湯面に浮かぶ旲《ヨン》の顔を見て、ラオンは気を失いそうになった。

ずっと見られていたのだろうか。まさかとは思うが、足音もなく近づいてこられたのだから、こちらが気づいていなかっただけで、本当はずっと見られていたのかもしれない。

ラオンは不安と恥ずかしさで頭がいっぱいになり、真っ赤な顔を湯の中に沈めた。このまま気を失ってしまいたかったが、旲《ヨン》は容赦なくラオンの長い髪を引っ張り上げた。

「いつまで潜っているつもりだ?」

旲《ヨン》にされるがままに湯の中から引き揚げられ、ラオンは目を開けて顔を上げた。旲《ヨン》は大きな樽の縁にあごを乗せていて、二人の目が合った。今も十分危険な状況だが、旲《ヨン》が服を着ているのが不幸中の幸いに思えた。もし裸のまま来られたら……想像するだけで心臓が爆発してしまいそうだ。今も体中の血が集中しているのではないかと思うほど心臓がバクバク言っている。

きっと、相手が世子《セジャ》様だからなのだろう。

ラオンは顔を背けようとしたが、旲《ヨン》は許さなかった。そして、ラオンを自分に向けさせたまま、旲《ヨン》はささやくように言った。

「どうしようか」

「ど、どうするとは？」

「これ以上は、もう無理だ」

「何が無理なのです？」

このまま知らないふりをし続けること。いつまで続くかわからない我慢をし続けること。

子どもの頃からずっとそうだった。聖君になるには何事も我慢、我慢と言われ、物心ついた時にはすでに我慢していることにも気がつかなくなっていた。痛くても痛いと言わず、会いたくても会いたいと言わず、怒りも悲しみも我慢して、我慢して……だがもう、自分の気持ちを抑えていたくない。これ以上、目を背けたくはない。待ち続けるのも、待っているうちに失うのも嫌だ。

「一度だけ言う。逃げるなら今のうちだ」

「世子様《セジャ》」

「三つ数える」

「お待ちください」

「一つ」

昊《ヨン》は湯の中のラオンの手をつかみ、

「二つ」

ゆっくりと顔を近づけて、

「三つ」

唇を重ねた。

「時間切れだ。お前はもう、永遠に僕のものだ」

その言葉は蔦のようにラオンの体に巻きついて、抗うことなどできなかった。

互いの手を強く引き寄せ、立ち込める湯気の中に、二人の吐息が溶けていった。

二十七　お前が好きだから

「一度だけ言う。逃げるなら今のうちだ」

温室の花の世子《セジャ》様は言った。

「世子《セジャ》様」

「三つ数える」

「お待ちください」

まだ心の準備ができていません。

「一つ」

数えながら、世子《セジャ》様は湯の中の私の手をつかんできた。今のうちだと言っておいて、これではどこへも逃げられない。

「二つ」

世子《セジャ》様の顔が、ゆっくりと近づいてくる。

「三つ」

唇に触れる柔らかな感覚と、絡み合う二人の吐息。

「時間切れだ。お前はもう、永遠に僕のものだ」

くちづけを交わしたばかりの唇からささやかれるその言葉は、呪文のようにラオンの体に巻きついた。短いくちづけのあと、昊《ヨン》はじっとラオンを見つめた。

するとラオンはおもむろに、呆然とした顔で立ち上がろうとした。

「どうした？」

「逃げていいとおっしゃったので」

「はぁ？」

昊《ヨン》は呆れ笑いを浮かべる一方で、胸がきゅんとなった。ラオンには敵わない。

昊《ヨン》はラオンの頭を押さえて湯の中に戻した。

「それは三つ数える前のことだ」

「手をつかまれていては逃げられません」

「当たり前だ。この状況で、お前を行かせるわけにはいかないからな」

昊《ヨン》はそう言って、ラオンの手を持ち上げた。思った通り、指先が赤くなっている。

「やっぱりな。だから荷物を持つと言ったのだ。意地を張って言うことを聞かないから、見ろ、凍傷になりかけているではないか」

「痛くはありません。少し痒いだけです」

「ちゃんと処置をしないと、取り返しのつかないことになるぞ」

昊《ヨン》は赤くただれたラオンの指を自分の口に近づけて、まるで痕を残すように唇に押し当てた。

指先から昊《ヨン》の体温が伝わり、ラオンは肩をすくめた。

「何をなさるのです」

「見ての通りだ。大事な友が凍傷になるのを放っておくわけにはいかない」

今しがたくちづけを交わしたばかりの男に友と言われ、ラオンが傷つかないはずがなかった。自分の立場で世子《セジャ》様に友と言ってもらえたなら、それは感謝すべきことかもしれない。だが、そう考えてみても、友という言葉の寂しさは紛れなかった。

「世子《セジャ》様は、友なら誰にでもこのようになさるのですか？」

「まさか、するわけないだろう」

「ではなぜわたくしにはしてくださるのです？」

「わからないか？　僕にとってお前は、お前は……特別な友だからだ」

「特別な友とは、どういう意味ですか？」

「意味か。それは難しいな」

昊《ヨン》は少し考えて、にやりと笑った。悪いことを考える時の表情だ。昊《ヨン》はラオンが身構えるより早く、指先から手の甲、そして手首へとくちづけをし始めた。ラオンはくすぐったくなり、身をすくめた。

「お、おやめください」

「嫌だ」

昊《ヨン》はラオンを押さえ、ゆっくりとラオンの肌の上に唇を移していった。腕から肩に、そして白いうなじに、熱っぽい息がかかる。

「おやめください！」

ラオンは堪らず、思い切り昊《ヨン》を突き飛ばした。その力は思いのほか強く、昊《ヨン》は萩垣の向こうに倒れ込んでしまった。


ラオンは驚いて、昊《ヨン》が心配になった。

「だ、だから言ったではありませんか。一度でやめてくださらないからです。世子《セジャ》様の悪い癖です。お直しにならないと……」

いつもなら言い返してくるのに、昊《ヨン》はしんとしている。ラオンは口をつぐみ、荒く結われた萩垣の向こうに目を凝らした。そろそろ起き上がってもいい頃だが、昊《ヨン》は死んだように何も発さない。

「どうなさったのです？　もしかして、どこかぶつけられましたか？　世子《セジャ》様、世子《セジャ》様？」

いくら呼んでも反応がなく、ラオンはいよいよ不安になった。当たりどころが悪かったのだろうか。もしかしたら湯の中に落ちて気絶しているのかもしれない。ラオンの中に、焦りが募り始めた。

「世子《セジャ》様？」

首をできる限り伸ばしたが、昊《ヨン》の姿は見えなかった。ラオンは中腰になり向こう側をのぞいた。

「世子《セジャ》様、大丈夫ですか？」

それでも見えず、ついには湯の中から身を乗り出して昊《ヨン》の姿を捜した。すると、萩垣の下から手が伸びてきて、ラオンを捕えた。ラオンが悲鳴を上げると、下から昊《ヨン》がひょっこり顔を出して、

「やっと顔を見て話せるな」

と、いたずらっぽい笑顔を見せてきた。昊《ヨン》は起き上がり、子どもを抱き上げるようにラオンを持ち上げて、湯の中に引き入れた。狭い槽の中、二人は服を着たまま湯に浸かった。濡れた服は昊《ヨン》の肌にぴたりとついて、体の線が露になっている。ラオンは堪らず昊《ヨン》に背を向けた。

「お、お戯れが過ぎます」

「垣を挟んでいては話せないではないか」

「だからって、このようなこと……褒められたことではありません」

「友なのだから、構うものか」

「どうして倒れたふりなどなさったのです？　当たりどころが悪かったのではないかと心配しました。毎回、毎回、あんまりです」

「毎回、毎回、騙されてくれるから、面白くて、ついな」

「呆れました」

ラオンが怒ると、昊《ヨン》はうれしそうに言った。

「心配したか?」

「当たり前です」

「どうして?」

「え?」

「どうしてそんなに心配するのだ?」

するとラオンは毅然とした表情で昊《ヨン》を見返した。

「世子《セジャ》様がおっしゃった通りです。わたくしと世子《セジャ》様は友です。それも、とても特別な」

一本取られた形になり、昊《ヨン》は笑いながら背後からラオンを抱き寄せて、白い肩に顔を埋めた。湯気の中に、若い娘の肌の匂いが漂っている。柔らかな温もりもたまらなく心地よくて、昊《ヨン》は改めて、胸の中にすっぽり収まって息をしているこの女《ひと》が、たまらなく好きだと思った。


「世子《セジャ》様……」

後ろから昊《ヨン》に抱きしめられたまま、ラオンは小さく昊《ヨン》を呼んだ。

「ん？」

返事をした昊《ヨン》の声は、少しまどろんでいるようだった。

「世子《セジャ》様は、わたくしと、このようなことをなさってはいけません」

「どうして？」

「わたくしは、世子《セジャ》様が望むような人ではないと、ご存じではありませんか」

「僕が望む人とは、どういう人だ？」

ラオンは振り向いて、深く青黒い瞳をじっと見つめ、下唇を噛んだ。

「ご存じではありませんか……」

「おかしなやつだ。僕が何を知っていると言うのだ。禅問答はやめて、はっきり言ってくれ。僕が望む人とは、どういう人だ？　どうしてお前は、僕が望む人になれないのだ？」

「それは……」

ラオンは覚悟を決めた。

「わたくしが、女だからです」

「………」

「世子《セジャ》様にうそをついていました。世子《セジャ》様だけではありません。わたくしを知るすべての人にうそをついてきました。女の身で宦官になり、宮中の定めに背きました。そのようなわたくしが、世子《セジャ》様に相応しい人になどなれるはずがありません」

すべてを打ち明け、ラオンは気持ちが楽になるのを感じる一方で、恐ろしくもなった。昊《ヨン》がとうに知っていたとわかっていても怖かった。昊《ヨン》の態度が、自分を見つめる眼差しが、これを境に変わってしまうような気がして、怖くてたまらなかった。

だが、昊《ヨン》は優しくラオンを見つめるばかりだ。

二人はそのまま、しばらく時が止まったように互いを見つめ合った。そして再び口を開いた時、昊《ヨン》は、

「やっと言ってくれた」

と言った。

その一言に、ラオンは目に涙を浮かべた。

「ずっと、待っていてくださったのですか？」

「待っていた。今日か明日かと、お前が話してくれるのを毎日、毎日、待っていた」

「どうして、何もおっしゃらなかったのですか？」

「お前だからだ、ラオン。お前なら、いつか自分から打ち明けてくれると信じていた」

「一生、話さないつもりでおりました」

「いいや、お前は話してくれていたはずだ」

旲《ヨン》の眼差しには、ラオンへの信頼が込められている。

「理由を知りたいとは思わなかったのですか？」

「隠さなければならないだけの事情があるのだろうと思った。それがどんな事情でも、お前のことなら、僕に受け止められない理由などない」

この人は、心から私を信じてくれている。

涙がこぼれそうになり、ラオンはわざと唇を尖らせた。

「本当に、人に言えないような事情だったらどうなさいます？」

「それは話を聞いてからだ。それが僕にも受け止めがたいものか、受け止める努力をすべきものかは、それから考える」

「でも……」

ラオンは困った顔をした。

「どこからどうお話しをすればよいか、わからないのです」

女でありながら宦官になった経緯をどう説明すればいいのだろう。いや、むしろそれなら説明できる。問題は、なぜ男として生きることになったのかだ。その理由は、ラオン自身も知らされていなかった。母チェ氏は、お前が生きていくため、命を守るためだとだけ言うばかりで、旲《ヨン》に事情を話そうにも、ラオンには言いようがなかった。

「訳あり気な顔で言っておいて、わからないはないだろう」

旲《ヨン》は呆れたように言った。

「違うのです、本当にわたくしも知らないのです」

「わかった、ならもうよい。ただ、どうして女人であることを僕に言ってくれなかった？　お前が話してくれるまで待つつもりでいたが、それがいつまで続くか見えない中では、待たされるのもつらい」

「言わなかったのではなく、言えなかったのです」

「どうして？」

「わたくしが言えば、家族も罪に問われるからです」

旲《ヨン》はすぐには言葉が出なかったが、やがてうなずいた。

「お前の言う通りかもしれないな。僕にとっては何でもない話だが、お前にとっては自分の命ばかりか、家族をも危険にさらすことになるのだから、言えなかったのも無理はない」

自分のことより家族が大事なラオンのことだから、余計に話せなかったのだろうと旲《ヨン》はラオンの気持ちを思いやった。

「私からも、うかがってもよろしいですか？」

「何だ？」

「いつからご存じだったのですか？　わたくしが男ではないと、いつお気づきになったのです？」

すると、旲《ヨン》は笑い、ラオンの髪を解いた。長い髪が、ふんわりとラオンの肩にかかった。

「この姿を初めて見た時だ。初めて髪を下ろして僕の前に現れた時に気がついた。お前が女人であることを」

「でも……世子《セジャ》様は女人の顔を覚えられないはずでは？」

「それは今も同じだ」

「それなのに、わたくしの顔はおわかりになったのですか？」

「それが、僕も不思議なのだ。お前の顔だけはひと目でわかったのだから」

「わたくしを男と思っていたからでしょうか」

「そうかもしれないな。あるいは」

「あるいは？」

「初めから、本能ではわかっていたのかもしれない。お前が男ではなく、女であることを。だから、これからはもう、僕が望む人ではないなどと言わなくていい。僕は最初から、お前を女人として見ていた。お前は、僕が求めている人だ」

「世子《セジャ》様……」

「前にも言ったが、僕は、お前が何者でも構わない。男でも女でも、どちらでもいい。僕はお前がいいのだ。僕にとって大事なのは、お前がホン・ラオンであること。それだけだ」

「怒っていらっしゃらないのですか？」

「どうして怒る必要がある？」

「どんな事情があるにせよ、わたくしは世子《セジャ》様を欺きました。罰を受ける覚悟はできています。どんな罰も、甘んじてお受けいたします」

「どんな罰でも？」

「はい」

ラオンは目をつぶり、下を向いた。そんなラオンの頭を、昊《ヨン》は大きな手の平で包んだ。

「ここでそのようなことを言えばどうなるか、わかっているのか？」

思わず顔を上げたラオンを、昊《ヨン》は優しく抱き寄せた。

「罰を与えるのではないのですか？」

「これが罰だ。僕はもう、お前に怒ることも、罰を与えることもできなくなってしまった。お前を悲しませることなど、何一つできなくなってしまった」

「どうしてです？」

「それは……」

ラオンは息を呑んで、昊《ヨン》の次の言葉を待った。

「お前が好きだからだ」

二十八　旅籠屋《はたごや》の正体

「今、何と？」

「お前が好きだ」

「わたくしを、好き？」

口に出してみても、実感が湧かなかった。まるで他人の服を着せられているようだ。

好きだという一言に込められた昊《ヨン》の気持ちに、ラオンの中で不安と喜びが込み上げて、ひと筋の涙が頬を伝った。それが何の涙なのかはラオンにもわからなかった。ただ、好きだという昊《ヨン》の声が耳元でこだまして、涙が止まらなかった。手が震え、どこを見ていいかもわからない。

昊《ヨン》はラオンの頬を包んだまま、自分の方に顔を向けさせた。

「好きだ。心から、ホン・ラオンが好きだ」

眼差しから昊《ヨン》の真剣な思いが伝わってきて、ラオンは再び涙を流した。

「わたくしは、世子《セジャ》様のために何もして差し上げられません」

「お前に何かして欲しいと思ったことはない」

「世子《セジャ》様はそうでも、わたくしは、して差し上げたいのです。好きな人に何かしてあげたいと思うのは、男も女も同じです」

ラオンが思いの丈をぶつけると、昊《ヨン》はうれしそうに微笑んだ。

「その気持ちだけで十分だ」

「世子《セジャ》様……」

「お前が僕を好きでいてくれた。僕にはそれだけで十分だ。ほかに何を望む？　お前が一途に僕を思っていてくれさえすれば、ほかに何もいらない。だから、僕のために自分を変えようとすることも、自分に責任を課す必要もない」

「ですが……」

「責任は僕が負う。僕が、お前に相応しい男になる」

そんなふうに思うのは生まれて初めてだった。自分には一生訪れないと思っていた恋。誰かのために変わりたい、何かをしたいと思ったことなど一度もなかった。そんな自分が今、目の前にいるラオンのためなら、何でもしてあげたいと願っている。

「世子《セジャ》様……」

ラオンは声が震えた。その赤くなった鼻先を、昊《ヨン》は愛おしそうに指先で撫でて言った。

「ただし、隠し事は二度としないでくれ。僕たちの間に、もう秘密はなしだ」

ラオンは声にならず、ただうなずいた。悲しいわけではないのに、涙が込み上げて喉元が締めつけられる。

「どうした？」

「わかりません。涙が勝手に出てくるのです」

「泣くなよ」

「はい」

人前で涙を見せたことなどなかったのに、今は涙腺が壊れたように涙が止まらない。

「泣くなと言うに」

「はい、泣きません」

「泣きやまないと、罰を与えるぞ」

「はい」

ラオンは何度もうなずいたが、涙は次々にあふれて頬を濡らすばかりだ。

旲《ヨン》は濡れたラオンの頬にくちづけをした。ラオンの高ぶっていた感情が、少しずつ落ち着いていく。旲《ヨン》の唇は鼻筋を下り、再び唇に重なった。涙の味がするその唇を、ラオンは目元の涙を拭いもせずに求めた。その時、旲《ヨン》は自分を抑えていた何かが外れたような気がした。

「ラオン」

「世子《セジャ》様」

「もう一度言う。逃げるなら今のうちだ」

「…………」

「いや、やはりだめだ」

旲《ヨン》はそう言って、ラオンの首筋に顔を埋めた。

「もうお前を離さない」

この温もりを、胸を締めつけるほどの愛しさを、失いたくないと心から思った。

母の腹に宿ったその瞬間から、両親の子ではなかった。ゆくゆくは一国の君主となる、建国以来数えるほどしかいない嫡男の世子《セジャ》。それが自分につけられた呼び名であり、生まれ持った足かせでもあった。

朝目を覚ましてから夜布団に入るまで、常に世子《セジャ》でいなければならなかった。自分の意思で決められることなど一つもなかった。宮中のどこにいても向けられる人々の視線や、聞こえてくるひそひそ声。記憶にある限り、母に抱きしめられたこともない。幼い子どもにとって、世子《セジャ》に与えられた部屋は恐ろしいほど広かった。その広い部屋の中で、朝から晩までいつも一人だった。すべてを手にして生まれてきたが、そこに自らが望んだものは何もなかった。あの時、心から欲しかったもの。それは、母の胸に抱かれ、父の手の平で頭を撫でてもらうことだった。

だが、現実には父母から引き離され、大勢の知らない大人たちに囲まれて過ごすことを強いられた。大人たちはいつも我慢しろ、王になる高貴な身だ、何事にも忍耐を持ってこそ立派な君主になれると言った。民の父になる者として、寂しくてもその感情を人に悟らせてはならないと教え込まれた。父母が恋しい時、風邪を引いた時、怖い夢を見て夜中に目を覚ました時でさえ、そばで抱きしめて涙を拭いてくれる者はいなかった。

そのうち、四方の壁が自分に向かって迫ってくる夢を見るようになった。狭い木の樽に閉じ込められていくような怖い夢だ。やがて目を閉じるのが怖くなった。眠れぬ夜が何日続いても、添い寝をしてくれる人はいなかった。その孤独は、今も心の中に深く巣くっている。一番いて欲しい人にいてもらえない寂しさは、代わりを当てがわれたところで埋められるものではなかった。

すべては世子《セジャ》たる者が背負うべきものだと皆が口をそろえた。綿入りの服を着て、分厚い布団に包まっていても、温まることがないのが君主の人生なのだと。

その人生を、受け入れて生きてきたつもりだった。我慢しろと言われれば我慢し、耐えろと言われれば耐えた。万民の父たる者、特別な思い入れを持つべきではないと言われてからは、自ら人を求めることもやめた。

だが、ラオンだけは離したくなかった。今度ばかりは、我慢などしない。僕が心から求め、そばにいて欲しいと願うのはただ一人、ラオンだけだ。もう、この思いを止めることはできない。

旲《ヨン》は戸惑うラオンを座らせて、ゆっくりと顔を近づけた。潤んだ小さな唇が、旲《ヨン》の唇に触れた。細く震える息と、梔子《くちなし》のような甘い匂いが肺の中に広がっていく。懐かしい記憶に似たその香りを口に含み、旲《ヨン》は心の底からラオンを愛おしいと思った。

だがふと、このままラオンが消えてしまいそうで怖くなった。これは幻ではないかとさえ思えてきて、その存在を確かめるように、旲《ヨン》は夢中でラオンの唇を求めた。

酒を呑まなくても酔うことがあるのだと、今、初めて知った。今すぐラオンのすべてが欲しい。震える華奢な体と、強い鼓動を伝えてくるこの女《ひと》と、一つになれたら。旲《ヨン》は自分の体にめり込むほどラオンをきつく抱きしめて、細くしなやかな背中に沿って指先を這わせた。

そんなふうに触れられるのは初めてで、ラオンは昊《ヨン》に唇を覆われたまま、溜息交じりの声を漏らした。息も声も、昊《ヨン》の唇の中に放たれ、溶けていく。

母の乳房を吸う赤子のように、昊《ヨン》がラオンの唇を食むと、ラオンは無意識に身をよじった。湯の中に浸かる爪先から、痺れるような感覚が伝わってくる。

「世子《セジャ》様……」

ラオンは吐息のような声を漏らした。心臓の波打つ音が頭の中に響いて、ほかには何も考えられなくなった。

唇から首筋へ、凹凸のある鎖骨は昊《ヨン》の衝動を掻き立てた。

今は世子《セジャ》ではなく一人の男でありたい。身分も何もかも忘れ好きな女《ひと》を抱く、ただの男に……。

昊《ヨン》は熱を帯びた眼差しでラオンを捕らえた。ラオンも、もうその眼差しを避けなかった。昊《ヨン》は再び白い首筋に唇を這わせた。

「ラオン……」

昊《ヨン》がささやくたび、ラオンの肌は敏感に反応した。耳元を叩く心臓の音。激しい鼓動と鼓動が重なり、昊《ヨン》は体の奥から熱いものが込み上げてくるのを感じた。それが膨らむほどに、さらに強く、さらに激しくラオンを求めずにはいられなくなる。

このまま、細胞が破裂してしまうのではないかと怖くなる。だが、それでもいいと思えた。ラオンの肌に包まれて、明滅する星のように散るのなら本望だ。

「オクソン婆さん？」

少年は両目をぱちくりさせて、困惑気味に再び口を開いた。

「この辺りでは知らない人はいません」

「有名な婆さんなのだな」

ハン・サンイクは少年の向かいに座り、身を乗り出して聞いた。

「一体、どう有名なのだ？」

すると、少年は少し困ったような表情をした。

「変わり者なのか？」

パク・トゥヨンは隣で焼き芋を頬張りながら、やれやれといった様子だ。夕食を終え、パク・トゥヨンとハン・サンイクは、丁若鏞《チョンヤギョン》の家の門屋で少年とのおしゃべりに興じていた。冬の最中、季節外れの桃が食べたいと言った茶山丁若鏞《タサンチョンヤギョン》にはまだ会えてもいない。体格のいい下男に阻まれ、奥に通してもらえないのだ。

それでも、世子《セジャ》様が戻るまでこの家から一歩も動かないとパク・トゥヨンが言い張ると、丁若《チョンヤ》鏞《ギョン》は二人にこの門屋を用意した。

ハン・サンイクは膳を退けて、焼き芋を運んできた幼い従侍に改めてオクソン婆さんのことを尋ねた。先ほどから、下人たちがひそひそとオクソン婆さんのことを話しているのが気になっていた。

「自分のことを、空から来た玉皇《ぎょくこう》の仙女《せんにょ》だと思っているお婆さんです」

パク・トゥヨンはもうひと口、焼き芋をかじって言った。

「玉皇《ぎょくこう》の仙女《せんにょ》だと？　それはおかしな婆さんだな」

「そうなのです。そればかりか、婆さんの旅籠屋《はたごや》に泊まった人はみんな、大変な目に遭っているそうです」

「変わった婆さんがいたものだ」

「昔は優しいお婆さんだったのに……」

少年は悲しそうにうつむいた。

「お婆さんの息子さんが兵に取られたせいで、ああなってしまったのです。あの時、徴兵に行く代わりに布を納めていれば、あんなことにならずに済んだのに。息子さんがいた頃は、この辺りでも評判の、ちゃきちゃきの元気なお婆さんだったんです」

「倅に何かあったのか？」

ハン・サンイクが聞くと、少年はうなずいて事情を話し始めた。

「息子さんは、祝言の日取りも決まっていました。それなのに、兵隊に行って、お城の壁を作っている時、突然壁が崩れて下敷きになってしまったのです。一人息子に先立たれたお婆さんは、それから体を壊すようになって、二年ほど前から、あのようになってしまいました」

この世で一番大きな悲しみは、我が子を亡くした母の悲しみと言われる。身を裂かれるような絶望を味わい、正気でいられる人はいない。

「それは気の毒に……」

「まったくです。以前はそれでもなんともない日の方が多かったのですが、最近はほとんどあの調子だそうです。とにかく、息子さんが亡くなってから、行商の人たちも嫌がって宿に寄りつかなくなってしまいました」

「そのことだが、客は婆さんに何をされたのだ？」

「それが……」

「言ってみろ」

「男のお客さんと、女のお客さんを……」

少年は急に赤くなって口をつぐんだ。パク・トゥヨンはしわの刻まれた唇を薄く開いて、にやりと笑った。

「そういうことか！」

パク・トゥヨンがうなずくと、少年は気恥ずかしそうにうなずいた。

「はい」

「まったく、いやらしい婆さんだ。だが、それならむしろ、それが目当ての好色な客もいるのではないか？」

パウ・トゥヨンが卑猥な笑みを浮かべると、少年は不思議そうに見返した。

「なぜそのような顔をする？」

「お爺様方は、心配なさらないのですか？」

「心配？」

焼き芋をかじりながら、パク・トゥヨンは目をしばたかせた。

「お爺様方と一緒にいらした、あの身分の高い方のことです」

「あの方がどうした？」

「お婆さんの旅籠《はたご》に行かれたのに、心配ではないのですか？」

パク・トゥヨンとハン・サンイクは、焼き芋を頬張る手も口も止めて顔を見合わせた。しばらく時が止まり、パク・トゥヨンは慌てて立ち上がった。

「お前の主は、その婆さんの宿に世子《セジャ》様を送ったのか？」

すると、ハン・サンイクは呆れたように首を振った。

「パクよ、今まで何を聞いていたのだ？」

「ハンよ、貴様！」

パク・トゥヨンは目を吊り上げて怒り出した。

「それを知りながら、こんなところでぬくぬくしておったのか！」

「もう横になろうかと思っていたところだ」

「馬鹿者！　今すぐ世子《セジャ》様を追うぞ！」

「この夜更けに、どうやって雪山を登ろうと言うのだ？　世子《セジャ》様にお会いする前に、お、お、お迎えが来てしまうぞ」

「ほかにどうしろと言うのだ」

「黙って残りの芋を片付けろ」

　ハン・サンイクは湯気の立つ芋をパク・トゥヨンに手渡した。

「騒ぐことがあるか。世子《セジャ》様のお供を誰だと思っているのだ。余計な心配などしていないで、茶山《タサン》先生をどう料理するかを考えろ」


「向こうを向いていてください。絶対に見ないでくださいね」

　ラオンは湯を張った浴槽を出ると、濡れた服を脱いでオクソン婆さんが用意してくれた寝巻きに着替えながらくしゃみをした。

「見ていませんね？」

　と言ったそばから、またくしゃみが出た。

「見ていないと言っているだろう」

　壁に向かって座り、昦《ヨン》は胸を痛めていた。ラオンがくしゃみをしているのは、風呂の中に長くいすぎたせいに違いない。

　一方で、ラオンが自分と同じ気持ちでいてくれたことがわかり、安堵してもいた。いつも拒まれてばかりいたので、先ほども、本当は嫌がられるのではないかとびくびくしていた。だが違った。

あの杏のような唇で、ラオンは確かに、自分を好きだと言ってくれた。

昊《ヨン》は微笑み、後ろから聞こえてくる布がすれる音に耳を澄ませた。

「絶対、絶対、見ないでくださいよ」

ラオンは何度も釘を刺した。

着替えを済ませて部屋に戻ると、そこには寝巻きと夜食が用意されていた。あのお婆さん、こういうところは気が利くのだなと思いながら、二人は互いに背を向けて、それぞれに用意された寝巻きに着替えた。

「あれ?」

「どうした?」

「こちらを向かないでください。何でもありませんから」

思わず振り向きそうになった昊《ヨン》に、ラオンはぴしゃりと言った。再び布がすれる音が続いた。

「やっぱりおかしい。この服、寝巻きじゃないみたい」

何がおかしいのだろうと昊《ヨン》が振り向くと、ラオンは今にも泣き出しそうな顔をして、

「服がおかしいのです」

と言った。

「………………」

「やっぱり、あのお婆さん、様子が変です」

服と昊《ヨン》の顔を代わる代わるに見て泣きそうになっているラオンに、昊《ヨン》は茫然とうなずいた。

「そのようだ。おかげで僕はうれしいが」
着替えを済ませたラオンの姿に昊《ヨン》は、ひと目で心を奪われていた。それはラオンが日頃着ている
ような男の服ではなく、女人が着るものだった。それも、裳《チマ》の下に着る白い内裳《ソクチマ》と上に着る白い内《ソク》
赤衫《チョクサム》、その上に羽織った韓紅《からくれない》色の絹の上衣《チョゴリ》には、鳳凰のつがいと牡丹が刺繍されている。老婆が
用意したのは、寝巻きと言うより祝言を挙げた新婦が着る装いだった。
長い髪を下ろして花嫁の服をまとったラオンは息を呑むほど美しく、昊《ヨン》は時を忘れて見とれた。
口の中が乾いて鼓動が速くなり、ほかには何も考えられなかった。
昊《ヨン》は唇を噛み、拳を握って衝動を抑えた。だが、その様子を誤解して、ラオンは赤い顔をして言
った。
「そんなお顔をなさらないでください」
どうせ似合わないことは、私もわかっています。
寝巻きでは何だからと羽織った服が、よりによって婚礼の衣装だったとは。この旅籠屋《はたごや》の正体が
ますます気になって、ラオンは部屋の中を見渡した。すると、部屋の片隅に置かれた夜食に目が留
まった。小ぶりな膳の上には簡単な夜食と瓢箪の形をした盃が二つ乗っていた。それはどう見ても、
祝言を挙げ、初夜を迎える夫婦に用意された膳だった。

二十九　離さないで

鮮やかな韓紅《からくれない》色の服は、それ自体が花のようで、裾を埋め尽くす蓮の刺繍は今にも香ってきそうだ。たった一人の人のために着るその服は、悲しいほど美しい。だが、ラオンはそんな感傷に浸っていられないほど憤り、縁起物の十長生《シプチャンセン》が刺繍された袖をまくった。

「あのお婆さんのいたずらに決まっています」

「いたずら？」

「一言、言ってきます。いくら何でも度が過ぎています」

腹を立てるラオンを、昊《ヨン》は引き留めた。

「落ち着け。お前も言っていたではないか。あのお婆さんは少し様子がおかしいのかもしれない」

「ですから、それを確かめに行くのです。止めないでください。お風呂場でのこともそうですし、もう我慢できません」

ラオンは言ったそばからはっとなり、慌てて手で口を覆った。風呂場でのことは、思い出すだけで顔が火照る。熟れたざくろのように頬を赤くして、ラオンは余計に腹を立てた。

「あのお婆さん、絶対に許しません！」

そう言って、昊《ヨン》から逃げるように部屋を飛び出した。

部屋を出た途端、身を切るような寒さが襲ってきた。ラオンは両腕で自分の肩を抱き、小走りで小さな庭を横切って宿の主の部屋に向かった。間もなくして灯りのついた部屋が見えてくると、ラオンはできるだけ落ち着いた声で言った。

「お婆さん」

「…………」

だが、返事はなかった。聞こえないのかと思い、ラオンはさらに声を張って婆さんを呼んだ。

「お婆……」

すると、婆さんは勢いよく戸を開け、しわだらけの顔をのぞかせた。

「お婆さん、この服なのですが」

「プニかい？」

ラオンは一瞬、誰のことかわからなかった。だが、婆さんは戸惑うラオンの様子など目に入っていない様子で話を続けた。

「寝ないで何をしているんだい。初夜なのに、旦那を放って置いちゃいけないよ」

「お婆さん、お人違いをしているようです。私はプニさんではありません」

「ソクのやつ、何かお前の気に障るようなことをしたのかい？」

「お婆さん、ですから私はプニさんでは……」

「あいつは口数が少なくて、気の利いたことを言えるような男じゃないけど、中身はいい子だよ。今、お前が着ているその服だって、今日のためにあの子が用意したんだ」

「お婆さん……」

「それを用意するために、あの子がどんなに苦労したか、お前も知っているだろう。兵隊に行く代わりに軍に納める布を買おうと貯めたお金で用意したんだ。自分の息子だけど、あれは本物のいい男だ。だから、ちょっと腹の立つことがあっても、大目に見てやってね」

「………」

「さあ、早く行きな。いつまでもそんなところにいたら体が冷えちまうよ。ソクがこの日をどんなにか楽しみにしていたか、お前が一番よく知っているだろう。覚えてるかい？　ほら、前にあの子が死んだってうわさが流れた時、祝言の日取りも決まっていたのにって、村中が大騒ぎだったじゃない」

　いつの間に、婆さんの目元は湿っていた。

「みんな、ソクは死んだと言ったけど、あんたとあたしだけは信じてた。あの子は必ず帰ってくるって。今思ってもおかしいね。元気に嫁までもらったあの子が死んだなんて。人の口なんて、当てにならないものね」

　婆さんの涙が、目元のしわを伝うのがわかった。悲嘆に暮れた目で心からうれしそうに笑う婆さんに、ラオンは胸がつまった。

「本当に綺麗だよ、プニ。ソクがあれほど嫁にもらいたがったわけだわ」

お婆さんは、本当に私をプニさんだと思っている。

ラオンはそれ以上、何も言うことができなかった。

「ほら、ソクが待ってるよ。早く行きなさい。あんたにとっても、今日は一生に一度の特別な日なんだから。そんな寒いところにいちゃいけないよ」

婆さんに行きなさいと手を振られ、ラオンは思わずうなずいてしまった。部屋に戻ろうとするラオンに、婆さんは最後に言った。

「プニ」

「はい」

「絶対に手を離すんじゃないよ。大事なものこそしっかりつかんで、片時も離しちゃいけない。これがあたしの命綱なんだと思って、自分の旦那の手を、しっかり握っていくんだよ」

「……はい」

「返事を聞いて安心したわ。綺麗だね、うちの嫁は。本当に綺麗だ」

婆さんは安堵の表情を浮かべて戸を閉めた。ラオンはその後もしばらく、その場を動くことができなかった。

「こんなはずじゃなかったのに」

抗議するつもりでここへ来たはずだった。それ以上に、もっと楽な服はないか聞きたかったが、婆さんはすでに寝息を立てている。こんなに早く寝られるものかと、ラオンは狐につままれた気分だった。


「それで戻ってきたのか」

ラオンは肩を落とした。

「はい。それ以上は何も聞けませんでした」

「だから止めたのに」

せっかく温めた体が冷えてしまっただろうと、昊《ヨン》は胸が痛んだ。

「お婆さんが本当にご病気だったなんて、知らなかったのです」

そのうえ、この服を寝巻きにして寝られるはずがなく、ラオンは項垂れた。

「脱いで寝ても構わないぞ」

「わたくしは構わなくありません」

ラオンは刺すような言い方で返した。

「そう怒ることないだろう」

「だって、世子《セジャ》様が変なことばかりなさるから」

「変なこと？」

「そうですよ」

昊《ヨン》の顔色がみるみる曇っていった。ずっとそんなふうに思われていたのかと思うと、落ち込まずにはいられなかった。

ラオンは少し言い過ぎたかと後悔した。何も悪いことをしていないのだが、無駄に息苦しくなって、ほかに話題を探した。

「そういえば、お祖父様から世子《セジャ》様にと、預かっていたものがございました」

「茶山《タサン》先生が？」

「はい。もし今夜、二人で宿に泊まることになったら、この文《ふみ》を必ずお渡しするようにと託っておりました」

手渡された文《ふみ》を開くと、そこには茶山《タサン》の達筆な字がしたためられていた。

世子《セジャ》様

冬の桃はこの世のものではなく、天の果実でございます。

天の果実を人間が欲すれば、相応の代価を払わなければなりません。

人間が背負うにはあまりに酷な業を課されることもありましょう。

それでも手に入れたいですか？

世子《セジャ》様にとり、毒になるやもしれぬ桃です。

「お祖父様は何と？」

昊《ヨン》の肩越しから文《ふみ》をのぞき、ラオンが聞いた。すると、昊《ヨン》は苦笑いを浮かべた。

「僕はまだ、お前のお祖父様に信じてもらえていないようだ」

これは僕に向けられた疑心だろうか？　それとも、これが孫娘を案ずる祖父の気持ちなのだろうか？

後者ではないように思える。二人きりで話した時も、茶山《タサン》先生はラオンに対する心配を十分に口にしていた。それを文《ふみ》にしたためて、再び釘を刺してくるのには何か別の意味があるように思える。単にラオンが女人であるという理由以外に、何か……。

昊《ヨン》はふと、前にユンソンに言われたことを思い出した。ユンソンにも似たようなことを聞かれた。ラオンについて、知っているのかと。僕では絶対に、ラオンを幸せにすることができないと。あれは僕が知らない、もっと大きな秘密があることを暗に言っていたのだろうか。

「何を考えていらっしゃるのです？」

ラオンは昊《ヨン》の顔をまじまじと見て言った。その瞳は純粋そのもので、とても隠し事をしているようには見えない。ましてや一点のうそも浮かんでいない。

だとしたら、ラオン自身も知らない何かがあるのだと昊《ヨン》は思った。これまでラオンが隠してきたのは女人であることだけだ。だが、本当はそれよりもっと大きな、ラオンも知らない秘密があるに違いない。昊《ヨン》はそう確信し、あらゆる事態を想定した。

「世子《セジャ》様、お加減でもお悪いのですか？」

昊《ヨン》は首を振った。

「いや、ちょっと考え事をしていただけだ」

自分を案ずるラオンを見て、昊《ヨン》は心を決めた。

毒でも構うものか。この気持ちは変わらない。たとえそれが、僕の命を脅かすことになるとしても。

昊《ヨン》は膳の上の酒瓶を傾けた。盃に先に注いで、ラオンにも聞いた。

「お前も呑むか？」

「いえ」

これでは三三九度のようで、とてもいただけないとラオンは思った。

「わたくしはご遠慮いたします」

「珍しいな」

「このお酒を呑んだら、世子《セジャ》様とわたくしは共白髪まで添い遂げなければならなくなります」

照れ隠しに、ラオンは冗談を言った。

「だめなのか？」

すると、昊《ヨン》は急に真剣な顔をして言った。

「お前と僕と、この酒を酌み交わし、共に白髪になるまで一緒にいてはいけない理由などどこにもない」

「そのようなことを、おっしゃらないでください。わたくしのような者が世子《セジャ》様と一緒になど、許されるはずがありません」

昊《ヨン》が暗い顔をするのがわかり、ラオンは慌てて言った。

「変な意味ではございません。わたくしはただ、あれです。最初に資善堂《チャソンダン》でお会いした時、世子様《セジャ》がおっしゃったではありませんか。世子様《セジャ》のそばにいようなどと、夢にも思うなと」

「僕が、そんなことを言ったのか？」

「確かに、そうおっしゃいました」

「…………」

「でも、ご安心ください。言われなくても、そのような恐れ多いこと、夢にも思いません」

「……思えばよいではないか」

「はい？」

「思えばいいと言ったのだ。お前が僕のそばにいて、何が悪い？」

「世子様《セジャ》」

旲《ヨン》はじっとラオンを見つめた。

僕がお前を必要としているのだ。お前さえいてくれれば、ほかには何もいらない。

そう訴えてくるその眼差しから、ラオンは思わず顔を背けた。

「本当におわかりになりませんか？　世子様《セジャ》はこの国の君主、次代の王様であらせられます」

ですから、そんな目で見ないでください。期待させるようなことを言わないで……私だってつらいのです。こうしてお顔を見ていられるのも過分な幸せなのだと、誰よりも私がよくわかっています。だからもう、これ以上、私の気持ちを揺さぶらないでください。

「ラオン」

「嫌です。世子《セジャ》様が何とおっしゃっても、わたくしにはできません。世子《セジャ》様のおそばにいたいとわたくしが望むなんて、罰が当たります」

不意に、昊《ヨン》の目が鋭くなった。

「嫌だと？」

「はい」

「それが、お前の本心か？」

「………」

「本心かと聞いたのだ」

「わたくしの本心など、どうでもいいことです」

「僕にはよくない。答えろ。これまでお前と僕の間にあったものは何だったのだ？　僕はお前のことが好きだと言った。お前も僕を好きだと言ってくれた。あの告白は何だったのだ？　これまで僕にしてくれたことや言ってくれたことは何だったのだ？」

「その時は、そういう気分だったのです」

「うそだ」

人の気持ちをここまで揺さぶっておいて、今さら嫌だの気分だの、冗談ではない。お前のその何気ない一言が、どれほど僕の心を傷つけているか、わからないのか？

「僕は、お前が欲しいだけだ」

ラオンの瞳が揺れた。

「夢みたいなことをおっしゃらないでください。わたくしはただの宦官で、女人でも何でもな……」

突然、昊《ヨン》の唇がラオンの唇を覆った。ラオンは抗ったが、うなじに大きな手が回され、逃れることはできなかった。昊《ヨン》の吐息が、潮のように押し寄せてくる。柔らかな感触、清らかな澄んだ香り。この唇を永遠に含んでいたい。もっと深く知りたい。この奥に何があるのか。きっと、一度知れば二度と忘れられない禁断の果実が入っている。

だが、ラオンは容易には受け入れてくれなかった。

昊《ヨン》は子どもを宥めるようにラオンの背中を優しく撫で、熱っぽい唇を甘く噛んだ。すると、ラオンは驚いて小さく悲鳴を上げた。わずかに開いた唇の間から、昊《ヨン》の舌が入ってきた。恥ずかしくて抗うラオンの舌に、執拗に絡んでくる。

僕から離れていかないでくれ。僕を突き放さないでくれ。

ラオンの気怠い吐息が口の中に広がっても、昊《ヨン》の心は満たされなかった。

くちづけのあとに残る飢渇《けかつ》感は、唇を重ねるほどに強くなっていく。

ラオンに会うと、いつも芳しい花束の中に踏み入ったような気持ちになる。まるで夢の中にいるように、心が優しくなる。目の前にいるのに、安心した途端、ふっと消えていなくなってしまいそうで怖くなるのは、それほど失うのが怖いということかもしれない。

どうすればこの思いを満たすことができる？　どうすれば安心できる？　そばにいても会いたくて、恋しくてたまらない。

「一人の男として僕を見てくれないか」

「世子《セジャ》様、しかし」

「一国の世子《セジャ》ではなく、お前と僕と、互いを思い合う、ただの男と女になることはできないのか？」

「世子《セジャ》様……」

この人は私だけを見てくれている。その誠実さが痛いほど伝わってきて、ラオンの気持ちは大きく揺れた。昊《ヨン》の誠実さに、心の中の壁がもろくも崩れていく。たとえ刹那の恋でも構わない。目が覚めたら消えてしまう一夜の夢でも構わない。この男《ひと》の女になりたい。ほんの一時でも、この人に愛されていたい。

「後悔なさるかもしれません」

「するものか」

「わたくし、しつこいですよ。世子《セジャ》様が放してくれと言っても、絶対に離れないと駄々をこねるかもしれません。それでもよいのですか？」

「僕が命じない限り、この手を放すことも、僕から離れることも許さない」

「本当に、よいのですか？」

「絶対に僕から離れるな」

昊《ヨン》の瞳には、初めからラオンしか映っていなかった。雪原に咲く紅い梅の花のような女《ひと》。悲しいほど美しいその女を、昊《ヨン》は抱き寄せた。震える吐息が宙を舞い、韓紅《からくれない》の花嫁衣装が二人の足元にはらりと落ちた。その上に、昊《ヨン》の服が重なっていく。

遠くでミミズクが鳴いている。
その鳴き声は男と女になった二人の、秘密の夜の始まりを告げていた。

四巻へつづく

雲《くも》が描《えが》いた月明《つきあか》り ③

初版発行　2021年　7月10日

著者　尹 梨修（ユン・イス）
翻訳　李 明華（イ・ミョンファ）

発行　株式会社新書館
〒113-0024　東京都文京区西片2-19-18
tel 03-3811-2631
（営業）〒174-0043　東京都板橋区坂下1-22-14
tel 03-5970-3840 fax 03-5970-3847
https://www.shinshokan.co.jp/
印刷・製本　中央精版印刷株式会社

ISBN978-4-403-22135-4 Printed in Japan